EL VUELO DE LA LIBÉLULA AZUL

Colección Impulso:
Novela

EL VUELO DE LA LIBÉLULA AZUL

Mónica Samudio Bejarano

© 2012, Mónica Samudio Bejarano
© 2012, Ediciones Oblicuas, S.L.
c/ Aribau nº 324, 1º 2ª. 08006 Barcelona
info@edicionesoblicuas.com
www.edicionesoblicuas.com

Primera edición: abril de 2012

Diseño y maquetación: DONDESEA, servicios editoriales
Ilustración de portada: Héctor Gomila
Imprime: Publidisa

ISBN: 978-84-15528-16-6
Depósito legal: SE-2466-2012

A la venta en formato Ebook en: www.todoebook.com
ISBN Ebook: 978-84-15528-17-3

Impreso en España – *Printed in Spain*

A mi hermana, Guisela Samudio,
a mi padre, Andrés Samudio,
y a mi amiga, Beatriz Palacios.
Porque esta novela surgió en aquel
espacio de colores que compartimos.

A mi amigo, Juan Grau,
por sus aportaciones.

A mi madre, Mariam Bejarano,
por darme alas e impulsar mi vuelo.

Índice

I

La temperatura sube en el camarote de plástico. Siente el calor abrasador y se incorpora de golpe para asegurarse de que no ha provocado ningún incendio, que todo está bien. Antes de encender la luz, comprueba que no hay ningún cuerpo a su lado.

Necesita aire. Se viste deprisa con una camiseta negra, un pantalón corto y unas botas mal anudadas y avanza dando tumbos por el pasillo, golpeándose cuando el barco se sacude.

En la cubierta manda el salitre y las huellas de algunos curiosos, que han salido para ver cómo las olas chocan contra el casco y se descomponen en pequeños charcos. Busca un refugio poco salpicado e intenta escribir para agotar el tiempo, pero no puede, su estómago se remueve y entonces escucha un crujido seco que le viene de dentro. Se vuelca en la mesa con la intención de vomitar, sobre el cuaderno dorado, la sensación que la perturba; mientras, la pluma se afloja y se le resbala de los dedos. Las yemas suspenden las lágrimas que no brotan, no corren ni se extienden, tan sólo dejan la mancha de tinta sobre el papel. Le gustaría entender aquel sonido, sabe que no es la fractura de una costilla, si así lo fuera no le ocuparía tanto.

El barco se inclina sobre su eje y entonces siente el mareo de los que no pueden soltarse de la tierra firme, de los que no saben flotar.

—Es mejor que se resguarden dentro, es peligroso quedarse en cubierta —advierte un miembro de la tripulación.

Lula no lo mira, tendría que preocuparse como lo hacen los demás, que empiezan a remolinarse alrededor de la puerta, pero ella no levanta la cabeza. Los pasos y los murmullos van apagándose y se queda sola, pensando en que el crujido puede haber sido la percusión de su alma mal tensada.

—Disculpe, ¿está usted viva? —pregunta una voz.

No responde.

—¿Qué le pasa?

Sigue sin contestar. ¿Cómo hacerlo? ¿Cómo responder que está todo lo mal que puede estar una persona a quien se le acaba de romper el alma?

—Si necesita algo, estaré en cubierta un rato, hasta que la noche y la tormenta se engullan el mar.

El extraño posa la mano en su hombro durante unos segundos y un sudor frío se abre paso entre el cuerpo de Lula y el salitre. Respira hondo pero el aire le llega tan sólo a la garganta. Intenta bajar la respiración al abdomen, está demasiado tensa, sabe que debe controlar la respiración para recuperar la serenidad.

El barco se zarandea, él se agarra a la barandilla y entonces Lula lo observa perpleja; desde allí parece como si estuviese dotado con un par de antenas blancas. Fija su vista borrosa para comprobar que es cierto. Por un momento se olvida del malestar y se centra en aquella silueta *amarcianada*. Espera. El mal tiempo encrespa la noche y empaña la atmósfera. Se frota los ojos y los achina para buscar mayor definición visual, pero sigue vislumbrándolo frente al mar con sus tentáculos.

Permanece quieta, absorta en esa imagen, en aquellos apéndices cefálicos que apenas se mueven con el viento. La imaginación se le dispara entre personajes mitológicos e insectos. Él está concentrado en el mar, como un Poseidón menor. Cuando gira la cabeza, se desdibuja un perfil humano, cuestionado por un larguísimo bigote. Piensa cómo es posible que los pelos del labio superior crezcan tanto como para que hayan modelado las puntas hacia arriba y le sobresalgan de los pómulos, más allá de las orejas. Con esa nueva perspectiva, Lula se aleja de la mitología para otorgarle carácter de lobo de mar, de artista o de presentador cómico de un programa decadente.

Él, por su parte, la observa aferrado a la barandilla y a una libreta que aprieta para que las hojas no se conviertan en aspas de un ventilador.

Lula se pregunta quién será y qué intentará escribir en la cubierta de esa noche encrespada.

—¿Se encuentra mejor? Parece que va cobrando tono, hace un momento era usted un bloque de piedra.

Es curioso, piensa ella, hace un momento él tampoco era humano.

—Todavía estoy afectada por el vaivén del mar, imagino.

—¿Imagina?

—Bueno, a veces las mareas no nos vienen desde el exterior. Entonces, es difícil de calibrar.

—Probablemente tenga usted razón, aunque estas noches son siempre interesantes y los cuadernos dorados llaman mucho la atención.

—Es cierto, yo también he observado que usted lleva una libreta y me he preguntado qué escribiría.

—Este mar se dispone a zarandearnos, así que invita a una conversación desordenada y espontánea, ¿no le parece?

—Ya veo, no va a contármelo. —Lula insiste—: ¿Es escritor, artista?

—La respuesta afirmativa a esa pregunta sería demasiado vanidosa. He leído en alguna revista «el Artista» o «el Creador» como si tuviesen poco con el peso que ya poseen esas palabras de por sí. ¡Las mayúsculas! La gente necesita escribir en caja alta. ¡Qué arriesgada es la insensatez de algunos periodistas y qué poco conscientes son de su influencia! ¿No será periodista?

—No.

—Menos mal. Juzgando, y con todos los prejuicios del mundo, eso sí, he llegado a la conclusión, a lo largo de mi vida, de que no quiero saber nada más de ningún periodista.

—Eso es porque seguramente usted lo sea.

—Lo fui, *malheureusement*. —Él esboza una sonrisa apretada bajo su bigote.

—¿Y también fue francés?

—Sí, también lo fui.

—Entonces, ¿ya no lo es?

El hombre le da la espalda y continúa perdido en el mar, mientras su cabello se desordena en una coleta demasiado ordenada. Lula se reclina en el respaldo de la silla para verlo mejor, sin dejar de agarrarse a la mesa.

—¿Y usted? —Él se gira de nuevo—. ¿A qué lugar pertenece?

—Al lugar que me vio crecer, donde me crié y pasé los mejores momentos de mi infancia; los únicos, los otros no existieron.

—¿Quiere decir que este momento no existe, que me lo estoy inventando yo?

—Esto sólo forma parte de una existencia narcotizada.

—Pues no sé a usted, pero a mi existencia le va bien sin drogas.

Los ojos azul grisáceos de Lula se empañan apenas mientras intenta despegar los mechones de cabello negro que se le adhieren al rostro y que contrastan con su piel pálida. El vaivén del barco es cada vez menos soportable. El viento arranca gotas a las crestas de las olas y moja las gafas del hombre, que se las quita, las pliega y las guarda en un estuche.

—¿No escribirá más esta noche? —pregunta el francés mientras señala el cuaderno dorado.

—No sería capaz de escribir ni una línea.

—¿Y qué tiene de malo lo curvo? Estas oscilaciones son hermosas: tumbos, bamboleos, bandazos, arqueos, contorsiones. Tiene carácter el mar cuando se enfurruña.

—¡Dígaselo a mi estómago! ¿Y usted? ¿Sería capaz de seguir escribiendo?

—Yo no escribo, no se trata de eso. Me dedico a dibujar ondas. —El hombre esboza una ondulación en el aire, a la que parece rematar con un punto, como si fuese una firma—. Todo lo contrario a usted que, por lo que veo, es mujer de líneas.

—Entonces, ¿dibuja ondas en esa libreta?

—Bueno, la literatura no tiene que ser tan sólo lineal, puede tener otras formas.

—¿Puedo verlas?

—De ningún modo.

—Pero ¿son dibujos?

—Ondas.

—¿Sólo ondas? ¿Nada más?

—*Exactement.*

Lula baja la mirada en un gesto incierto y calla. Las rachas de viento empujan las sillas de cubierta y vuelve a agarrarse fuertemente a la mesa.

—Ya que le interesa saberlo, le diré que tan sólo soy un peluquero que busca la inspiración en el mar. El de esta noche seguramente traerá un peinado nuevo. ¿Decepcionada?, supongo que imaginaba otra cosa. —El francés suelta una carcajada que deja entrever bajo su bigote unos dientes pequeños y separados—. Ya ve, me dedico a eso, únicamente soy un peluquero, trashumante y feliz de haber abandonado, hace ya quince años, el periodismo por la belleza de una cabeza bien peinada. ¿Qué le parece?

—Que no es difícil darse cuenta de ello, su felicidad es traslúcida.

—Si me permite la observación, usted me parece todo lo contrario: hermosa pero opaca.

El barco da un bandazo y tumba las sillas, que patinan por la cubierta para chocar entre ellas. El hombre decide retirarse ya a su camarote. Ella lo observa avanzar, intentando mantener el equilibrio, con su caminar erguido y su pelo canoso recogido en una coleta, del que sobresalen las puntas de sus «tentáculos». Desde allí, le da la sensación de que está conectado con alguna estrella. Mira el cielo encapotado, no brillará ninguna más.

II

Su vuelta en barco desde Nápoles le hace recordar que el calor es efímero y que le quedan pocos días de vacaciones. Al cerrar los ojos todavía puede entrever las calles decadentes, los colores de las fachadas, el olor del mercado y el último extranjero con el que cruzará algunas cartas hasta que el correo deje de llegar a su buzón. Con los años ha ido acentuando su obsesión por el género masculino y por el epistolar, la necesidad de escribir y recibir cartas para degustarlas en soledad, para traducirlas, para releerlas. Necesita de ellas. Cada mediodía, cuando avanza por la Gran Vía camino a casa, saca la pequeña llave que abre su buzón y el pulso le aletea en las muñecas. ¡Ha besado tantas veces esa llave! La guarda atada a un cordón de cuero negro, separada de las demás. Y si es invierno, se la cuelga al cuello por debajo de la ropa para sentir su contacto. Le gusta llegar y tirar de ella, ponerse de puntillas, aproximarse al buzón para, antes de abrirlo, imaginar cuántas cartas se amontonarán en el interior de su estómago y pensar que esta vez sí que habrá una diferente, allí, debajo, agazapada.

El napolitano, como tantos otros que pueblan su memoria, permanecerá en su pensamiento hasta que se desvanezca su ectoplasma. Pero puede regalarle una carta nueva.

El barco ya ha perdido el aroma de la Costiera Amalfitana, apenas se percibe su recuerdo. Por la mañana, el viento parece haber dado una tregua. Guarda el cuaderno dorado que compró en Pompeya y del que irá arrancando folios que viajarán a otros buzones en invierno, cuando la piel se le erice y tenga que cubrir entero su cuerpo para que el calor no se le escape, cuando las manos se le enfríen y la letra se le vuelva afilada como la luna turca. Como siempre, necesitará huir o morir cuando el final de noviembre amenace con deshacerle la vida.

Lo ha pasado mal durante la tempestad, apenas han dormido. Frente a una manzanilla de máquina, intenta asentar su estómago.

Se levanta para alcanzar el pasillo y salir a cubierta. A su izquierda encuentra al francés en la popa del barco, donde el motor corta el agua para abrir una uve de espuma. Sus pies descalzos se dejan entrever como remate de unos vaqueros agujereados. Se acerca y permanece callada junto a él. Sus miradas se encuentran allá lejos, en la superficie del mar.

Mira al horizonte y tan sólo ve el horizonte.

Él, sin embargo, ve mucho más que el mar.

—Hay barcos que marcan un trazado tan perfecto sobre el agua y forman una cola tan estética que invitan a saltar, ¿no le parece?

—Creí que hoy tenía un mal día. —Los ojos de Lula buscan los del hombre, pero no encuentran respuesta—. Ya veo que el suyo es bastante peor.

—No, no se trata de eso. Me refiero al poder que tienen las cosas bellas, lo que pueden llegar a doler. —El francés hace una pausa—. No sé si conoce Formentera, pero algunas veces me quedo en sus acantilados mirando el fondo del mar desde el punto más elevado. Entonces, me pierdo entre los azules y observo el movimiento de las olas contra los peñascos; son de una cadencia absoluta, golpean como un metrónomo y se vuelven blancas como la leche materna para invitar a beber de ellas, a saltar. Es el diálogo del mundo con el esteta.

—¿Y por qué saltar, por qué no observarlo desde la orilla?

—Porque a veces la belleza es tanta que duele, que no deja respirar. —Él espacia las palabras con marcados silencios—. Reconozco que a menudo me gusta tanto como me asusta mirar, sobre todo en los días claros en los que el aire es tan limpio que permite que te proyectes en un vuelo corto.

—Así que en un vuelo corto. —Lula permanece reflexiva.

—¿Se queda sólo con las dos últimas palabras? —El francés por fin se gira para encontrarse con sus ojos.

—Sí, así es, me quedo con esas dos palabras.

—*Lamentablement.*

—Seguramente sea eso, lamentable.

—No he querido ofenderla. Discúlpeme, creo que no nos hemos presentado, me llamo Simón.

—Lula. —Le estrecha la mano y siente de nuevo su paz.

Se marcha a la otra punta del barco para después vagar por él sin apetito. Chispea. Parece que Simón tampoco ha comido, pues lleva horas entregado a la lectura, sin importarle las gotas que caen y motean sus gafas. Ella sigue caminando por la cubierta y regresa una y otra vez como si fuera una «niña péndulo» cortada por el agua. Intenta errar su rumbo, evita volver a pasar por ahí para que él no siga siendo su punto de referencia, pero no lo consigue. Recuerda que en la noche creyó que estaba conectado a las estrellas y piensa que quizá el movimiento de traslación que está ejecutando a su alrededor tenga algo que ver. Finalmente, arrastra una silla hacia su mesa, rompiendo así su órbita.

—Por favor, no interrumpa la lectura. Necesito sentarme y parar de una vez.

—Sin embargo, continúa en movimiento. —Simón observa el balanceo de la pierna que ha cruzado sobre la otra.

—Perdone, no me había dado cuenta. No sé por qué pero tenerle cerca me hace sentir bien, me relaja.

—Aun así, sigue proyectándose como una cariátide que soporta el peso de una gran estructura.

La cubierta huele a lluvia. Las tormentas de verano son cortas y tienen otro matiz; a ella le huelen a pinar, a camino de polvo, al hierro del pozo, a ciprés.

—Deme las gafas, se las limpiaré. —Lula extiende su mano, de dedos largos, finos y uñas pintadas de negro.

—No importa, en unos segundos quedarán encharcadas de nuevo.

—¿Y por qué no se las quita?

—Soy bastante miope y además tengo una enfermedad degenerativa en los ojos, así que no me gusta perderme los detalles ahora que todavía puedo mirar de frente al mundo.

—Lo siento. De todos modos, deme las gafas, me gustaría limpiárselas.

Simón se las quita y se las entrega. La lluvia sigue empapándolos. De nuevo, están solos en cubierta.

Avistan tierra y la gente se agolpa en los pasillos. Simón prefiere la barandilla opuesta, la que le permite todavía estar rodeado de mar, flotar, fluir y no tocar la realidad de un viaje que termina. Lula permanece a su lado. En el pecho le oprime la idea de regresar a Madrid, rodearse de edificios y proyectar grandes bloques de estética dudosa. A unos metros, las gaviotas parecen reírse de su fatalidad. Desde el barco da la sensación de que se van a chocar unas con otras.

Permanecen callados, cada uno embelesado en su historia personal del retorno. Los codos se rozan, seguramente porque Lula no quiere perder su contacto. Levanta la cabeza para seguir el vuelo de las gaviotas y él le comenta que ya no le apasionan porque se han hecho sucias y dueñas de la basura de las costas, porque ofrecen una sonrisa de pico ensangrentado.

—¿Pero de verdad está ensangrentado?, parece que sean manchas rojas, todas lo tienen igual. Se está burlando de mí. —Lula ríe mostrando una dentadura simétrica, eso sí, rematada con empastes—. Me fascina la facilidad de su vuelo y me dan envidia porque pueden vivir junto al mar.

—¿Y por qué no vive usted junto al mar? Si lo hace, sabrá cómo es el pico de las gaviotas. ¿Qué se lo impide?

—La tierra que hay por medio, supongo.

—Pues supone mal, sólo está por medio la tierra que quiera poner. —Simón la mira de reojo y, tras una pausa, continúa hablando—. Yo nací en París, pero decidí no quedar anclado al lugar donde me dieron a luz, y pertenecer a otros lugares. En la mayoría de mis viajes he tenido el mar como telón de fondo. Por eso decidí marcharme a la isla, para no perdérmelo. Y si le gustan las gaviotas, allí hay miles, están estrechamente ligadas al paisaje porque ellas son las que anuncian el mar cada día. ¿Cómo se puede vivir sin eso?

—No me importaría ser carroñera si pudiese ser dueña de ese destino.

—Pues hágase carroñera, pero permítase el derecho a ser feliz.

—No es fácil, tengo mi trabajo y toda mi vida en Madrid. Es una ciudad que apresa, engulle y agota, pero es donde estaré a partir de mañana.

—Por eso mismo le he dicho que se haga carroñera, porque tendrá que renunciar a todo y vivir de lo que los demás le permitan hasta que consiga posicionarse en el camino que elija. Pero por lo menos debe saber que tiene derecho a elegir, a extender las alas.

—Mi problema es ése, precisamente ése: mi miedo a volar.

Simón la mira. Lula nunca había visto antes esa mirada, supone que así es como se mira a los desheredados, a los pobres de espíritu, a los perdidos.

Quedan en silencio mientras el barco alcanza la dársena del puerto. Ella tiene que marcharse ya a por su maleta. Simón se agacha para ponerse unas chanclas y cerrar los bolsillos de la mochila que reposa a sus pies.

—Me gustaría poder escribirle alguna carta, si no le importa. Por eso siempre me acompaña un cuaderno dorado —susurra Lula—, soy una amante del género epistolar.

—Ya veo, así que ese cuaderno es el culpable de que su mundo se disperse por el mundo.

—Es posible.

—Ésta es mi dirección, puede hacer lo que quiera con ella, llenar mi buzón o llenar mi casa. —Simón escribe en su libreta, arranca un papel y lo aprieta en su mano—. Espero que de este barco rescate, por lo menos, el mar.

Al darle dos besos, siente la rigidez de sus largos bigotes. Piensa en lo difícil que creyó que sería besar a un tipo como aquél y en lo fácil que ha resultado. Él cogerá dos barcos más hasta llegar a su casa. Ella se irá tierra adentro y sentirá cada vez más lejano el salitre, apenas retendrá su olor y se le irá evaporando la humedad de la piel. Ya no se llenará de azul.

III

Volar no es cosa de dos, es un sentimiento individual, por eso ha decidido hacerlo sola, ser valiente y abandonar todo lo que no es una prioridad. La decisión ya la tomó frente a la estela. Al dejar atrás el barco en un coche alquilado camino a Madrid, se escuchó decir y se repitió que no podría aguantar otro invierno.

El proyecto inmediato que tenía que abordar era el de una maqueta de un edificio con jardín interior. Lo mejor habría sido reducir sus vacaciones, pero decidió enviar las piezas a un proveedor para que las fuera sacando en metacrilato y cortándolas mientras en el estudio se hacía el resto del trabajo. Además, en julio había esbozado algunos trazos para un colegio que se quería ubicar en una barriada sin demasiados recursos y el plazo del concurso terminaba en noviembre.

Los sueños de la facultad se le han hecho a jirones y se ha mermado su mundo quimérico. Los grandes proyectos son para otros, Lula ha tenido que resignarse a la mediocridad arquitectónica. La mesa de la buhardilla es un cementerio de ideas donde muere su colección de dibujos y fotografías.

Día 1 de septiembre y tiene que levantarse de la cama. Es miércoles y la semana se le ha partido también en el centro del pecho. No ha podido dormir, ha dado vueltas sobre la cama sin encontrar paz. Observa la luz que se filtra por la persiana caída, que le lame los pies y matiza las letras del fragmento de poesía que escribió en el cabezal con rotulador. La mañana le llega como un murmullo y no quiere pensar qué dirá ni cómo lo dirá, pero sabe que hoy va a decirlo. Sin embargo, no se siente feliz. Tiene el apartamento y el todoterreno que se compró para hacer escapadas a la sierra de Guadarrama y huir, en la medida de lo posible, del Madrid de fin de semana. Si fuese necesario, los vendería. Un sudor frío la invade. La casa no es muy grande, está en el barrio de La Latina, tiene el techo alto y le llevó tiempo hacerla suya. Repasa mentalmente el tiempo vivido y las horas de amores de papel. Tan sólo se llevará un par de maletas y, eso sí, todos sus dibujos.

Sus días de vacaciones han terminado sentada entre sobres abiertos y cartas cerradas. Leerse y escucharse podrían ser las claves para empezar a dejar de mirar hacia delante y aprender a mirar en todas las direcciones.

Cuando habló con su abuela y le pidió permiso para marcharse a la casa, la mujer se sorprendió de que quisiera afrontar de golpe todos los fantasmas del pasado, pero se sintió afortunada del regreso de su nieta, a pesar del miedo y la intranquilidad que eso suponía. Nunca creyó que tuviese coraje para regresar.

Le contó que el pueblo estaba muy cambiado y que, aunque las calles seguían siendo las mismas, habían sido invadidas por tiendas y turistas. La casa, sin embargo, estaba abandonada, hacía años que nadie aparecía por allí y lamentaba el estado en el que se la podía encontrar.

—No importa, abuela, las casas como ésa son la metáfora del alma y hay que encontrar tiempo y fuerzas para reconstruirlas.

—No se puede reconstruir el pasado y en esa casa no hay cabida para el futuro.

—No lo creo. Siento, ahora más que nunca, que tengo que intentarlo, que tengo que regresar.

Lula esboza su futuro con apenas unos trazos de imágenes imprecisas que giran en torno a esa casa.

—Escúchame bien, no es como te imaginas, los años de infancia ya no están, son otros años, los duros, los amargos, ésos son los que han quedado. —A la abuela se le quiebra la voz—. Pero si sigues en el empeño, te doy el permiso que me pides.

Desnuda y con el cabello todavía empapado, se toma el café en la cocina, de pie. Se viste con unos vaqueros ajustados, unas botas camperas y una camiseta de tirantes. Acentúa sus ojos pálidos con una línea negra y camina erguida, con el aplomo de sus movimientos.

No ha pensado nada, no ha ensayado su discurso ni sabe cómo va a arrancar.

—No sé cómo decíroslo, así que seré breve: me marcho. He tomado la decisión de irme a vivir a la costa y abandonar la Arquitectura para afrontar un proyecto personal.

—¿Un proyecto personal? ¿A qué te refieres? —pregunta el gerente con escepticismo.

—A algo que necesito hacer. —Ella mantiene su tono seco, poco amiga de dar explicaciones o extenderse más de lo necesario—. Dejémoslo así.

Lula advierte la tristeza callada en los ojos del socio más joven, interrumpido por el discurso frío del otro, que se centra en que, sin tener en cuenta lo personal, nadie es imprescindible. Baja la mirada porque en la garganta se le ha hecho un nudo, intenta aguantar el tipo y pactar cuanto antes el despido. Expone la necesidad de marcharse ya, esa misma semana, tiene demasiada prisa por no estar.

Recoge los objetos personales del cajón y sale sin despedirse de sus compañeros. En las estanterías hay libros suyos, pasa de largo como si tampoco los viera; quiere aligerar su equipaje, sabe que nunca conseguirá viajar medio descalza y con apenas una mochila a sus pies, pero intentará dejar de arrastrar tanta carga.

Su único adiós es para el socio más joven, con el que, desde el principio, sintió una conexión especial que se reforzó día a día. Se siente insegura cuando el calor de su abrazo le hace amarga la despedida.

—¿Qué será de ti, Lula? Y lo que es peor, ¿qué será de mí sin ti?

—Venga, tú eres un «chucho con pedigrí». Con esa mezcla vas a hacer proyectos importantes, no lo dudes. Yo he perdido la paciencia, la gente que trabaja aquí no me cae bien y sé que yo tampoco les gusto, pero lo peor es que ya no creo en esto, ni siquiera creo en mí.

—¿Y qué importa lo que piensen ellos? A mí siempre me ha gustado ese punto de luchadora solitaria e intransigente que tienes. Eres tan autosuficiente que da hasta rabia, parece que no necesites a nadie.

—Claro que necesito a algunas personas, no soy tan rara, a ti te he necesitado y me has sabido entender. Gracias por todos estos años y espero que no pase mucho tiempo hasta que nos volvamos a ver.

—Cómo nos gustaría a los dos que fuese verdad, seguramente porque sabemos que no va a ser así. Por lo menos guárdame un lugar en tu agenda cuando regreses; Madrid no es tan fácil de abandonar.

Sale a la calle con la sensación de que nada ha cambiado, de que nada de lo vivido esta mañana ha pasado. Sin embargo, sabe que es cierto. El sol calienta y por un momento una sensación de libertad le recorre el cuerpo en un escalofrío, pero ha tenido que provocarla, no ha sido espontánea. Inspira y mira el retazo de cielo que recortan los edificios sobre ella. Pronto se marchará allí donde vuelan las gaviotas, y esta vez no tendrá una fecha para olvidarlas.

IV

Frente a la verja de la casa, se siente como si de verdad estuviera hecha de piedra caliza. Su silueta se apelmaza. Respira con precaución, en un intento de no molestar a los fantasmas del pasado porque presiente que están ahí, calibrando su valentía.

Sabe que con su llegada abre viejas heridas familiares. El encuentro con su abuela fue emotivo al principio, pero el tono se alteró cuando se desató la tensión que durante tantas décadas oprimía el pecho de la mujer. El dolor acumulado había hecho mella y el silencio de la soledad había hecho el resto. Su abuela se había avinagrado con todas aquellas historias de las que no pudo disociarse. Ella siempre tuvo una percepción pesimista del mundo en general y de aquella casa en particular, pero sus ganas de brillar habían disfrazado durante años tanta amargura. Ahora se fragmentaba en pedazos irreconciliables, se deshacía por la boca como un saco de serrín en un monólogo apolillado.

La casa fue el motivo de la ruptura con su primogénita, a la que nunca más volvió a ver. Con el fallecimiento de su marido, el proceso de la herencia familiar se resquebrajó sobre la mesa de los abogados. La abuela quedaba como propietaria de la casa, pero la madre de Lula tenía el derecho de usufructo hasta que ella falleciera, en cuyo caso sería la única heredera. Este motivo carbonizó a su otra hija en el mismo instante en que conoció el testamento, y los pedazos de su cuerpo que se salvaron de la alta temperatura que alcanzó se le fueron resecando por el odio; se volvió obsesiva y la envidia la premió con dos anginas de pecho de las que logró salir milagrosamente, psoriasis y pérdida del cabello.

A raíz de aquello, la verdad de la historia familiar salió a la luz. Había tirado del manto que su abuela había urdido para ocultarla bajo él. Cada una intentó salvarse como pudo, pero las cosas que nunca se perdonaron quedaron suspendidas en la casa como partículas que ya no llegarían a reposar. Lula todavía alberga dudas sobre si sabrá enfrentarse a ella, pero es parte indispensable del trato: si quiere volar, lo tendrá que hacer desde allí. No podrá ser de otro modo.

Observa los barrotes de la verja que la segmentan dentro del pinar. Siente el frío del hierro en la frente, los agarra, permanece inmóvil. Dentro, uno de los tres columpios queda como superviviente entre tanta rama nueva; probablemente su obstinación le ha ayudado a no dejarse vencer entre toda aquella maraña. Ahora sabe cuál es el sentido real de la palabra nostalgia.

Introduce la llave y recuerda que, cuando fue niña, una avispa salió enfurecida del hueco de la cerradura y le picó en la mano. Está demasiado oxidada como para albergar vida, sin embargo, se aparta hacia un lado.

El camino de piedra parece de otro gris y su final es el principio del puzle olvidado; olvidado tampoco, porque la casa siempre estuvo en sus sueños, aunque no fuese de esa teja, pero no importaba el color con el que aparecía, ni el tamaño, el olor del pinar la delataba siempre.

El chirriar de la verja le recorre por dentro, entiende que se queje y que le riña, pero no imaginó que su enfado sería tan agudo. La vegetación va calmando poco a poco su conciencia dañada. Mira a su alrededor, tendrá que aprender a dialogar con los objetos que ya perdieron las ganas de estar y convencerles de que retomen su función.

La parcela delantera de la casa, sembrada con pinos, palmeras, almendros, dos sauces llorones y un limonero, parece un vergel. La tierra apenas se entrevé bajo la hierba y las enredaderas se han dejado caer en un serpenteo febril. Lula sonríe embebida de verde, no imaginaba que la tierra pudiera trenzar ese espesor de vida en un lugar donde las lluvias son poco abundantes. Piensa en la belleza que pueden alcanzar las cosas si nadie les dice que no.

Se sienta en el suelo, en la baldosa gris rematada de barro rojo donde de niña juró morir de insolación porque no la dejaban entrar en la casa hasta que se sacara de la ropa una lagartija a la que daba cobijo. En la ciudad ha olvidado lo importante que es conectarse con la tierra, con el olor de la hierba y con los lagartos del techo. En la ciudad ha olvidado que un día quiso convertirse en nido, ha olvidado las estrellas.

Recorre el pasillo enmarcado entre setos de cipreses que en su día fueron simétricos. Alcanza los dos escalones de la terraza, en los que siempre reinó la chicharra y el titilar de las llaves clavadas en la cerradura.

Tras la puerta de tres cerrojos está la única planta, con su amplio salón, cuatro habitaciones, la cocina, el cuarto de baño y un aseo. Eso es todo, una construcción básica, pero aun así, llena de narraciones.

En una de las habitaciones, la pared se ha llenado de moho y ha calado hasta el colchón. Su primer pensamiento es estudiar las posibilidades para hacer la casa de nuevo, incluso construir una planta más, pero lo aleja tan pronto como se da cuenta de que su profesión ha podido con la vivencia del reencuentro. Se promete ir renovando lo justo para hacerla habitable, pero nada más. Ahí la que ha venido a cambiar es ella.

Se sienta en el banco de escayola que hizo su madre y respira hondo en un intento de percibir su sonoridad. Cree importante escuchar. Espera el quejido de la madera dilatada, el chirriar de la bisagra, el gorgoteo del grifo, pero nada. El olor a humedad y el silencio se hacen absolutos allí dentro. Le inquieta esa acogida muda, prefiere el reproche de la verja.

Abre todas las ventanas y hace una lista de lo que va a necesitar: pintura, toallas, sábanas, mantas, cubiertos, colchones, además de comida, productos de limpieza y un largo etcétera que le acaba por aburrir. Se ha prometido que todo el tiempo que ha ganado al abandonar su trabajo no lo sumiría en la desgana o en la pereza, así que empezará mañana mismo.

Cierra las tres cerraduras como quien cierra los ojos ante una escena desapacible, consciente de que sigue allí. Todavía queda alguna marca de los incendios que, imprevisibles, se avivaban en la casa o en el jardín. Lula acaricia la mancha gris del pozo, que también estuvo a punto de convertirse en cenizas. Su miedo al fuego siempre la ha acompañado. Recuerda cómo de niña la dejaba paralizaba mientras escuchaba los gritos y las pisadas de su abuela, que corría a por la manguera y la mojaba entera para luego llevársela en brazos y secarla con una toalla en tanto le decía que ya había pasado, que no permitiría que volviera a suceder. Ese fuego amenazó su vida en varias ocasiones, pero nunca le produjo ni una sola llaga, ni una marca en la piel. Lula lo tomó como una amenaza que formaba parte de sus vacaciones, pero no como algo que podía acabar con su vida. Siempre que le preguntaban cómo había podido pasar, ella no recordaba haber encendido ningún fuego, decía que se despertaba junto a las llamas, en la terraza, en una tumbona del pinar, en algún rincón que había buscado para hacer la siesta, y que la sensación de calor en la piel la hacía levantarse para quedar paralizada frente a él, que no era capaz de gritar, que tan sólo sus pies reculaban hacia atrás para evitar quemarse. Nunca se incendió su cama, pero sí que ardieron las cortinas y parte de la cuna cuando apenas era un bebé.

A unos kilómetros de allí vive su abuela, en un laberinto de callejas blancas que configuran el centro del pueblo. A pesar de que muchos turistas se han marchado ya, el tráfico en septiembre sigue siendo denso y el trayecto se hace lento hasta llegar al tómbolo que une la ciudad nueva con la vieja. El paisaje es más hermoso de lo que recordaba, quizá porque en su infancia junto al mar no supo valorar como ahora su belleza. Al ir descendiendo se aprecia mejor el promontorio sobre el que se yergue el castillo. En el atardecer da la sensación de que el pueblo se sumerge en el mar para acompañar al sol en su ocaso.

La cena con su abuela está siendo relajada, apenas traen a la mesa algún recuerdo que no hiere demasiado. Si es capaz de esquivar los comentarios sobre su tía, las cosas irán bien, pero parece una tarea imposible.

—Que no se entere que vas a vivir allí, no tengo ganas de más disgustos, bastantes hemos tenido.

—Pero ella hace tiempo que ya no viene.

—Algún año ha venido a husmear entre las rejas para ver en qué estado está y luego se ha dado un paseo por el pueblo. Ya ves, a qué tendrá que venir, imagino que a averiguar si todavía sigo viva o me he muerto.

—Por mí no va a enterarse, ya lo sabes.

—Me da terror que se sepa que estás viviendo allí, ése es mi mayor miedo, siempre lo ha sido. No hemos hablado nunca de esto, pero ya que has vuelto para remover el pasado, voy a tener que contarte algunas cosas. Después ya decidirás qué haces, y espero que tu decisión sea la de marcharte y así por lo menos yo no tendré que sufrir más. —La abuela se quita las gafas y sus ojos claros la miran enmarcados en grandes surcos, está pálida y preocupada—. ¿Te acuerdas del último verano que pasaste en esa casa? Entonces tu abuelo estaba ya muy enfermo y yo apenas podía subir, me quedaba casi todo el tiempo en el pueblo para cuidar de él. Tu madre también iba y venía porque no quería que me ocupase yo sola de todo.

—Sí, claro que lo recuerdo.

—Una noche regresamos tarde, no sé por qué tu madre no aparcó el coche dentro, imagino que estábamos demasiado cansadas para abrir la verja y lo dejamos fuera. Ella se quedó sacando cosas del maletero y yo entré en la casa sin hacer ruido. La puerta estaba abierta e intuí que algo no iba bien. Encontré entonces a tu tía Lucía, es algo que no he podido olvidar, que se me ha quedado clavado en el corazón como la imagen más terrible. Ella estaba de pie, con un camisón de verano, tenía una garrafa de gasolina en una mano y en la otra una caja de cerillas. Tú estabas dormida, en tu cama, sola, a tus primos los había mandado a El Palmar. Esa vez, si lo hubiera hecho, si no hubiésemos llegado a tiempo, no creo que te hubieses salvado.

Lula abre los ojos y la boca en un gesto de dolor y asombro.

—Sí, era ella la que provocaba los incendios cuando dormías —a la mujer le tiembla la voz—, la que quemó las cortinas para que las llamas saltasen a tu cuna cuando eras tan sólo un bebé. No sé por qué no lo intuimos, pensamos que habría sido alguno de los niños, nunca se nos pasó por la cabeza que un adulto pudiera hacer algo así. Luego vinieron los fuegos en el jardín, en las tumbonas, hasta en la tienda de campaña que pusisteis un día junto a la higuera. Entonces, creímos que eras tú porque siempre te encontrábamos allí, paralizada junto al fuego, sin decirnos una palabra, sin recordar nada, tampoco nos lo negabas, simplemente te abrazabas a mí o a tu madre y temblabas, pero no nos decías que no eras tú. ¿Por qué nunca lo dijiste?

—Porque nunca la vi a ella, ni siquiera sabía que yo no era responsable de los incendios. —Lula permanece callada unos segundos en los que ni siquiera pestañea—. Todos lo comentabais, que yo era peligrosa, que era una pequeña pirómana y me lo creí, así de sencillo, me pasé la infancia creyendo que podía incendiar la casa y destruir todo lo que amaba, esa idea me obsesionaba, no me la quitaba de la cabeza. Y aunque ya no ha habido más fuegos, me he pasado el resto de la vida asustada ante la idea de despertarme carbonizada, pero esa no ha sido mi peor pesadilla, sino haceros daño a los demás. Cuando lo supisteis, ¿por qué no me dijiste que el fuego no lo provocaba yo? ¿Por qué no me contaste la verdad?

—Porque tu madre se te llevó esa misma noche y ya no volvisteis. No habló más del tema, no quiso ver más a su hermana ni que regresases, ni siquiera después de saber que tu tía tenía prohibido volver. Me dijo que no te lo había contado, que con el tiempo perderías el miedo a quemarte en sueños, que era peor contarte la verdad, decirte que Lucía te quiso matar desde que eras un bebé.

—Pero si hubiese querido matarme de verdad…

—¿Si hubiese querido de verdad? ¡Y tanto que quería! Lo que pasa es que tú casi nunca estabas sola y tampoco ella utilizó más que cerillas, panocha y algún trapo. Pero esa noche llevaba una garrafa de gasolina en la mano, esa noche no te habrías podido salvar.

Lula se pasa las manos por la cara, aprieta los dientes y respira hondo. Está nerviosa, siempre tuvo miedo de despertarse junto a alguien y ver su cama arder, hacer daño a los demás, verlos envueltos en llamas y todo convertido en cenizas.

—Me lo tenías que haber dicho.

—Tu madre quiso que las cosas se quedaran así, guardadas en el silencio de esa casa, que no supieses la verdad. A mí lo único que me importaba era que no te hicieran daño, aunque el precio fuese que no volvieras nunca más por aquí.

—Habría vuelto, abuela, pero ella me decía que había pasado algo terrible, que no podíamos regresar, nunca me dio más explicaciones.

—¿Y con tus primos? ¿Tienes relación?

—Adrián es el único con el que seguí manteniendo contacto, aunque de eso hace años. Sé que los demás han ido alguna vez a Madrid, pero nunca me han llamado. ¿Ellos tampoco han venido a verte?

—Adrián sí, claro. Lucía les llenó la cabeza de basura a los otros para apartarlos de mí, no pudo soportar que le dejase la casa a tu madre. Además, después de aquella noche, la que encontré a tu tía frente a tu cama, fue como si nunca hubiese sido mi hija, no la reconocía como tal. A ellos no les culpo, bastante han tenido con una madre como ésa. Sin embargo, Adrián no se marchó, se quedó a mi lado, imagino que para no tener que estar con ella.

—Para él mi tía fue una tortura.

—¿Sabes?, hace unos años se hizo propietario de un restaurante muy importante, tiene una clientela exclusiva y se codea con todos los que mandan, no sólo de aquí, sino de otras comunidades. Cuando tuvo dinero suficiente, compró las otras partes a los socios y se quedó el restaurante entero; tengo entendido que ahí se celebran reuniones y fiestas. Sabe mucho, si no es por su incapacidad de ponerse un traje y una corbata podría haberse metido en política, no será por falta de propuestas. En eso sois iguales, vais por la vida con vuestras pintas, resistiéndoos a madurar y a sentar la cabeza.

—¿Y viene por aquí?

—La última vez que lo vi fue hace un mes, apareció en mi puerta con un bañador mojado y un ramo de flores. —La abuela sonríe y su rostro rejuvenece cien años—. Está guapo el muy sinvergüenza, a pesar de que le encanece el pelo por las sienes. Usa de esas lentes modernas de sol y sigue flaco, como siempre. Un polvorilla que saca dinero de todo lo que toca.

Lula la escucha callada, apenas sus ojos se mueven siguiendo las pupilas de su abuela.

—Me acuerdo que una tarde tú querías algo y él le quitó dinero del bolso a su madre para comprártelo. Eso le costó una gran paliza, pero era como si no le doliera, no gritaba ni se quejaba. No tendríais más de seis o siete años, pero ya había algo muy especial entre vosotros.

—Sí, Adrián siempre ha sido así.

—No, sólo ha sido así contigo. Luego ya te fuiste a Madrid y él se quedó como perdido, andaba triste por el pueblo y sin ganas de nada. Yo creo que nunca se ha marchado de aquí porque vive apegado a todos aquellos recuerdos.

Lula recoge el mantel perdida en la tristeza e intenta cambiar de tema:

—Es tarde y mañana tengo que madrugar para empezar a tirar basura. ¡Hay tanto trabajo que hacer! La casa por fuera se ha asilvestrado, es salvaje y hermosa como un animal, pero por dentro ha enmudecido y se ha ovillado.

—¿Cómo que se ha ovillado?

—Sí, como esos animales a los que el miedo anuda, no sé, es como si no quisiera estar, como si se sintiera amenazada.

—Dices cada cosa.

—Cuando esté un poco arreglada quiero que vengas y que estés conmigo alguna tarde. Yo bajaré a verte todo lo que pueda, pero me tienes que prometer que tú también subirás.

La mirada de la abuela se vuelve severa. Hace años que no sale del casco antiguo, ni siquiera para remojarse los pies en la playa. También ella se ha vuelto miedosa y se limita a caminar las calles de siempre como si el mundo se acabase en el tómbolo y de verdad el pueblo estuviese sumergido entero en el mar.

—No podemos quedarnos tan sólo con las cenizas, allí vivimos los años más felices. Mi tía ya no está, no va a venir a buscarme, ya no, eso ya pasó.

La mujer suspira, mira hacia el suelo y entra en la cocina para no tener que articular ninguna palabra más.

Lula se acuesta en una de las camas del cuarto grande, donde tantas noches durmieron juntos todos los primos y hermanos. Sigue igual, con las dos literas de hierro y el armario decapado. El olor, sin embargo, es diferente, la casa grande y aireada, de cortinas blancas y larguísimas que se hinchaban con el viento, se ha vuelto algo más pequeña y ha perdido su frescor.

Observa las vigas del techo y recuerda que su abuela era como esos bloques de madera: esbelta, fuerte y poderosa, aunque astillada. El miedo a los desconocidos, a la avalancha de turistas que llegan de todas partes, le ha obligado a encerrarse cada vez más y perder así la libertad y la belleza que tantos años la acompañó.

Se adormece con una imagen suya en la mecedora de la terraza, en la que la falda recorta unas piernas maduras y bien perfiladas. Hay panocha en el suelo y una regadera amarilla. No sabe cuánto tiempo hace de aquello, pero sí que ella y Adrián eran aún niños y su mundo diferente.

Acaricia el colchón de al lado, el que fue de su primo, y cierra los ojos. Es una noche muda, alejada del ruido de Madrid y repleta de silencios agridulces.

V

Día de poniente. No se mueve nada en el pinar. En una esquina, el esqueleto del rastrillo parece haberse fosilizado entre los cactus. Recuerda cuántas veces, después de almorzar, le obligaron a cepillar la tierra para quitarle la hojarasca. Se acerca despacito, lo contempla y le da lástima. Intentará dar utilidad a los objetos que le enseñaron a crecer, pues tiene una deuda con ellos.

Decide empezar por el cuarto de baño, que fue la última parte de la casa que se reformó. Lo primero, quitarle las telarañas al techo para ir descendiendo hasta el suelo. Los azulejos, poco a poco, cobran brillo. Los eligió ella, ahora recuerda el día en el que se encaprichó de aquellos azulejos de seres alados.

Busca la llave de paso en la cocina hasta que se acuerda de que está fuera, en la parte trasera de la casa, bajo la pila que fue morada de sus galápagos.

La mañana se evapora entre el olor a lejía y salfumán. Tose y se quita los guantes. Le gusta el calor y los días de poniente, incluso si la temperatura es extrema como hoy. Se desnuda y se refresca junto a la higuera, como lo hacía de niña, con agua fría y olor a fruto maduro.

La casa de ladrillo ya no brilla con la luz del sol, ha saltado el esmalte. La terraza está muy sucia y las barandillas de madera muestran los gotones de las numerosas capas de barniz. Sonríe al acercarse al agujero de las golosinas, por el que la señora Rosa les regalaba aquellas bolsas de caramelos tras apartar la telaraña que siempre lo invadía. Nunca supo si era obra de la misma araña o de su prole que, a lo largo de tantos años, se dedicaron a reparar los daños que la bondad de la vecina provocaba.

Piensa en cuántos empastes tiene y cuántos de ellos pertenecen a aquel agujero que su primo Adrián veneraba. Esperaban juntos en el suelo hasta que se escuchaba el arrastrar de los pies de la señora Rosa, que tenía dificultad para caminar porque se le habían deformado todos los dedos por la artrosis. Entonces, se quedaban callados y buscaban con la mirada a la araña. Una vez localizada, la veían correr hacia el ciprés mientras la gran bolsa de caramelos rasgaba de nuevo su tela.

Lula se acerca, la bisnieta de aquel paciente arácnido debe andar escondida por aquí. No tardarán en conocerse.

—Abuela, ¿qué ha sido de la señora Rosa? Hoy me he asomado por su verja y he visto que el jardín del señor Joaquín y su huerto están abandonados. Me ha dado mucha tristeza verlo todo así, tan desolado.

—Joaquín murió y a ella le daba miedo quedarse tan aislada. Sé que andaba ya en silla de ruedas y que necesitaba cuidados especiales, así que acabaría en una residencia. Habrá muerto de tristeza sin su huerto.

—¿Y no tuvieron hijos?

—¿Hijos? Pero si se conocieron ya de viejos. Joaquín estaba viudo y, en cuanto se la presentaron, le propuso que se fuera a vivir con él. No habían cruzado más de dos palabras. Tenía mala leche el viejo ese.

—Lo recuerdo cuidando el jardín y el huerto, con una camisa gris, que algún día debió de ser blanca, y con un nudo en la manga en la que le faltaba el brazo. Y eso sí, con la azada.

—Perdió el brazo en la guerra.

—Dime una cosa, ¿la trataba bien?

—¿Para qué has venido, Lula? —La abuela endurece el rostro.

—Ya te lo he dicho, para retomarme, pero todavía no tengo ni idea de cómo lo voy a hacer. Estoy agotada, estos días van a ser muy duros y te confieso que, en el fondo, me da miedo terminar con la casa y tener tiempo para pensar. La sensación de levantarme por las mañanas sin tener que ir al estudio, sin tener que cumplir un horario, es extraña. Me he pasado la vida con las horas marcadas y ahora no sé cómo lo voy a hacer.

—No es para tanto.

—Para ti es diferente, tuviste la suerte de no trabajar y ser dueña de tu tiempo. Ya sé que tenías dos casas que atender, pero podías dejar a las niñas en el colegio y disponer del día para ti. Yo no he tenido más que las horas contadas, la primera anunciaba lo que traería la siguiente, y así sucesivamente. Ahora soy libre de decidir qué hacer con mi tiempo, de dedicarme a mí, a la casa, al dibujo, a la fotografía.

—¿Para qué has venido, Lula? —repite la mujer.

—Para superar mi miedo a volar.

—Ya, seguro —cuestiona con la mirada—, ¿y para eso abandonas una carrera de arquitecto, te marchas de Madrid y te vienes a este pueblo? Si quieres tomarte un año perdida en esa casa, dibujando y fotografiando pinos y algarrobos, que es lo único que vas a encontrar, pues hazlo. Pero cánsate de este pueblo, de esa casa y de esta vieja y retoma tu vida. Ahora bien,

si lo que quieres es afrontar tu pasado y recuperar lo que per-
diste, entonces entiendo tu valentía.

Lula la mira fijamente y no dice nada.

—Y, por cierto, Joaquín fue bueno con la señora Rosa; le
chillaba tanto porque estaba más sorda que una tapia, se fue
haciendo dura de oído y de mollera la pobre. Todos nos rendi-
mos con el tiempo para acomodarnos a lo que tenemos, pero
tú —la señala y mueve el dedo índice— te rendiste siendo demasiado joven.

Lula se acuesta en la gran habitación de las camas de hierro. Ella está al otro lado de la casa, escuchando bajito la radio.
Tiene miedo de preguntarle. Duda sobre cuánto sabe de todos
aquellos años y cuánto calla.

VI

De vuelta a la casa, abre los postigos de las ventanas y la luz entra matizada por los cristales sucios. Dormirá en la habitación en la que vivió algún pasaje de los que la invitaban a flotar entre los árboles, mientras una mezcla sensorial modulaba su cuerpo sobre las corrientes térmicas. Cuando se despertaba, lo hacía con el cabello sudado, fruto de aquellos sueños inquietos que acababan por mover su cuerpo hasta incorporarlo de golpe. Entonces, Lula contaba que se había deslizado entre las hojas primeras y se volvía a dormir aferrada a la posibilidad de quedar de nuevo suspendida. Sólo lo consiguió una vez y la aventura de retomar el ascenso desde el mismo punto donde lo había abandonado, de sentirlo tan real y propio, la conmovió tanto que se le grabó como la mejor experiencia vivida.

Se asoma a la verja de sus antiguos vecinos y observa que el huerto también ha crecido ensortijado entre las malas hierbas. Las luces de neón siguen en el techo, cada una de un color.

Recuerda que cuando las encendía, la entrada cobraba el aspecto de la fachada de un prostíbulo.

Oye el ruido de un coche que se acerca por el camino, es raro que transiten vehículos por ahí. Un hombre gordo con sombrero estaciona a su lado y la observa.

—Buenos días, perdone que la moleste, pero como ayer vi la puerta de la casa abierta he querido acercarme. ¿Es usted de la familia?

—Sí. Soy Lula, la nieta de Luciana.

—Ah, sí, la hija de Lucrecia. ¡Cómo pasan los años, estás irreconocible! Soy Antonio, el de El Palmar, ¿te acuerdas cuando ibas con tu primo a ver a los caballos?

—Claro, las veces que nos hemos escapado para que Toni nos enseñara a montar. ¿Cómo estás?

—No me puedo quejar, bien, por el momento van bien las cosas. El que se ha hecho con un buen restaurante es tu primo, ¿eh? Adrián está hecho un "«figura»". Quién lo iba a decir, con lo rebelde que ha sido toda la vida, lo que ha criticado a la burguesía y el asco que decía que le daba la política. Si hasta se hizo un rebelde y creo que intentó sacar un periodicucho en contra del sistema. Pero hasta los más hippies sientan la cabeza para labrarse un futuro.

—Sí, me lo dijo mi abuela, es un cambio muy grande, no me lo esperaba de él. —Lula se encoge de hombros—. ¿Cómo está El Palmar?

—No vas a reconocerlo, ya verás. Ahí seguimos, trabajando con los caballos, pero esta vez en serio, vamos a hacer algo grande, así que cuando quieras montar, te vienes. —Antonio se quita el sombrero y se acerca a la verja—. Perdona que me haya adelantado, pero me he acercado por si era tu tía, tú ya me entiendes. No tengo ganas de que Luciana se lleve un disgusto, que ya está muy mayor.

Lula baja la mirada, apenas mueve las aletas de su recta nariz.

—Bueno, así es que, después de todo, ahora tú te vas a quedar en la casa. Se la dejó en herencia a tu madre, pero ella no ha venido nunca más por aquí, imagino que prefirió mantenerse al margen después de todo lo que pasó.

—¿A qué te refieres? —pregunta perdida en el último signo de interrogación.

—Al incendio que hubo cuando tu abuela sacó a tu tía del testamento. Ardió aquella parte —señala a su izquierda—, menos mal que el fuego no llegó a cogerse: si hubiera alcanzado los pinos de los columpios, todo esto habría desaparecido bajo las llamas.

»Tu tía volvió a intentarlo, no sólo la quiso quemar a ella, sino que meses después regresó para incendiar el pinar.

»Fue mi hijo quien llamó a los bomberos y saltó la verja para ir a por la manguera y pudo apagar parte del fuego antes de que llegaran. A ella la detuvieron, pero fue muy duro para tu abuela, no encontraba consuelo.

Lula mira las copas de los pinos que sobresalen del muro, las que no llegaron a arder.

—Luciana, Lucrecia y Lula, ¡qué trío más grande! Y todas pálidas y hermosas. Tu tía Lucía también era bien bonita, lo malo es que la afeó la avaricia y el rencor. Adrián tiene sus ojos grises y sus pómulos, me recuerda mucho a ella cuando era joven.

Al recordar los ojos de su primo, su mirada se dulcifica.

—¿Y te has venido sola? ¿No tienes un marido o algún hombre para ayudarte?

Ella niega con la cabeza, no tiene ganas de hablar más.

Antonio se limpia el sudor de la frente. Lula percibe su intención de entrar y quiere dar por terminada la conversación, que parece que no va a tener fin si cruzan juntos la verja. Tampoco tiene nada con qué obsequiarle, pues la nevera únicamente alberga insectos minúsculos.

—¿Puedo ayudarte en algo? Ya no te quedan vecinos ni gente a la que recurrir por aquí.

—No, muchas gracias, me lo he tomado como un reto personal.

—Perdona que me entrometa, pero es demasiado terreno para una mujer sola. Ese jardín necesita un par de hombres, por lo menos, que te lo saquen a flote. En cualquier momento te vas a tropezar con toda esa maraña de raíces. Ahora tengo unos chicos que te pueden reparar el tejado, la piscina, darle una mano de pintura y esas cosas que le hacen falta. Por lo menos piénsatelo, que te vas a dejar la piel ahí dentro.

—Imagino que a la larga tendré que contar con alguien.

Antonio la mira desconcertado.

—Bueno, ya sabes donde vivo. Si necesitas cualquier cosa, no dudes en acercarte. Y cuando te instales, piensa que ya no te queda nadie más que yo alrededor. —Antonio sube al coche y asoma la cabeza—. ¿Estás segura de que quieres venir a vivir aquí sola? Yo porque tengo un pelotón de gente metida en mi finca todos los días, porque si no, ni loco me quedaba aquí, tan alejado del mundo.

El vehículo se aleja levantando una nube de polvo. La casa está más aislada que nunca. Tendrá que aprender a soportar esa soledad y vencer el miedo o, lo que es peor, las ganas de huir.

Se enfrenta al armario empotrado, aquel en el que dormían calaveras con azadas, según su primo Adrián, que de niño aseguraba haber visto esqueletos mellados de gentes que, como el señor Joaquín, se habían hecho ateos y se habían quedado para siempre encadenados al campo. Lo abre y no puede evitar mirar estremecida. Comprueba que su vecino no está dentro, con el nudo del brazo amputado deshilachado y la azada colgando del otro. Sonríe cuando se da cuenta de que el fantasma que más guerra le va a dar va a ser el de su primo.

El papel floreado con que su madre forró las estanterías está ajado y, al intentar despegarlo, la cola cede mordiendo la madera con fuerza. Toma medidas. Las anota en su cuaderno. Buscará un carpintero.

Se le está haciendo tarde. Tendrá que comprar bombillas para los farolillos del pinar porque apenas se vislumbra el caminito de piedra. El albedo de luna penetra entre las ramas transformando el pinar en una danza de sombras.

Cuando llega al coche intuye que algo no va bien. Tiene la sensación de que alguien ha estado dentro y el miedo se le enreda en los tobillos. Mira el maletero y allí sigue la gran carpeta con todos sus dibujos. Se extraña al comprobar que dos hojas se han soltado, pero puede haber ocurrido a causa de las curvas de la subida a la casa. Revisa los documentos de la guantera. No le falta nada. Saca el coche del pinar y, cuando se dispone a cerrar la verja, se percata de que algo brilla en el suelo. Se agacha. Es una de las pinzas con las que sujeta las hojas a la mesa de dibujo, una especie de clip alargado que usa para que no se muevan ni se arruguen. Echa un vistazo a su alrededor. Se frena en la balsa, hasta ahora no se había percatado de la grieta que recorre el lado izquierdo.

Conduce pensativa. La pinza no se le ha podido caer a ella. Ayer, cuando sacó todas las cosas del maletero, condujo el coche hasta el mismo borde del asfalto, no lo dejó tan atrás. ¿Qué hacía entonces ahí? La probabilidad de que alguien haya estado mirando sus dibujos le parece remota. Ha pasado casi toda la tarde sacando trastos al contenedor, ha estado desfilando por el jardín y no ha escuchado ningún otro vehículo por el camino, sólo el de Antonio, y él no llegó a entrar.

No quiere darle más vueltas, no le gustaría caer en un círculo de preguntas sin respuestas. Guarda la pinza en su bolsillo e intenta olvidarse.

Luciana la espera en la silla de la entrada.

—Mírate cómo estás, con esa camiseta sucia y esos pantalones que no se sabe ya ni del color que fueron.

—Espérame aquí, me doy una ducha y te invito a cenar. Estaré lista en veinte minutos. Por cierto, Antonio me ha dado recuerdos para ti.

—Menudo canalla, qué poco ha tardado en rondarte.

La brisa marina refresca las calles intrincadas del casco antiguo. Van despacito, Lula baja su ritmo para armonizarse con el entorno; atrás quedaron las prisas y las fachadas borrosas de su tránsito acelerado. Ahora puede pasear, como lo hacen aquellos a los que el tiempo no les acecha, como aquellos que salen para no ir a ninguna parte.

Respira el momento y se le acomoda dentro. Sobre ellas se erige el castillo; sus muros, de más de setecientos años de existencia, albergan la Torre de Abadum, de origen musulmán, y la bóveda del Cuerpo del Guardia. Tantos años de historia y de historias parecen no ser suficientes, pues el porte robusto de la fortaleza augura que seguirá allí hasta el final de los días.

VII

Sami y Artan se ocupan del jardín y de la balsa. Han llegado esta misma mañana en el coche de Antonio y han traído todos los utensilios necesarios para empezar a trabajar. Le ha pillado por sorpresa y se ha sentido invadida, pero no ha querido demostrar su desacuerdo, simplemente les ha abierto la verja. Advierte, eso sí, que no quiere una poda radical, que le gusta su jardín enmarañado y la libertad con la que serpentean las enredaderas por todas partes. Es cierto que las ramas de las palmeras invaden los pasillos y la mala hierba se ha apoderado de la tierra, pero no quiere perder ese halo salvaje que tanto le fascina.

Los chicos la miran. Ella duda que entiendan algo de lo que dice.

—¿De dónde sois?

—De Kosovo.

Recurre a la gesticulación: «Esto sí cortar. Esto no cortar». Por fin Artan, el rubio de mirada afilada, parece hacer un esfuerzo por comunicarse, pero su compañero se limita a asentir con la cabeza y a esbozar una sonrisa bobalicona, prueba de que no entiende absolutamente nada.

Se asoma por la ventana del comedor, inquieta ante la idea de que puedan podar demasiado y castrar toda aquella belleza. Al ver el montón de ramas verdes que agonizan debajo de la escalera de Artan, sale para volver a repetirlo. Llevan ritmos muy distintos. Sami es lento, aunque obediente y silencioso; el otro es hiperactivo, pero irreverente.

Lula les hace un gesto para que bajen de sus escaleras. Le da la sensación de que si ella no se impone, Artan le va a dar problemas. Durante la comida comprueba que, efectivamente, es desafiante y se siente molesto cuando le dice lo que tiene que hacer.

—A ver, me gusta cómo está podando los cipreses tu amigo Sami. Así, como él. ¿Entiendes?

—Claro.

—Me dices claro y luego sigues haciéndolo mal. Mira, Artan, si tú no lo haces igual, me quedaré sólo con Sami. —Lula levanta la voz—. No necesito dos hombres, con uno puedo arreglarme. ¿Esto también lo entiendes?

—Sí, claro que entiendo, claro que entiendo. Él no sabe nada y, si me voy yo, él también se marcha. Así es, trabajamos los dos o ninguno.

—Vaya, así que sí que hablas español. Pues si no estáis de acuerdo conmigo en la manera de hacer las cosas, es mejor que os marchéis. Os pagaré el día entero, por eso no tenéis que preocuparos. Pero si tenéis que trabajar aquí, aunque sean unos días, es mejor que nos empecemos a entender. No es necesario repetir las cosas tantas veces.

—Yo sé lo que hago.

—Y yo sé lo que quiero. Y no quiero un jardín perfectamente podado, sólo me interesa hacer los pasillos transitables.

—Trabajar así es trabajar mal.

—Puede que esté mal, pero es como a mí me gusta. En todos los sitios del mundo, quien paga manda, y la que paga aquí soy yo —cierra tajante.

—Eres muy guapa para estar tan sola y mandar como un hombre.

—No vamos a entrar en eso. No sé cómo son las cosas en tu país porque somos de culturas y religiones diferentes, pero si no quieres trabajar para una mujer, os lo vuelvo a repetir, podéis marcharos ahora mismo, os pagaré el día entero.

Artan tuerce el gesto, le hace un par de comentarios a su amigo y suelta una risita necia. Lula está cansada, nunca ha tenido demasiada paciencia. No le gusta y no se siente cómoda teniéndolo dentro de la casa. Sus ojos afilados y la línea de sus labios estrechos advierten que es mejor no tener problemas con él, así que lo más sensato será buscar alguna excusa y prescindir de ellos de la forma más amable posible. Él se lo ha advertido y ella es consciente de que está demasiado sola como para crearse enemigos.

Un camión frena delante de la verja. Le traen la nevera, la lavadora y los colchones que encargó. Lula se levanta, les deja el dinero acordado por jornada sobre la mesa y se dirige a la cocina para desenchufar los viejos electrodomésticos. Entran un par de hombres, pero el camino hacia la casa y hacia el contenedor de afuera se hace cada vez más largo entre la hojarasca, las raíces y las ramas crecidas. Los kosovares se ofrecen para ayudar. Sami suda y respira como si fuese a morir en el intento y Artan maldice en su idioma. Lula, por otra parte, saca varios objetos pesados para facilitar el trabajo.

Es tarde. Septiembre empieza a recortar los días con tijeretazos dolorosos. Acerca a los kosovares a casa de Antonio y apenas reconoce el lugar, la estructura de El Palmar sigue siendo la misma, pero las pistas antiguas de polvo y los trasteros se han transformado en pistas de competición para salto y boxes modernos. Tiene contratados jinetes vestidos de uniforme y un camión plateado centellea bajo la puesta de sol, en el que se lee «Cuadra El Palmar».

—Antonio, ¡qué maravilla! ¡Cómo ha cambiado todo esto! Si parecen pistas para competiciones internacionales.

—Y así será, de eso se trata. Ahora crío y vendo caballos, pero hay que prepararlos bien, contratar expertos, mantener las infraestructuras y todo eso vale un dineral. Dime, ¿cómo se han portado los muchachos?

—Sami es obediente.

—Sami es el gordo, ¿no? Nunca me aprendo los nombres de estos extranjeros. Sí, ése es un manso, no sabe trabajar sin el otro, hace todo lo que le manda. Su madre lo debió de parir sin neuronas.

—Artan es el que me preocupa, espero no acabar mal con él. Hace lo que le da la gana, es desafiante y no le gusta que una mujer le diga lo que tiene que hacer. Entenderás que a estas alturas me trae sin cuidado lo que pueda pensar un tipo como él, he dirigido obras con gente de muchas culturas. Pero me asusta, esto no es Madrid y yo voy a estar demasiado sola. ¿Es conflictivo?

—No creo, mujer, ahora mismo hablo con el rubio y lo meto en vereda.

—Antonio, una pregunta, por curiosidad. ¿Volviste la otra noche, antes de que yo regresara a casa de mi abuela?

—No. ¿Por qué?

—Nada, me dio la sensación de que alguien había estado en el pinar.

—Acostúmbrate a cerrar la verja cuando estés dentro, que este pueblo ya no es lo que era.

—Gracias, te haré caso. ¿Está tu hijo Toni?

—Ahora está en Francia, no sé cuándo regresa porque él anda con sus cosas, pero seguro que se alegrará mucho de verte.

Aparca el coche en la plaza de la Lonja Vieja y busca las rocas que cercan la playa Norte y que dibujan los pies del pueblo. Una piedra lamida, enmarcada por un pórtico de piedra, hace de tribuna. Le gusta la paz que se asoma por allí, del otro lado, donde las olas rompen. Se descalza y se sienta mientras que la espuma le empapa el pantalón. Entonces siente el cosquilleo en el estómago, ese mismo que debe de sentir Simón en Formentera.

En *La golondrina* se embarcan los últimos turistas del día para tener otra perspectiva del castillo. Anochece, pero siguen faenando las barcas y en el puerto las mujeres tejen las redes. Parece que en verano nunca es tarde para nada, que las horas se dilatan ocupando más superficie. Cierra los ojos, está cansada, pero no quiere perderse una puesta de sol que seguro dará a luz una noche en la que las estrellas se ordenarán como estrategas del cielo.

Una gaviota planea a un palmo escaso de su cabeza. Se agacha. Piensa en cómo será esa isla que enamoró al periodista que no quiso escribir ni una línea más. Él dijo que era un paraíso donde el mar se dividía en pedazos de azules irreconciliables. Se lo imagina, adentrándose en el mar sin que una gota lo arrugue, con la cara seca y el pelo de su bigote perfecto, como dentro de una burbuja.

VIII

El insecto se mantiene a cierta distancia de ella, a pesar de su inmovilidad y de su intento de disimularse con el entorno. Podría estar mirándolo durante horas, en el bordillo, con el bote de pintura y las piernas pegadas al cuerpo. La balsa está vacía, partida por la grieta, pero la libélula sigue allí, aguardando el agua que ha de llegar. Mantiene las alas extendidas, horizontales al cuerpo: es la reina del cielo ibérico, intensa, eléctrica, onírica. Lula suda y la pintura le gotea.

Con la llegada de los kosovares, vuelve a retomar el ritmo de trabajo. Tiene el cuerpo dolorido y varios moratones y arañazos en los brazos y en las piernas, pero no puede frenar. Artan ha esbozado una sonrisa cuando la ha visto descansando en la orilla de la balsa, envuelta en el albornoz y con restos de pintura por el cuerpo. Cuanto más pequeña la vea, más grande se hará él, así que decide ducharse, vestirse y continuar con las ventanas.

Busca un azul turquí, el sexto color del espectro solar, referencia de su Estambul añorado, del turco que se quedó fondeado en el Cuerno de Oro. Hunde el pincel y estira la pereza de sus brazos. Se pregunta en qué se ha convertido después de todo y de todos.

Artan se sienta en los escalones de la terraza para encenderse un cigarrillo. Lula intenta restarle tensión a sus días juntos.

—¿Te gusta este color para las puertas y las ventanas?

Él no la mira, apaga el cigarro y se marcha a podar la parte de atrás.

—Esto me pasa por imbécil —dice bajito mientras cierra un botón de su camisa, por el que se entreveía medio pecho desnudo.

Se dirige a su habitación para observar al kosovar desde la ventana. Se ha subido a la escalera y poda el último seto del jardín, tras la higuera. Se inquieta. A su derecha quedan unas enredaderas cuajadas de campanillas púrpuras. Confía en que no haga un amago siquiera de cortar la trepadora. Ese rincón ha sido uno de sus preferidos desde que aquella planta decidió instalarse allí.

Él se gira, como si supiera que lo está observando, como si intuyese el valor que ese rincón tiene para ella. Se paralizan. Permanecen serios, él con las tijeras de podar en la mano y ella con el corazón en un puño. Su mirada le chirría dentro, le incrementa el desasosiego. Él le da la espalda. Espera un poco más de tiempo. Tras unos segundos, aparece Sami por la parte de la pila de los galápagos. Hablan entre ellos. No entiende lo que le dicen, pero a Artan el tono le sale abigarrado. Vuelve a mirar hacia la ventana. Lula ya no está.

En cada mano de pintura arrastra la inquietud del momento. Las cerdas se doblan empastadas de azul turquí. No puede concentrarse, la pincelada le sale demasiado densa.

Cuando los kosovares sacan la carretilla cargada de hierba, sale y la mira. Ninguna flor púrpura se mezcla entre los hierbajos. Se tranquiliza por fin y suelta los brazos con tal relajación que se le cae el pincel. Sami se ríe y su amigo le empuja para que continúe por el pasillo sin entretenerse.

Una araña *patilarga* asoma por el desagüe del bidé. Tiene que proteger a la araña del ciprés, en memoria de aquella que dejó a su prole el legado del agujero de las golosinas. Esa parte está todavía por podar y las ramas han crecido tanto que se hace imposible transitar por el estrecho pasillo. Los chicos tienen que dar la vuelta a la casa para alcanzar el cuartito trastero, situado al final, donde guarda los botes de pintura y alguna herramienta. Junto a la terraza, estará el arácnido cosiendo sus ramas.

Cuando sale al jardín ve a los kosovares junto a verja hablando con un extraño. Es muy alto. Piensa que puede ser Toni, el hijo de Antonio, pero cuando se aproxima, él se mete en un coche y se marcha con prisa por el camino de polvo. Lula se acerca.

—¿Quién era, Artan?

—¿Quién?

—¿Cómo que quién? El que se acaba de marchar. ¿Era el hijo de Antonio?

—No.

—¿Entonces?

—Un amigo.

—¿Por qué se ha ido de esa manera cuando me ha visto? ¿Hay algún problema?

Él no contesta.

—¿Es de vuestro país? —pregunta inquieta—. Oye, te estoy hablando, por lo menos podrías mirarme.

Artan regresa a su trabajo sin decir ni una palabra más.

Lula lo mira de reojo y, cuando se gira sobre sí misma, encuentra una carta en el buzón. Se emociona, atraviesa corriendo el pinar y la terraza hasta alcanzar la llave y vuelve a salir. No lleva remite. No reconoce la letra. La palpa, la mira a trasluz y la abre despacito, saboreando el momento. Dentro hay una postal. Una casa blanca, construida con piedras, se acurruca en un paisaje de mar.

> *«Para que tú me oigas,*
> *mis palabras se adelgazan a veces*
> *como la huella de las gaviotas en las playas».*
> *Lula, con este verso de Neruda quisiera decirte esta noche que todas las palabras son tuyas, y que fuera cierto.*
> *Simón.*

IX

El verano toca a su fin y pronto empezará a hacer frío en el pinar. La libélula ha vuelto hoy a la balsa y ha parado su vuelo, trayéndole un pensamiento triste: con la llegada del invierno, morirá. Su relación empezó en aquella misma esquina, hace más de veinte años. Entonces, Lula se quedaba expectante, agazapada, temerosa de que el descontrol de sus primeros movimientos la indujese a escapar. Casi no entendía, pero le cautivaba su belleza y su capacidad de poder volar hacia adelante o hacia atrás, en línea recta, subir o bajar en vertical, girar en el aire sobre su cuerpo, detenerse en mitad de la nada y flotar. Flotar, como más tarde haría ella en sus sueños.

Hoy es el último día que trabajan los chicos, nada más llegar discute con Artan, se enfrentan e incluso le llega a gritar, cansada ya de su insolencia. Él se marcha por el camino de polvo dando voces en su idioma y, antes de desaparecer, se gira y la amenaza. Lula se queda callada y se arrepiente de haber perdido la paciencia.

Sus compañeros del estudio de arquitectura le reprocharon varias veces su perfeccionismo y los modos que utilizaba cuando las cosas no se hacían como ella quería. Su carácter abrió una fisura en el equipo difícil de llevar, razón por la que el gerente nunca le tuvo simpatía; pero su tenacidad y su creatividad la salvaron e incluso la consolidaron como una de las figuras más importantes de cara a los clientes. Ella brillaba sola, ajena al grupo, distante y fría como sus ojos de azul hielo.

Únicamente queda el pasillo del cuartito trastero por terminar, Sami duda si quedarse o marcharse, hace movimientos confusos frente a ella, le sonríe y se encoge de hombros, tiene miedo. Al final, entra en la casa con la cabeza gacha, como esos niños que esperan que les peguen una colleja. No sabe qué ha podido hacerle tomar esa decisión, está claro que el otro es el que piensa, el que decide, el que manda y castiga.

Lula intenta ser amable y le dice que empiece por el ciprés del agujero de las golosinas, le enseña a su inquilina y la gran telaraña, sabe que la respetará a pesar de su aspaviento al descubrirla. Después lo ve sonreír, acercarse un poquito a ella y curiosear la trama de los hilos de seda.

El ambiente sin Artan es más relajado y Sami le pide que le siga por el pinar al rincón de los cactus.

—Comer, comer. —Sami se agacha y coge en sus manos una tórtola—. Casa. —Señala la verja.

—¿Tu casa?

—No, casa Sami no. Casa.

—¿Quieres que se la llevemos a Antonio?

—No, no, Antonio no. Casa Fadil. Pueblo, allí, pueblo.

—Está bien, Sami, voy a buscar una caja de cartón y nos la llevamos al pueblo.

Aparcan el coche en el puerto y suben la cuesta empinada, Lula se deja guiar, él va delante, señala, sonríe y habla en su idioma. Lo sigue por la calle de los Santos Mártires y se adentran en un callejón sin salida que desemboca en un patio cubierto por una parra. Sube tres escaloncitos y aporrea una puerta azul. No hay respuesta. Grita en su idioma, busca un ángulo para visualizar algún balcón entre las hojas de la parra y vuelve a gritar.

—Él saber. —Sami señala la puerta.

—Sí, pero parece que no está.

Finalmente, el cerrojo se abre. Fadil sale a su encuentro y, entonces, Sami se convierte en una enorme sonrisa servil.

—Hola, soy Lula, encantada. —Le da la mano y se siente pequeña ante aquel coloso.

—¿Para qué te ha traído aquí el gordo?

—¿Sami? Pues, ha encontrado esta cría, deshidratada y medio muerta, y queremos saber si todavía se puede hacer algo. Parece que quiere vivir.

Sami repite: «Quiere vivir, quiere vivir».

—Si te parece bien, me la quedo y vuelves en un par de días. Seguramente podremos salvarla.

—Gracias.

—¿El gordo trabaja para ti?

—Ya hemos terminado, pero me gustaría que continuase un par de días más. El problema es que no nos entendemos, bueno, imagino que conoces a Artan.

—Claro. ¿Quieres que le diga algo a Sami?

—Sí. —Lula habla distraída, intentando disimular el interés que su belleza le despierta—. Por favor, pregúntale si quiere trabajar más días, sólo él. Hemos terminado de podar todo el jardín, pero queda por pintar alguna habitación.

—Has tenido problemas con Artan. —Fadil levanta las cejas y acentúa sus ojos castaños y brillantes.

—Sí, no quiero volver a verlo por mi casa.

Los dos kosovares hablan un rato y, por el tono de su conversación, parecen mantener posturas enfrentadas. Sami niega con la cabeza.

—No pasa nada, me las arreglaré sola. —Lula zanja la conversación con su particular sequedad—. Por favor, dale las gracias de mi parte.

Tras la puerta entornada de la casa, se escuchan unos pasos. Nadie sale. Se queda atenta por si es Artan quien se oculta allí y está escuchando la conversación.

—Entonces, vengo pasado mañana por la tarde para ver qué ha sido de la tórtola y me dices qué te debo.

—No soy veterinario. Este pájaro sólo necesita agua, comida y un poco de afecto. —Fadil se gira para mirar las escaleras que dan al interior de la vivienda—. Tengo que subir. ¿Sabes encontrar esto? Es muy fácil, pregunta por la casa del señor Jacinto y te indicarán. Ése es el campanario de la Ermitana —señala la torre de la iglesia que se vislumbra sobre el techo de parra—, no tiene pérdida.

—Sí, conozco bien el pueblo, pasé todos los veranos de mi infancia aquí.

—¿En esa casa?

—Sí.

—Discúlpame, tengo que subir ya. Pero antes de irte, tendrás que decirme una cosa, ¿no?

—¿Cuál? —A Lula la voz le sale coqueta.

—Su nombre.

—¿El de la tórtola? Ni me lo había planteado. Que se lo ponga Sami, él la ha encontrado.

—No, el gordo no se va a hacer cargo de ella, ¡si no sabe cuidar ni de sí mismo! Tienes que ponérselo tú. Además, cuando a un animal se le da una identidad o se le llama por un nombre, se crea un vínculo especial con él. Creo que eso les ayuda a crecer en este mundo de humanos.

Lula se queda callada.

—Venga, atrévete, dale un nombre, el primero que se te ocurra.

—Hay una canción sobre una poetisa argentina, *Alfonsina y el mar*. Es una canción triste y poco esperanzadora porque se suicida, pero siempre me ha gustado.

—Pues vuelve en dos días a por *Alfonsina*, a ver si la hacemos cantar.

Lula se despide y camina despacio hacia la plaza de Armas. Se gira con la esperanza de volver a ver a Fadil, por si ha salido a acompañar a Sami. Se recrea con la imagen de su rostro, en la que cada rasgo convive en perfecta armonía.

Se observa en el escaparate de una tienda. Parece haberse mimetizado con la mala hierba y que Sami la haya arrancado también de debajo de los cactus para traerla al pueblo. No ha tenido tiempo para arreglarse, su ropa está sucia y todavía le quedan restos de pintura azul en el escote y en los antebrazos.

Su abuela no está tras los múltiples cerrojos, así que aprovecha para dedicar unas horas a su aseo personal. Se desnuda frente al espejo. Ha perdido peso, está delgada, estos días de duro trabajo no le han sentado demasiado bien. Menos mal que tiene bastante pecho y formas redondeadas, pero la clavícula y las costillas se le marcan bajo la piel. El esmalte de las uñas de los pies está cuarteado, tiene moraduras en las piernas, y los tobillos un poco hinchados. El vello del pubis ha dibujado un triángulo irregular. Levanta los brazos para ver en qué punto está el de las axilas. Repasa sus cejas con los dedos, se suelta la larga coleta y observa las puntas, están secas. Abre los armarios del cuarto de baño y descubre todo un arsenal de productos de belleza. Sonríe, su abuela siempre ha sido una mujer presumida.

Empieza por preparar la cera para la depilación. Lo primero, las ingles, le molesta que su sexo pueda oscurecer. Esa idea le obsesiona, a pesar de que su vello púbico no es demasiado frondoso. El monte de Venus debe estar bien recortado, en la medida justa, sin excederse para que no quede en una línea como el de las actrices porno, pero sin dejar que el triángulo se abra demasiado. Lo importante es conseguir un isósceles tímido pero bien dibujado para que guarde armonía con su entorno, con las caderas, la cintura y el nacimiento de los muslos. Los días que sabe que mantendrá relaciones, se rasura también los labios para proporcionar mayor suavidad a la vulva. Sabe que así su amante se recreará más en los besos y caricias, alargando su placer.

Después de la cera, se entretiene con las pinzas, pelo a pelo, hasta que lo considera suficiente. Le duele la espalda, la postura que tiene que adoptar no es cómoda y ha sufrido mucho las últimas semanas. Continúa por las axilas, que le resulta siempre más fácil y menos doloroso. Apenas tiene un vello incipiente y escaso que apura con maestría. Aplica aloe vera en las zonas enrojecidas y continúa con las cejas. Se fija en que mantengan la curvatura perfecta. Las peina hacia arriba con un cepillo finísimo y las recorta, pero no cree necesario el uso de las pinzas.

Tras un baño de color para el cabello y la ducha con un exfoliante, se embadurna con lociones hidratantes, perseverando en las extremidades. Su pelo vuelve a cobrar el negro azulado que tanto contrasta con su piel y su mirada pálida, añadiendo fuerza a sus rasgos y acentuando su belleza distante.

Se sienta en el salón para recortar y pintar sus uñas de negro. El aire entra denso y aplomado por los ventanales. Las cortinas se balancean como si las empujase el ronroneo de un chelo herido.

Se acuesta boca arriba en el suelo. El cerrojo parece sumarse a la caja de resonancia de aquella habitación. Una, dos, tres vueltas.

Lula se levanta y separa con los dedos los mechones negros para que se sequen.

—Hoy hemos encontrado una tórtola moribunda y se la hemos llevado a un amigo de los chicos que trabajan en el jardín, se llama Fadil y es altísimo, con un tipo de belleza refinada.

—¿De dónde es?

—De Kosovo, pero habla español.

—¿Por qué no te buscas algún chico que no sea extranjero? Todos son de países raros, parece que no escarmientas. Además, no me gusta que andes con esa gente, dicen que algunos pertenecen a mafias organizadas.

—¿De dónde has sacado eso?

—De las noticias y de la gente, que está muy molesta. Y también lo están con Antonio, que ha engañado al pueblo entero.

—Sólo le he llevado una tórtola. —Lula levanta las manos en son de paz.

—No me cuentes cuentos que soy muy vieja. Sé lo terca que eres cuando se te mete un hombre en la cabeza y sé que el pájaro que te interesa no es el que está medio muerto, sino el otro.

—Por cierto, vive en la casa del señor Jacinto.

—¿Con ese viejo loco? Pero si ese hombre perdió la cabeza hace años. Su hija le llevaba la casa hasta que se cansó, ya mayor, y se marchó del pueblo. Creo que algún vecino fue a visitarlo porque temían que muriera de inanición, no estoy segura. La verdad es que hace tiempo que no sé nada de él, fíjate que pensaba que ya se habría muerto.

—La casa no parece estar en muy buenas condiciones.

—Hazme un favor, entérate si Jacinto vive todavía y, si es así, averigua cómo está. Seguramente esa gente se estará aprovechando del pobre loco, nunca se sabe. Si puedes, asómate y echa un vistazo, pero sólo si puedes, no te vayas a meter en líos.

—¿Y si lo está cuidando?

—Mira que eres inocente, que están pasando cosas terribles por todas partes. Cuanta menos relación tengas con esos kosovares, mejor. Y respecto a Antonio, ¿no te parece extraño que un hombre de campo como él haya hecho semejante imperio con los caballos? Tampoco es trigo limpio, comentan que por ahí sacan el dinero algunos constructores, que cogen parte de lo que se destina a los edificios públicos. Pues que se ande con cuidado, que las cosas no están como para ir robando el dinero del pueblo.

Lula se queda pensativa y pregunta:

—¿Tú crees que todavía tengo la mirada inocente?

—No, ya no tienes aquellos ojos dulces, se han curtido y distancian a todos los que los miran, parecen dos cristales empañados tras una nevada. Es más, me atrevería a decir que para los hombres te has vuelto como esos gatos que se erizan antes de acariciarlos, son caprichos a los que no dejas acceder a tu alma, por eso todos tienen una fecha de caducidad para regresar a sus países.

Lula permanece en silencio hasta que la noche la sorprende mirándose al espejo en la penumbra de la habitación. Se pregunta qué hizo con el talento que tuvieron sus ojos.

X

En una de las habitaciones cuesta respirar. El moho se ha adherido a la materia orgánica, hay zonas en las que el verde llega a ser fluorescente, como si las esporas estuviesen reclamando la humedad ambiental para seguir con su reproducción mientras el cielo se oscurece y el aire levanta alguna hoja del jardín mutilado. Lula sale a la terraza con los brazos cruzados y mira los nubarrones. El tiempo acompaña su estado anímico, la soledad se le hace grávida.

Por primera vez siente el desarraigo, y lo hace justo en el lugar donde se crió. Le parece una contradicción, así que cierra los ojos y se concentra en el aire que levanta las hojas. Quizá, como ellas, no deba tener raíces, sino apenas el recuerdo de que en alguna parte las tuvo.

Enciende los farolillos del jardín y su luz emerge amarillenta como las lágrimas de un libro viejo. Intenta destapar el pozo. Aparta la maceta que duerme sobre él y que ha dibujado un cerco anaranjado en el hierro, como si hubiese estado soldada. Tira fuerte, pero no puede. Busca un objeto punzante para introducirlo entre la junta y, por fin, consigue abrirlo. Las gotas golpean en el fondo con cierta musicalidad metálica, todavía alcanza alguna vena de agua subterránea.

En la verja, una silueta se desdibuja tras los barrotes, como si estuviera pintado en carboncillo. Se levanta de golpe, desde esa distancia es difícil saber si es un hombre o una mujer. Cierra la casa, coge las llaves, despega la camiseta de sus pechos y se acerca por el pasillo de los cipreses. Cuando llega al pinar, ya no la ve. Sale al camino de polvo, pero no hay nadie, ni siquiera escucha el ruido de un coche alejarse. Se acerca al chalé de sus antiguos vecinos, la verja está cerrada con varios candados oxidados.

No se atreve a echar un vistazo por los árboles que quedan tras ella y que acotan el camino, así que regresa a su pinar, sin cerrar la verja. Espera dentro del coche, en silencio. Prefiere esperar ahí. La lluvia parece dar una ligera tregua. Tiene ropa seca en el maletero. Se desnuda. De repente, tiene la sensación de que la están mirando. Siente miedo. Se pone las bragas rápidamente, la camiseta y el pantalón corto. Escurre las prendas mojadas y, cuando cierra el maletero de golpe, se gira. La verja sigue vacía. Junto a ella, varios setos circundan la palmera enana. Allí se escondían todos de niños y orinaban cuando salían de la balsa para no tener que llegar hasta la casa. Ese rincón siempre tuvo olor a orín.

Está oscuro. Las bombillas de las farolas alumbran lo justo. Lula avanza despacito hacia la palmera pero, antes de llegar, se frena. Vuelve sobre sus pasos, sube al coche, se quita las botas manchadas de barro y se marcha, sin apagar las luces del jardín, sin volver a entrar en la casa.

La lluvia vuelve a acuchillar al viento. Sabe que irse así es un error, que de todos los miedos, el que más le va a costar vencer es el de la huida. Decide dar una vuelta para ver si algún vehículo está escondido tras los árboles, donde antes no se atrevió a mirar. Nada.

Recuerda las palabras que le decía su madre cuando ella insistía en que el fuego podía ser provocado por algún espíritu: «No hay que tener miedo de los muertos, pues ya no pueden más que aparecer cuando los pensamos. Los vivos, ésos sí que dan miedo».

Estaciona el coche frente a la casa de Antonio. La distancia a pie hasta la suya es de unos diez minutos, pero le extraña que alguien se haya tomado esa molestia en un día tan lluvioso.

Pregunta por Antonio a un chico, que le contesta con una fuerte pronunciación francesa. Por su porte enjuto y aniñado debe de ser uno de los jinetes.

Se acerca a la puerta del porche, donde Antonio y una joven de trenzas largas salen a recibirla y le invitan a secarse y a sentarse.

—Lula, ¿qué haces por aquí? ¡Con la que está cayendo! Ven, te presento a mi mujer, Encarna.

Lula se sorprende, no sabía que se había vuelto a casar con una chica a la que triplica la edad.

—Y este mofletudito es nuestro hijo. —Agarra en brazos a un bebé de ojos achinados y rasgos mayas, igual que la madre.

—Precioso. —Lula esboza una sonrisa comprometida—. Antonio, te quería preguntar si sabes de alguien que se haya acercado a mi casa.

—Que yo sepa, no. ¿Por?

—Había alguien en la verja, en pleno chaparrón.

—Yo no he oído ningún coche por aquí, pero estamos tan ocupados en nuestras cosas que tampoco lo sé. Además, están los hombres con el camión o los caballos sueltos, siempre hay jaleo.

—¿No han venido ni Sami ni Artan?

—No, ya no trabajan aquí, pensaba que todavía estaban con lo tuyo. ¿Todo bien?

—Es que estoy segura de que había alguien en la verja observando y he pensado que podía ser alguno de ellos. Artan me amenazó, me hizo un gesto que no me gustó antes de marcharse, terminamos mal.

—Mi hijo también me dijo que no contara con ellos, de repente me llamó desde Francia, no sé por qué, tampoco me dio ninguna explicación, sólo que ya me conseguiría otros hombres. No te conviene quedarte ahí, ya te dije que no es lugar para que estés sola. Te daré un perro, tengo tres cachorros y te puedes llevar uno cuando los destete.

—No he pensado tener un perro.

—Lo que no debes hacer es convertirlo en un faldero —Antonio habla sin escucharla—, que no duerma dentro, que sepa que eres su dueña, que eres tú la que manda. A los perros, sean animales o no, hay que enseñarles quién es el que manda. ¿Te queda claro?

De vuelta a casa de su abuela, sigue cavilando sobre la figura que vio al lado de la verja. Es cierto que con el perro se sentiría más segura, pero tendrá que aceptar la responsabilidad y pensar qué hará con él si decide regresar a Madrid.

El cielo se ha vuelto a encapotar y los truenos se escuchan cerca. En el descenso observa la lluvia eléctrica sobre el castillo de los templarios y los relámpagos que iluminan su orla en medio de un mar de plata.

Los limpiaparabrisas aceleran su danza. La tormenta cobra intensidad, tanta que le resulta difícil visualizar el camino. Frena y espera tensa que ningún otro vehículo circule hasta que amaine. No hay arcén. El todoterreno ocupa, además, parte del carril contrario. Quita la música. Las gotas se convierten en granos duros que estallan en la chapa emitiendo un ruido ensordecedor. Tiene mermados los sentidos allá dentro, apenas se activan cuando un relámpago refulge y tras él se escucha el trueno anunciado. Permanece atenta, mira por todas partes por si ve alguna luz. Nada, imposible tener visibilidad. El suelo se deshace en barro y salpica las puertas. Las ruedas se hunden unos milímetros. Respira profundamente. Regresa a la imagen del hombre tras la verja, a los dibujos desordenados del maletero, a la pinza de metal en el suelo. La lluvia no cesa, parece agravarse por momentos, acompañada de granizo. Lula espera, con las manos apretadas al volante. Las ramas crujen con las sacudidas del viento y las hojas se desprenden aplastándose contra los cristales del coche. El ruido se hace más intenso. Se siente frágil.

Unas luces se acercan por detrás. Hace sonar el claxon para advertir de su presencia. Parecen detenerse. Se arrima a su derecha para intentar ceder el paso, pero el otro coche se queda detrás, quieto. El cielo se ha vuelto negro verdoso y el vendaval no cesa. Lula respira entrecortadamente, sabe que tiene que bajar la respiración al abdomen para tranquilizarse y evitar la ansiedad.

Los minutos pasan lentos mientras el mundo se acelera allá fuera. Los golpes que reverberan dentro del coche empiezan a ganar fuerza. Probablemente se le esté picando la chapa, pero ahora lo único que importa es mantener la calma y llegar a casa. Los bandazos de aire sacuden el vehículo. El sonido es ensordecedor y el pulso se le dispara.

Tras unos minutos de angustia, por fin, el granizo parece ceder el paso de nuevo a la lluvia.

Baja la ventanilla y asoma la cabeza, que se vuelve a empapar en un segundo. Por lo que puede llegar a ver, es un coche rojo y está a unos metros del suyo. Saca la mano y hace un ademán para que le pase. No hay respuesta.

El viento azota. Lula se despega los mechones mojados de la cara. Le sería más fácil seguir las luces del otro vehículo si le adelantase, pero permanece quieto, con los limpiaparabrisas en marcha. Es lo único que alcanza a ver, ni la matrícula ni la persona que lo conduce. Se atreve a arrancar y a seguir bajando despacito hasta el pueblo. De repente, el coche la adelanta y le bloquea el paso.

Lula cierra los pestillos y permanece quieta, agarrada al volante y con la mirada fija en la silueta que baja del vehículo. Parece distinguir a Artan con un palo, no lo puede ver bien, no sabe si es él ni si lo que lleva es un martillo de mango largo, no está segura. Lo que tiene claro es que no dudará, si tiene que atropellarlo o partirle el coche con el todoterreno, lo hará.

Se acerca con el palo levantado y ella aprieta el acelerador. El barro que levanta las ruedas le salpica las ventanillas. Tiene poca visibilidad, pero logra esquivarle y arremete contra su coche para abrirse paso. El ruido del choque es seco, probablemente le haya destrozado parte del morro, pero no se gira para mirar, sale camino abajo con el corazón latiéndole fuerte y la sensación de que las cosas van a empeorar.

Los cristales están bañados de gotas que resbalan junto a otras hasta formar pequeños riachuelos. Cuando llega a la playa, la luz del semáforo dibuja una esfera borrosa, no hay nadie más.

Aparca fuera de las murallas y se encharca las botas cuando pisa el asfalto. Mira la carrocería para ver los daños causados por el granizo y por el golpe y no ve ningún desperfecto. Se extraña, por el tremendo ruido pensó que estaría dañado. Avanza deprisa por las callejas, las ventanas están cerradas, los adoquines resbalan, nunca había visto el mar tan agitado y el cielo amenaza con seguir descargando hielo.

La inquietud le acompaña hasta la puerta de casa de su abuela en una atmósfera verde oscuro. Se desnuda en la entrada y deja allí la ropa mojada. Las habitaciones se han vestido de luces y sombras, las cortinas se contraen en un tono más grave. Se asegura de que todo esté bien cerrado.

No puede dormir, permanece con los ojos abiertos atenta a cualquier ruido. Cuando el sueño por fin la vence le parece ver el movimiento de la oscuridad. Piensa en cuánto desvelan los claroscuros sobre los temores o, quizá, cuánto añaden.

XI

El cielo ha perdido su color y se ha convertido en una masa blanquecina. Lula ha cubierto la mesa blanca del corral para que no le reflecte y poder dibujar con carboncillo, pero aun así le resulta complicado enfrentarse al papel sin contraer todavía más el diámetro del iris.

Abandona el dibujo y decide darse un baño en la playa. Algunas gotas chispean sobre el mar, alrededor de ella, y tiene la sensación de que se evaporan en cuanto rozan su cuerpo, deshidratadas por el calor. Luciana se ha sentado en una silla bajo la sombrilla. No hay gente porque amenaza más lluvia, apenas una pareja camina por la orilla y algún cuerpo se difumina en la arena.

—Dicen en el pueblo que ayer hubo dos tornados.

—Sí, a mí me atrapó uno, fue un momento muy tenso. No te lo quería decir, pero me pilló en el camino de bajada. Dentro del coche el ruido llegaba a ser ensordecedor, incluso hubo un momento en que las hojas que arrancaba el viento venían hacia mí y pensé que también eran bolas de granizo. En ese momento sentí pánico.

—¡Qué cosa tan rara!

—Por cierto, ayer estuve en casa de Antonio. ¿Sabías que tiene un bebé?

—Sí, se trajo a la mexicana esa y pronto la vimos con el bombo por el mercado, se la tuvo que traer. Uno de los jinetes que trabajaban para ellos llegó a irse de la lengua y le contó a la hija de una vecina, con la que mantiene relaciones, que a la chica la había preñado Toni, pero que su padre se había hecho cargo de ella, se había casado y había asumido la paternidad porque él no quería saber nada. Esos comentarios le costaron el despido al jinete. Lo llegaron a amenazar y a atemorizar tanto que tuvo que marcharse del pueblo. Corren muchos rumores sobre ellos, y eso que se mantienen lejos porque se han puesto en contra a todo el mundo, apenas bajan por aquí. ¡Vete a saber de dónde la sacaron! Al niño nunca lo hemos visto, pero algún día crecerá y alguien tendrá que contarle la verdad.

—Así que le amenazaron para que se marchase —dice Lula pensativa.

—Ella es una chiquilla. Se rumorea que ni siquiera es mayor de edad.

—A quien no he visto todavía es a Toni. —Lula regresa de nuevo a la conversación—. Es una historia muy dura que la mexicana se haya tenido que casar con Antonio, con el abuelo de quien dice que es su hijo. ¿Cómo pueden permitirlo?

—Pues parece que allí todos lo tienen asumido y lo llevan bien. Imagínate, ¿cómo le va a llamar Toni cuando crezca? ¿Hermano? ¡Pero si es su hijo! Han cambiado mucho las cosas desde que te fuiste. Antes había turistas, pero todo era de otro modo, la gente se respetaba, sabíamos quién era quién. Ahora caminas por las calles y, con lo chiquito que es el pueblo, te cruzas con gente extraña. Hay algunos extranjeros que se han quedado a vivir y que ni siquiera aprenden nuestro idioma, ¿te lo puedes creer? Quedamos los abuelos como memoria de un pueblo que ya no existe. Tú y Toni sois de los pocos que habéis regresado.

Lula se viste con una camiseta ceñida, una minifalda vaquera y unas camperas trabajadas con piel de serpiente. Se maquilla acentuando sus pálidos ojos con una línea negra y los labios con un tono mate. Tiene ganas de volver a ser ella, de despojarse de la ropa del jardín. Alarga su paseo por el Museo del Mar y la Casa de las Petxines para asomarse al acantilado por las escaleras que suben al faro. Algunos turistas la miran, es hermosa pero su gesto le da un aspecto malhumorado, se proyecta como una mujer decida y difícil.

Cuando llega a la casa de Jacinto, siente un cosquilleo. El timbre ajado no funciona. Un cartel reza «El Grial» junto a la puerta, seguramente le pondrían ese nombre por el castillo de los templarios. Golpea con la mano y vuelve a levantar la mirada, la parra que cubre el patio apenas le deja ver las ventanas. Fadil sale y la observa interesado en su cambio de imagen.

—No pareces la misma, mucho mejor así. —La recorre con la mirada—. Es curioso, tú tienes nombre de pájaro y la tórtola tiene nombre de mujer.

—¿Por qué dices que tengo nombre de pájaro?

—Yo tuve una paloma que se llamaba *Lule*, que en mi idioma significa rosa. Es divertido. —Fadil mira el reloj.

—¿Puedo verla? —pregunta atropelladamente por si él tiene que marcharse.

—Es que la casa está muy sucia. Ya sabes, aquí sólo viven hombres y no somos muy limpios.

—A mí no me importa, puedes creerme, no sabes cómo encontré la casa en la que voy a vivir. Ya poco puede asustarme.

Fadil duda y sopesa la posibilidad de dejarla entrar.

—Estás advertida. Sube, la tengo en el terrado con mis palomas. Ten cuidado, que hay escalones rotos. Está un poco oscuro, espera, enciende el interruptor.

—¿El que está ahí?

—No, ése no funciona. Permíteme pasar delante, hay un montón de cosas por el medio y puedes tropezar.

El cuerpo de Lula queda atrapado entre el de él y la pared desconchada. Le mira a los ojos y sonríe. Cuando llega al primer piso examina rápidamente el salón que queda a su derecha, en el suelo se desperdigan varias mochilas, botas manchadas de barro y algunas monedas. Hay tierra en las escaleras y objetos de metal. Pone atención por donde pisa y continúa su ascenso agarrada al polvo de la barandilla. En el segundo piso se abre un estrecho pasillo con habitaciones cerradas.

—Mi abuela le manda saludos al señor Jacinto —se atreve a decir sin querer parecer indiscreta.

Él permanece callado, concentrado en los escalones o en algún pensamiento.

—¿Está aquí? —insiste.

—Sí, pero no le gustan las visitas, se pasa el día encerrado en su habitación y apenas sale para comer o para ver a las palomas. Ya hemos llegado, dame la mano, hay un trozo de suelo que está muy mal. Si no tienes cuidado, te puedes lastimar.

Nota un fuerte olor. Cuando abre la puerta metálica del terrado, un montoncito de plumas se arremolina en círculo con el viento. El palomar alberga varias palomas marcadas con colores.

—¿Cuántas tienes? ¡Qué barbaridad! ¿Y las reconoces a todas?

—Claro, cada una tiene su nombre y sus habilidades como navegantes más o menos desarrolladas. Pero no son las que ves en la calle, no son palomas domésticas, éstas son mensajeras y de competición.

—¿Así que eres colombófilo?

—Bueno, ésta es mi vida. —Fadil abre los brazos—. Ven, acércate. La de ahí es *Pristina*, mi preferida, la blanca que tiene el pico corto. He pasado muchas horas de mi vida mirándola, sin importarme el frío ni la lluvia. Por su culpa tengo esta pierna un poco mal, me dijo el médico que la enterrase en la arena cuando fuese a la playa. Los médicos allí no saben nada, creo que lo que quería decir es que necesita calor porque he pasado tantas noches de invierno en Kosovo mirándola que tengo el hueso dañado. En invierno, algunas veces, la nieve alcanza casi la rodilla.

—Vaya. —Lula da una vuelta alrededor del palomar—. ¿Y todas son tuyas?

—Sí. Aquellas tres que están juntas me las he traído de Kosovo y son muy buenas. Las otras las he ido adquiriendo en distintas ciudades. No es fácil encontrar una paloma como ésta y los que entienden piden mucho dinero, pero merece la pena. Ahora mismo, si tuviese que ponerle precio a *Pristina*, podría pedir mucho, pero a ella nunca la venderé.

—¿Cuánto tiempo llevas criando y entrenando palomas?

—Desde que era niño. En mi país hay mucha tradición. —Fadil se enciende un cigarrillo y se apoya en el muro, su perfil se recorta perfecto en el cielo—. Los serbios nos cerraron la escuela cuando éramos niños porque no deseaban que mi pueblo estudiara, ya sabes, así tenían más poder para controlarnos. Ellos querían un pueblo analfabeto al que poder dominar y saquear. Mis padres me enviaron a estudiar a Montenegro con el fin de que me convirtiera en algo así como un cura, para que me entiendas. Me llevaron en contra de mi voluntad. Yo debía de tener diez años, pero no duré ni un día, me escapé del internado y estuve durante semanas vagando solo por las calles. Era invierno y hacía mucho frío, estuve durmiendo en los soportales, no sabía dónde ir. Creo que lo único que ambicionaba era no regresar a ninguno de los lugares donde había estado. Entonces conocí a un hombre viejo que criaba palomas y él me enseñó algunas cosas, sobre todo a querer vivir para algo. Yo llevaba varios días sin comer y había perdido hasta el instinto de supervivencia, pero ese hombre me enseñó a sobrevivir. Sabía mucho sobre el mercado negro, sobre quién tenía la mejor paloma, cuánto habían pagado por ella, quiénes venían a las competiciones y esas cosas. A *Pristina* la conseguimos juntos, pero yo me volví a escapar y me la traje conmigo.

—Debe de ser duro…

—Mira, Lula, mira allí, al fondo —interrumpe él—. ¿La ves? Esa cosita gris que mueve las alas es *Alfonsina*.

—¿Por qué hace eso? Está temblando.

—Es un movimiento de las crías para atraer la atención de los padres. Pero ella lo convierte en un baile maravilloso. *Alfonsina* nos ha salido bailarina. —Fadil la coge—. Tócala sin miedo, tienes que aprender a darle de comer. Mira, hay que abrir así la mano, pon la palma cara a ti y acércasela, ella te meterá el pico en medio de tus dedos, ¿ves? Cuando lo meta lo abrirá si nota la presión de los dedos, entonces le empapuzas un montoncito de pan mojado con agua. Yo se lo mezclo con semillas y con comida preparada para pájaros. Venga, inténtalo.

Lula abre la mano y la acerca al pico de *Alfonsina*, pero la tórtola no responde.

—No la abras tanto, junta el índice y el corazón un poco más. Así. Ves, ella te busca por ahí, entre los dedos.

—¡Está comiendo! —Lula se emociona—, pero lo tira casi toda fuera.

—Eso con un poco de práctica lo tendrás dominado. Déjalo porque seguro que te va a manchar, se va a querer subir encima de ti y hoy has venido muy guapa. Ya le doy yo.

Lula lo observa con la mirada abierta, para abarcarlo entero y no perderse ningún detalle.

—Me ha dicho Sami que trabajas como un hombre, que eres muy seria.

—Trabajo como una mujer que tiene ganas de trasladarse a su casa, sólo es eso.

—¿Y qué pasa si te tomas las cosas con un poco de más calma?

—Oye, tu amigo Artan me amenazó y, lo que es peor, me bloqueó el coche en la bajada a la playa y salió a buscarme con un palo o con un martillo largo, no sé exactamente qué era, pero venía a por mí.

—¿Qué? ¿Qué estás diciendo? —Fadil se tensa y frunce el ceño.

—Que salió con una herramienta larga, no sé si a destrozarme el coche o a mí, pero arranqué y me llevé por delante el morro del suyo. Todavía no he ido a denunciarlo a la policía, pero...

—Espera, espera. —Se pasa las manos por la cara con preocupación—. Querría asustarte, eso es todo, déjame hablar con él y te aseguro que nunca más se volverá a acercar a ti.

El kosovar maldice en su idioma, camina de un lado a otro de la terraza hasta que frena y parece relajarse por fin. Después, se sienta en la barandilla y apoya la espalda en el pináculo.

—¿Me das un poco de tiempo para que hable con él?

—No me fío de tu amigo, no lo quiero volver a ver cerca de mi casa.

—¿Ya estás viviendo allí?

—No, todavía estoy en casa de mi abuela.

Fadil sigue la conversación, aunque su gesto ha cambiado, está preocupado.

—En España parece que los abuelos molestan. ¿Por qué no cuidas de ella?

—Es una mujer muy independiente, pero me gusta tenerla cerca, me he dado cuenta de que quiero estar y que lo sepa. Es cierto, se está haciendo mayor y no nos hemos dado cuenta. Siempre ha sido tan fuerte, parecía que no necesitase a nadie.

—Aquí hay mucha gente que abandona a los mayores y no les afecta, contratan gente de otros países para que cuiden de ellos, meten extraños en sus casas, los dejan sin apenas recursos económicos y de verdad no les importa. En Kosovo convivimos las familias juntas y a los más viejos se les cuida, es como un gran clan, en las casas hay muchos niños y todos cuidan de todos, no importa si es tu hijo o tu sobrino. Yo tengo dos hermanos y sus mujeres cuidan de todos los niños como si todos fuesen sus propios hijos.

—¿No tienes hermanas?

—Sí, pero eso es diferente. Las mujeres cuando se casan pasan a formar parte de la familia del marido, se van para empezar una vida nueva.

—¿No se pueden quedar en su propia casa?

—No, se casan y se van a la del marido, por eso es bueno conocer a la familia donde irán y estar seguros de que son buenas personas.

—¿Y si no se casa?

—Allí todas las mujeres quieren casarse y tener hijos, no es como aquí. —Fadil sonríe—. Sami me ha dicho que no estás casada.

—No, aquí es una opción, no es algo que se tenga que hacer.

—¿Tener una familia para ti es una opción? —Fadil niega con la cabeza—. No me gustaría hacerme viejo en este país.

El kosovar busca una caja en un cuartito en el que se amontonan cartones y al que tan sólo una cortina mugrienta proporciona intimidad.

—¿Puedo pedirte un favor? ¿Puedes quedártela un poco más?

—Vale, a mí no me importa cuidar de una más.

Lula desciende por la escalera con cuidado de no pisar ningún escalón roto. A pesar de la amenaza del Artan, del intento de atacarla la noche de los tornados, se siente atraída por Fadil y ese deseo es más fuerte que el miedo.

—Oye, no sé cómo agradecerte esto, ¿por qué no me dejas que te invite a cenar? Puedo reservar para esta noche.

—Estaría encantado, pero esta noche no puedo.

—De acuerdo. —Se gira para marcharse.

—¿Nos vemos mañana? Estaré aquí por la tarde, si quieres ven antes de las siete. Y no te preocupes, no dejaré que Artan se vuelva a acercar a ti. Gracias por no avisar a la policía y darme un voto de confianza.

Lula camina con su paso marcado, pero esta vez no puede evitar que una sonrisa le acompañe parte del camino, camuflada tras los mechones de pelo negro. El mar todavía está agitado y las olas golpean contra las rocas. Le gusta vivir allí donde se escucha el latir de la tierra, donde se toma el pulso a la vida.

XII

Regresa a la inquietud de la sombra en la verja. Mira a su izquierda, tras los cipreses y la palmera enana se distingue el rincón de los tesoros y los orines. Recuerda que su primo Adrián y ella enterraron pulseritas y soldados, vagones de un tren y objetos en forma de corazón, y también que hicieron castillos de barro en los que utilizaron sus propios fluidos. Allí era donde aprovechaban para besarse los labios rojos, hinchados e inexpertos, donde las manos habían curioseado la anatomía del otro sexo y descubierto los recovecos y protuberancias ajenas, ocultos de las miradas de los adultos. Ese olor de la infancia despertó durante años el apetito de seguir toqueteándose con su primo a escondidas, de lamer su boca y apretarse contra su cuerpo. A veces las ganas de abrazarlo le superaban tanto que deseaba estrechar los huecos hasta romperlo y que se fragmentase así ese sabor dulzón que la tenía embriagada. Llegó incluso a golpearle cuando no pudo controlar aquel sentimiento que le palpitaba en el sexo como si allí mismo tuviese instalado el corazón.

Se le escapaba del entendimiento la razón por la que él, y no los otros, parecía sacado del agujero de las golosinas para que ella tuviera ganas de lamerlo, por qué se levantaba todas las mañanas con el mismo pensamiento, por qué se había convertido en el juego de los juegos. Adrián tenía sus sabores favoritos y cambiaba con las estaciones y con los años para que ella lo deseara por encima de todo lo demás.

Cuando su padre le regaló por su duodécimo cumpleaños un juego de un tren que se adentraba entre nubes, cerros, túneles y transbordos de algodón, Lula se escapó por uno de sus raíles y se le fue el tiempo dentro de aquella réplica, copia de algún trayecto turístico creado por un juguetero argentino. Dijo que quería ir a Argentina a subirse a las nubes, que el viento le levantase la falda en las cumbres, sobre los grandes viaductos que había dibujados en la caja. Su familia dirigió la mirada hacia ella durante un par de segundos y continuó con sus cosas, pero Adrián dirigió todo su odio contra el juego, arrancando como un enajenado aquellos raíles que se la querían llevar tan lejos.

Lula recogió los pedazos en un delantal y se los entregó a su abuela para ver si ella podía arreglarlos, pero el mecanismo se había hecho trizas. Buscaron el juego durante años por los escaparates de las ciudades. Fue imposible encontrar el Tren a las Nubes.

Aquel día Lula vagó herida por la casa, sin dirigirle una palabra a su primo. Se subió a una rama del pino de los columpios y allí se quedó pensativa hasta que la noche la volvió oscura. Adrián iba y venía en silencio recogiendo flores para hacerle una pequeña ofrenda en el suelo, sobre la que encendió una vela, como si fuese un pequeño altar. Trajo campanillas púrpuras y tejió un collar para compensar su brutalidad. Esperó tras la palmera enana, se columpió buscando la horizontalidad de su cuerpo con la tierra y peinó las hojas caídas con su cabello. Se bañó desnudo en la balsa cuando todos cenaban dentro y salió mojado dando saltitos detrás de una libélula.

Lula comprendió entonces que el amor tenía un precio.

Su tía encontró a Adrián desnudo, mojado y arrodillado junto al altar, con el pene erecto, bajo el pino donde ella se había encaramado para convertirse en la rama más altiva. Se confirmaron entonces sus sospechas y sometió a su hijo a una vigilancia exagerada, lo que avivó todavía más las ganas de infringir las normas, de buscar momentos para que una mirada cómplice invitase a salir corriendo y a abalanzarse el uno contra el otro en un arrebato corto pero todavía más pasional. Ésos fueron los verdaderos encuentros, aquellos besos desesperados, furtivos y hasta agresivos detrás de la palmera enana, más que los otros en el que el tiempo dilatado aburría las manos sudadas y las ganas de investigar. Lula aprendió así la fuerza del sexo, del placer furtivo, de los apetitos saciados y de las risas triunfalistas tras haber burlado la guardia. Cada vez que salía con los labios mordidos y tenía que colocarse la falda o el bikini en su sitio se sentía más poderosa que su tía, que todos los demás que no podían tener a Adrián como ella.

Fue años más tarde, con su primera relación ya como adulta, cuando entendió que el sexo no era sólo aquella fusión triunfal y atropellada. Le costó trabajo aprender la espera, la sensualidad y la seducción encubierta. Entonces idealizó a su primo como el amante perfecto, al que le bastaba una sola mirada para desencadenar un mundo de sensaciones, sabores y olores apetecibles en el jardín o en casa de su abuela, en la que algunas veces habían experimentado el silencio de sus caricias mientras sus hermanos dormían en la litera y en las camas lindantes. Todo era tan sencillo como fantástico.

Los demás chicos requirieron más tiempo y artimañas, tuvo que adaptarse a unos encuentros calmados y equilibrados para conseguir algo parecido a lo que Adrián le daba. Aprendió a medir sus ganas, trampear su realidad y jugar a la dificultad. Tuvo que atar su furia, su parte animal, para no asustarlos y controlarse para no morderles la nuca y someterlos. Durante mucho tiempo apenas se rió con ellos, apenas disfrutó del sexo y siempre se marchó tras la cópula porque no aguantaba tumbada; tenía la absoluta necesidad de vestirse y bajar a la calle sin apenas caricias ni abrazos dormidos. El miedo a despertar entre llamas fue otro de los motivos que la hacían desaparecer lo más rápido posible, antes de que el sueño la sorprendiera junto a otros cuerpos.

Adrián llenó su corazón y su cuerpo durante años. Sus besos fueron los besos. Nadie como él sabía succionarle los labios, morderlos apenas y saborearla por dentro. Ya como adolescentes, la visitaba en Madrid a escondidas, sin que la familia se enterase. Se veían en un hotel cerca de la estación de Atocha, pues las ganas no permitían más pasos desde el tren. Se besaban y abrazaban en el andén, se acariciaban en las aceras, se desnudaban por las escaleras, en el ascensor, y abrían la puerta para caer al suelo o sobre la cama y seguir amándose sin dejar espacio a nada que no fuera el placer arrebatado del que gozaban. Después, pocas palabras, ninguna pregunta y risas por todo. Sus encuentros seguían siendo rápidos e intensos y les bastaba con seguir manteniendo esa fugacidad pueril. Pero luego ella permanecía agarrada a su cuerpo, con su pecho todavía jadeante y la piel encendida. No se levantaba, no desaparecía, sino todo lo contrario, se pegaba a él para respirarlo entero y seguía buscando esa fusión hasta que Adrián le volvía a responder metiéndosele dentro de nuevo.

—Por tu culpa yo nunca fui a Argentina.

—Y yo por tu culpa no he dejado de coger trenes para encontrarte en la cima de los cerros. ¿Sabes para qué? Sólo para verte con la falda levantada.

Y era cierto, él la había buscado y perseguido desde siempre. Se obsesionó con su cuerpo y su manera de lamerle la piel, tanto que quiso ser de golosina y derretirse en sus manos.

Las únicas veces que su discurso fue adulto fue por su abuela o por Lucía. Entonces se miraban el uno al otro como primos, discutían y al mismo tiempo compartían la misma preocupación. Una noche Adrián le dijo que había hablado con su madre y que estaba sopesando la posibilidad de marcharse del pueblo e irse a vivir con ella, que la vida la había castigado con demasiadas enfermedades y soledad. Lula se levantó de la cama y tiró al suelo todo lo que había en la mesa, haciendo añicos los vasos y ceniceros. Le gritó, se enfureció y se le escapó la situación de las manos, le habló con mucha dureza, como nunca antes le había hablado. No entendía por qué Lucía tenía tanto poder sobre su hijo, por qué aun en la distancia seguía atormentándolo con sus quejas y su victimismo. Después de todo el daño que le había hecho tras encontrarlo junto al altar que había fabricado debajo del árbol donde Lula se había subido, después de todas las palizas, de toda la violencia psicológica, de todas las escenas de terror que tuvo que vivir hasta que se marchó, él continuaba sufriendo por ella y planteándose la posibilidad de regresar a su lado. Adrián se vistió lentamente mientras ella seguía gritándole, recordándole todas las veces que tuvieron que huir juntos de la casa, las veces que le había confesado la maldad de su madre a escondidas cuando el verano los juntaba por fin, el dolor, la angustia, la impotencia. Adrián no quería recordar, no quería saber nada de aquello, no quería guardar rencor a su madre, ni sentirse pequeño como entonces. Se había convertido en un hombre y quería actuar como si aquello estuviese enterrado, como si no hubiese pasado; no quería escucharlo, no quería enfrentarse a ello, no quería pensar.

Cuando abrió la puerta, Lula lo agarró fuerte por detrás y le rogó que si un día decidía marcharse del pueblo, que fuese para quedase con ella; pero él nunca más volvió a coger un tren.

Lula paseó los fines de semana por los alrededores de la estación de Atocha por si Adrián llegaba. Sintió el triste gemido del violonchelo entre sus piernas diciéndole adiós desde una de las ventanillas de un Talgo que ya no se adentraría más entre nubes.

Durante años buscó señales en las que estuviese él, en todas partes, a todas horas, pero tampoco fue a buscarle. Consiguió estar con hombres que se parecían a él, en la mirada, en los gestos, en cualquier minúscula casualidad, pero nunca encontró un beso como aquellos sacados del agujero del ciprés, aquellos que el arácnido cosía cuidadosamente y que de tan dulces fueron incluso causantes de sus empastes.

Lula no se atreve a acercarse al rincón de los castillos de orín y los juegos de saliva. Pasa de largo e intenta inhalar algo de aquel aroma de infancia, pero está segura de que se ha perdido. La presencia de la palmera enana le sigue creando un cosquilleo en el estómago. Él siempre esperaba detrás y entonces se convertía en gato o pantera, en hormiga espeleóloga o en elefante de trompa enhiesta, en anfibio de larga lengua o en escorpión. Casi siempre en escorpión.

Se dirige a la balsa. La pintura sigue húmeda y tendrá que sacar el agua de lluvia de estos días, pero la grieta parece haber cicatrizado. Hoy quiere pintar también la mesa y las sillas del cenador para no alejarse demasiado de la verja.

Abre el maletero del coche y alcanza un bloc de dibujo. Con pocos trazos esboza la silueta de la libélula, busca la brocha manchada de azul turquí y la baña entera.

Querido Simón:

Ha vuelto. La libélula ha volado hacia mí y ha quedado sus-
pendida en el aire, ha buscado el antiguo nivel del agua de la pis-
cina. Hoy su vuelo es más enigmático, parece un ser de otro mundo
que baja, se moja las patas, dibuja un pequeño círculo y desaparece.
Incluso ha emitido un pequeño gruñido, una queja porque nosotros
ya no nos bañamos desnudos ni damos saltitos tras ella.

Quizá aquella libélula muera todos los inviernos y renazca en
primavera, puede que haya sido testigo de todos nuestros juegos pro-
hibidos o que sea el alma de la casa que bebe del charco de su propia
balsa agrietada.

El caso es que mi ángel se seca las alas vestido de otro ángel
azul, del que arranca a la piscina recién pintada y al agua estancada
de todos mis recuerdos, que todavía tienen el mismo olor.

XIII

Fadil observa los colores de las alas de sus palomas, hoy han participado en un concurso, cerca de donde vuelan los aficionados al parapente. Parece alterado, se sienta sobre las tejas sueltas y contrae el gesto. El silencio se engancha con pinzas en el tendedero, apenas se escucha el frufrú de una camisa blanca. A Lula le incomodan los momentos tensos, no pregunta, no se le da bien la comunicación con los demás, así que prefiere permanecer callada y, si lo cree conveniente, desaparecer.

El tiempo se dilata en el silencio del atardecer y, justo cuando va a marcharse, se escuchan unos pasos que ascienden desde el segundo piso.

—Son las siete en punto, ¿verdad?

—Sí. —Lula mira a Fadil desconcertada.

Por el umbral de la puerta se asoma el perfil de un señor vestido con traje oscuro, camisa blanca y corbata. Tiene la cara un poco irritada, como si acabara de afeitarse y tuviese algún problema en la piel, y va muy perfumado.

—Lula, acércate aquí, ponte a mi lado y deja ese sitio libre, es para Jacinto.

—¿Jacinto? —exclama—. Hola, soy Lula, la nieta de Luciana. Mi abuela me dijo que…

—Ven, ven aquí conmigo y déjale pasar. —Fadil la coge de la cintura y le susurra al oído—. No te va a contestar, está como desconectado de este mundo, pero todos los días a las siete en punto sube perfectamente vestido y arreglado para ver a las palomas. Ya no sale de casa, a veces le tengo que obligar a comer, pero su aseo personal es impecable.

—¿Siempre sube así, con traje y corbata?

—Sí, incluso los días más calurosos. Es un ritual, empieza a arreglarse después de la siesta y no deja de hacerlo hasta las siete. No tiene reloj, pero no puede ser más puntual. Fíjate en él, lo tiene todo calibrado, lo que lleva puesto está escrupulosamente estudiado, jamás se pone algo que desentone o que se haya usado la misma semana. Por las mañanas se dedica a lavar, planchar la ropa y a ordenar todos sus trajes y corbatas. Moriría de hambre si yo no le recordase que tiene que comer.

—¿Desde cuándo cuidas de él?

—Eso no es del todo cierto, cuidamos el uno del otro. Hace un año que estoy aquí, yo llevaba una vida muy desordenada antes de conocer a Jacinto, ahora por lo menos como a unas horas y tengo por quién preocuparme. Si a mí me pasara algo y no volviese, él sacaría el traje negro, el que tiene preparado para que la muerte lo reciba perfectamente vestido. Pero antes estoy seguro de que soltaría todas las palomas, sé que las dejaría en libertad, sé que en eso no me fallaría, pues las ama tanto como yo.

Jacinto observa el palomar sentado en el borde del banco de madera. Fadil le acerca una para que la acaricie y el hombre pasa su mano sobre ella. Lula intuye la relación de respeto y de silencio que existe entre aquellos dos hombres tan ajenos, la necesidad de supervivencia del uno y del otro, el pacto mudo e implícito que han determinado. ¿Cómo se conocerían? Tan distintos en todo, los dos tienen el mismo halo de caballeros de otra época. Fadil no necesita vestir de traje para resaltar su porte magnánimo, pero Jacinto sí porque sus rasgos son más tocos, sin bien su atuendo suple la falta de finura que la naturaleza se olvidó dar a su rostro y a sus manos.

Cuando se despide de la paloma, Lula le dice unas palabras amables. El hombre permanece serio, estático y, sin bajar la mirada, gira sobre sí mismo y se marcha por la escalera desconchada.

Cenan en una terraza, con el mar sobre el mantel. La noche se ha detenido, no avanza, está suspendida en torno a ellos. Fadil parece evadirse de vez en cuando fijado sobre alguna luz del horizonte. Ella quiere estar más presente, pero se vence sobre la silla y deja que la noche dicte su curso.

Antes de volver a casa, pasean juntos por la explanada del puerto. Los barcos amarrados crujen a su izquierda. A su derecha, en el suelo, descansan las redes que las mujeres tejerán o repararán por la mañana. La noche se alarga por un riachuelo donde los peces saltan en busca de la comida con la que algún turista les obsequia. Se detienen para mirarlos. Lula desea la proximidad de su cuerpo, pero él parece sumido en otro tipo de pensamientos.

Suben desde el portal de Sant Pere, por la calle de las Atarazanas, al Museo del Mar.

—Allí delante está la Roca dels Artillers, ¿la ves? Es como una isla minúscula. —Lula se reclina—. No, desde aquí no se puede ver.

—¿Y esa planta? ¿Es un cactus gigante?

—Es aloe.

—¿No es un cactus gigante? ¿Y esas flores rojas?

—Es *Aloe Arborescens*. Según la especie que sea pueden llegar a alcanzar los seis metros de altura. Son impresionantes y algunos se usan por sus propiedades medicinales. ¿No lo sabías?

—Hay muchas cosas que no sé.

—Yo conozco el aloe por mi miedo a sufrir quemaduras; de niña pensaba que moriría entre llamas y me sentía bien sabiendo que estas plantas crecían cerca de mí. Como si, de pronto, pudiese ser el remedio. —Lula abre sus ojos grises azulados y sonríe al ver el gesto de él—. Esta planta tiene un extracto que se usa para calmar las heridas y las quemaduras, por si alguna vez lo necesitas. Te daré una, mi abuela tiene varias macetas en el patio, a ella le contagié mi absoluta necesidad de tenerlas cerca. Mira, vive allí, en la siguiente calle. Ven, sígueme, es esa casa.

Los tacones de sus botas repican por las calles vacías.

—¿Y esa muñeca metida ahí, en ese cristal?

—No es una muñeca, es una imagen de santa Bárbara. Ha estado en la fachada de la casa desde siempre, por lo menos desde que yo era niña. Mi abuela le reza los días de tormenta.

—¿Por qué? —A Fadil le cuesta creer que se pueda adorar a una imagen tan pequeña.

—Porque se la asocia con los rayos y se la invoca durante las tempestades. Dice la leyenda que santa Bárbara se convirtió al cristianismo contra la voluntad de su padre y él la decapitó. Y, cuando lo hizo, cayó fulminado por un rayo.

—¿Eran musulmanes?

—No, no, vivían en el norte de Turquía, pero el martirio provenía de antes, no me acuerdo de qué año. El caso es que su padre era pagano y la encerró toda su juventud en una torre para protegerla de las malas influencias del mundo exterior.

—¿Qué es pagano?

—Los que creen en varios dioses, como los antiguos romanos y los griegos.

Fadil se queda reflexivo. Su mirada se ensancha.

—¿Y la torre existe?

—No creo, muchas de estas leyendas sobre mártires no están contrastadas históricamente.

—¿Y tú eres pagano?

—¿Pagana? —corrige ella—. No exactamente, yo creo que cada uno de nosotros es un pequeño dios y hay una sola verdad: el amor. Que ése es el único camino, que uno va hacia el amor o se aleja del amor. Como verás, soy muy simple en mis creencias, tampoco le doy más vueltas.

Fadil suspira. Parece confuso e incómodo.

—¿Y tú? ¿Eres practicante? Me refiero a si vas a la mezquita, no comes cerdo y esas cosas.

—No voy a la mezquita, tampoco como cerdo, pero sí que bebo alcohol y me gusta fumar un cigarrillo de vez en cuando. Creo en un solo dios y siento respeto por la religión, eso sí.

Fadil se aleja unos pasos y, antes de girar por la calle Mayor, le pregunta cuándo irá a vivir a su casa. Lula le responde que pronto, pero que si le apetece puede pasar una tarde por allí.

Entra sin apenas hacer ruido y se desnuda junto al espejo. A pesar del calor, su pecho aparece erizado, se ha quedado con ganas de sentir el tacto de su piel. Ya acostada, su cuerpo se encoge y estira. Cuando alcanza el máximo placer, saca la mano y acaricia la cama contigua, la que fue de su primo Adrián. Siempre son sus besos y sus manos los que se meten en su cama, en sus sueños enredados en la fantasía de una habitación sin hermanos, donde, de niña, las estrellas eran Peta-Zetas que le explosionaban dentro al llegar al clímax.

XIV

—Es la primera vez que le traigo una visita. Mírala, me da la sensación de que ya no está apagada, incluso puede que mantenga sus colores en la noche, cuando nadie la mire, y se enciendan de naranja sus tejas, puede que traspasen la oscuridad. —Lula cierra los ojos—. Desde que regresé busco ese diálogo estrecho, ese momento en el que me diga que estoy preparada para entrar, ya no como parte del ayer, sino como parte del mañana.

—Tendrás que disculparme, yo no puedo entenderlo como tú. Para mí no es más que una casa. Eso sí, tu casa.

Cuando le escucha decir «tu casa», un sentimiento de posesión trepa por su columna vertebral como la enredadera.

—¿Cómo se sabe que algo nos pertenece, Fadil? Seguramente yo le pertenezca más a ella que ella a mí, y eso será inevitable.

—No lo sé. Yo cuando quiero una cosa, la cojo. Me temo que no puedo ayudarte.

—Quizá tengas razón; mañana trasladaré el resto de mis cosas.

Lula se imagina ya integrada en ella, en el pinar, en la higuera, en el hueco del algarrobo y en los cipreses.

Fadil respeta los silencios. No entiende ese apego, para él una casa no es más que un cobijo donde relajarse, por un momento, de su constante huida. Se aleja y la deja sentir.

El café se enfría en la terraza. Lula busca al kosovar y lo encuentra observando el rincón de la palmera enana y los orines. Cuando lo advierte, se paraliza.

—He preparado café, por si te apetece. —Se queda retraída ante el ciprés que lo acota.

—No, gracias. —Él da un repaso visual a la tierra y sale a su encuentro.

—Ese rincón siempre ha conservado algo especial para mí.

Fadil tiene barro en los zapatos, a pesar de que la tierra del pinar está seca.

Ella se apoya en el borde de la balsa, que se alza a un metro y medio del suelo, y observa las minúsculas partículas suspendidas en el agua. De niña, la idea de salvar a todos los bichos que se ahogaban le obsesionó hasta tal punto que llegó a hacer guardias de salvamento.

Él está a unos pasos, permanece quieto, con las manos en los bolsillos. Limpia el barro de sus zapatos con disimulo y cuando parece haberlo conseguido, se acerca. Pone sus manos a cada lado del cuerpo de Lula, cercándole las caderas sobre el bordillo de la balsa. Su silueta se arquea sobre ella y su sombra la cubre. Puede olerlo. Varios mechones de pelo resbalan y siente la calidez de su respiración. Se concentra en sus ojos que, pequeños y achinados, brillan bajo unas cejas largas. Entonces, baja la guardia de miles de Adrianes dibujados en el filo de las hojas de la palmera enana.

El columpio cruje en la espalda del kosovar, a varios metros de distancia, pero no parece importarle. No se gira para espantarlo, ni siquiera le propina un manotazo, deja que su zumbido muera allá, sobre el altar de velas y pétalos que borró la hojarasca. Lula se remueve porque teme su aguijón y, al hacerlo, roza su mejilla. Fadil se queda quieto. Acaricia su rostro con el suyo. Sus bocas se acercan, pero no se besan. Él juega a sentirse deseado, apenas la toca y cuando lo hace es desde una distancia marcada, como alargando el momento en que ambos se den placer. Cierra los ojos y cuando se besan, le brinda nuevos sabores, no tan dulces, porque los besos adultos ya no lo son, pero a ella se le han enrojecido los labios como cuando las ganas de sexo le explotaban dentro en pequeñas detonaciones.

Fadil se mete entre sus piernas y la aprieta contra su cuerpo, pero, a pesar de su porte de bello animal, es tímido. Se deja llevar por la sensación que ella le produce, le cuesta separarse, pero no quiere prolongar ese deseo dulce que le hincha el pantalón. Lula lo advierte y le seduce la idea del arrebato, de la pasión pueril e inconsciente, e incluso de la profanación de aquel lugar que siempre perteneció a otro.

—Vamos a por ese café.

No le sorprende su actitud de adulto reflexivo, simplemente le sigue los pasos hacia la terraza. Con una mano acaricia los cipreses, recordando cómo se le dilataban las pupilas a Adrián dentro de sus ojos grises y cómo le esperaba agazapado en cualquier recoveco para saltar sobre ella. Se pregunta por qué los hombres amansarán las fieras de la niñez, restándose pureza.

El café está frío, pero poco importa, no se lo van a tomar. Fadil mira hacia la verja apoyado en la barandilla de madera.

—Jacinto estará subiendo para dar de comer a las palomas.

—Sí, son las siete en punto.

—No me gusta dejarlo solo, últimamente está muy débil, lo veo sufrir y sé que me necesita más que nunca. Lo acompañaré en todos sus viajes al terrado, no importa lo que tenga que hacer, ésta es la última vez que sube sin mí.

—Siento que no estés ahora con él.

El kosovar la observa unos segundos y su mirada se vuelve a perder en dirección a la verja de la entrada. Ella recoge la mesa y espera, no se acerca a él, su falta de espontaneidad y su preocupación le han calmado el instinto y ya no tiene ganas de que se precipiten las cosas. Lo mejor será marcharse.

Se escucha el motor de un vehículo a lo lejos. Tras unos segundos, las ruedas sobre la gravilla, la imagen de un coche pasar y el frenazo a unos metros, quizá delante de la casa que fue del señor Joaquín.

Lula se dirige hacia la verja corriendo y Fadil la sigue. Cuando pueden atisbar el coche, el conductor arranca y se pierde engullido por el polvo del camino.

—¿Era Artan? —pregunta Lula nerviosa.

—No.

—¿Seguro?

—Seguro que no era él; ese tema ya está hablado, no se volverá a acercar a ti.

—¿Has llegado a ver cómo era el coche? Ya han venido otras veces a husmear por aquí y siempre se marchan cuando me acerco a la verja. Me ha parecido que el coche era plateado.

—No es una buena idea venir a vivir aquí sola, no lo hagas. ¿Por qué no te quedas en casa de tu abuela?

—Porque es aquí donde quiero estar. —Lula se marcha deprisa por el pinar.

—No te entiendo, ya sé que lo explicas con esas palabras tan raras, que hablas del alma de la casa y todo eso, que eres profana.

—No se trata de eso.

—Entonces, ¿de qué se trata? —Fadil la coge del brazo—. ¿Puedes parar un segundo y hablar conmigo, que te estoy siguiendo desde allí? ¿Puedes?

—Porque es aquí desde donde tengo que retomar el vuelo.

—¿Qué vuelo? ¿De qué estás hablando?

—No lo vas a entender y ni siquiera sabría cómo explicártelo —Lula frena su paso acelerado—, aunque puede que una persona que ama tanto a las aves como tú me entienda. —Respira e intenta hablar con calma—. ¿Sabes que el colibrí es la única ave que vuela hacia atrás? Pues la libélula es igual, puede volar en todas las direcciones y eso es importante, por lo menos para mí. Me he pasado la vida yendo en una sola dirección, pensando que no podía ir hacia otro lado. Tanto es así, tanto me he cortado las alas, que me he creado una fobia. Desde hace unos años tengo miedo a volar y ésa es la razón por la que estoy aquí, para superarlo, para dejar de restarme libertad. Le he echado la culpa a un conato de accidente que tuve cuando despegamos del aeropuerto de Londres, entonces se nos llevó la estela del avión que había salido antes y nos arrastró unos segundos que fueron eternos, hasta que el avión se estabilizó. Toda la gente gritó menos yo, que me quedé paralizada, como siempre, me paralizo en los momentos de peligro, como los conejos en la carretera. Quizá fue por eso, porque no grité, no lo sé, pero empecé a asociar el hecho de volar con el hecho de morir. Creí que era allí donde se me rompió el vuelo, desde luego que ése fue el estúpido detonante para no coger ningún avión más. Pero no es sólo eso, es algo más profundo y menos racional. ¿Has tenido alguna vez una fobia? Es un estado de intranquilidad que anula por completo. Cuando sabía que tenía que viajar en avión, quince días antes ya empezaba a desesperarme, a buscar una alternativa, una excusa, me costaba hasta dormir, tenía ansiedad y me irritaba por cualquier cosa, visualizaba imágenes catastrofistas. No sé, no podía dejar de pensar en ello. He llegado a anular viajes, a sacar billetes de tren, de barco y buscarme la vida para no tener que coger un avión. No podía soportar la sola idea de estar sentada en el aeropuerto si era yo la que iba a despegar en breve, y ni todas las estadísticas que hablan de que es el medio más seguro, ni los libros de autoayuda, ni las conversaciones con un psicólogo me han ayudado. He llegado a la conclusión de que si no aprendo a moverme en todas las direcciones, si no voy hacia atrás y retomo la sensación que me daba soñar que despegaba entre los pinos, si no lo consigo, no podré volver a volar.

—¿Cómo eran esos sueños? —Fadil le aparta el cabello de la cara con una caricia.

—Muy reales, sin vértigos, con una gran sensación de paz, de evasión, de placer incluso.

—¿Movías los brazos?

—No, no era eso, era otra cosa, como si flotase y me deslizase suavemente sobre las corrientes de aire cálido.

—¿Por dónde?

—Por allí, por los columpios, por las casas de mis vecinos, por el camino del pozo, por las montañitas caladas, esa zona a la que llamábamos «la nieve» porque espejeaba de pronto al final del sendero.

—Cuando aprendas a volar, te marcaré las alas para que no te pierdas y regreses a mí.

La casa se cierra con el crujir de sus tres cerrojos. Lula camina envuelta en la luz ambarina de los farolillos del jardín. El día acorta y la noche se abre paso en el cielo como una gran sopa de miel. Por un momento, la silueta de Fadil queda suspendida en un reflejo de oro, como un pantocrátor bizantino. Lula lo acaricia y se le queda pegado a los dedos. Hasta los cipreses se impregnan de ese color limón.

XV

Baja las últimas maletas del coche. Ya está, mañana verá alzarse el sábado por la ventana que da a la higuera y las campanillas se abrirán al fondo. Tendrá que empezar a marcarse una rutina, ordenar la casa, el pinar y retomar la arquitectura a través de sus dibujos. Las noches serán para la lectura y, por qué no, alguna también para Fadil. La idea de meter a un hombre en su proyecto le inquieta, sabe que, de ser así, acabará invadiendo parcelas importantes.

Esta historia no será más que una repetición de patrones aprehendidos, otro extranjero que acabará marchándose y, quizá, regalará alguna carta a su buzón. Evitarlo ahora sería fácil, todavía no se le ha enganchado dentro. Lo peor será sentirse protegida cuando él esté; si empieza a tener esa sensación, y no afronta los miedos desde la soledad y la valentía, su regreso no habrá servido de nada.

Luciana se ha quedado intranquila. Las dos saben que, a pesar de todo, le hubiese gustado morir dejando morir la casa y que nadie la volviera a habitar. Abandonarla allí, con sus heridas abiertas, secándose bajo el sol hasta derretirse y fundirse con la verja. Que nadie pudiese forzar de nuevo su entrada.

Lula visualiza a su tía agarrada a los barrotes incandescentes, observando la casa con tal desesperación que ni siquiera siente las quemaduras que le hinchan las palmas de las manos. Entonces, se derrite también ella como una muñeca de plástico. Se incorpora en la cama, empapada de sudor. Es su primera noche allí y teme despertar rodeada de fuego.

Intenta dormir, aunque son tantos los ruidos que no reconoce que se tensa bajo las sábanas. Los postigos de madera quedan cercados por una línea de luz de la farola de fuera. Se incorpora. Quizá fue un error dejarla encendida porque ha atraído a numerosos insectos que revolotean alrededor, pero lo peor es que pueda haber llamado la atención de alguien más.

Necesita asomarse para ver los insectos que se agolpan en torno a la luz ambarina, y allí están, estrellándose unos con otros, rebotando en el cristal, sin hacerse daño, jugando a ser víctimas de la llama. El zumbido es hermoso, como también lo es la quietud de la higuera que queda al fondo de la escena.

Recuerda que Adrián le decía: «Sé la llama, no la polilla». Él siempre fue la polilla en sus juegos prohibidos, siempre el que se quemaba mientras ella permanecía encendida, atrayendo a los insectos, viéndolos revolotear a su alrededor, quemándolos si se acercaban un poco más.

Suena el viejo teléfono del salón. Mira el reloj, son las dos y cuarto de la madrugada.

—¿Quién es? —pregunta con voz entrecortada.

Nadie contesta al otro lado de la línea, pero se escucha un chisporroteo y la leve respiración de quien permanece callado.

Lula cuelga y se acerca a la puerta para abrir los postigos de madera y observar la verja. La noche parece haberse tragado un somnífero, todo está en calma. Se queda allí, medio escondida tras los barrotes de hierro, cosida a la mosquitera verde.

Por la mañana, decide salir y buscar el ultramarinos de Celia, que está a dos kilómetros. Aunque el camino es corto, nota arder en sus párpados el cansancio de la noche en vela. No sabe si todavía existe, pero se anima a pasear y a recorrer aquel camino que tantas veces hizo en bicicleta y que le costó algún diente de leche y más de unas gafas rotas. Le da la sensación de que todo se ha quedado congelado en el tiempo: las calles sin asfaltar, los matojos de hierbas, los cactus, los postes de luz y hasta las moscas, que por ahí siempre han perseverado en su pegajosa compañía.

Ya no está la piedra de los billetes, aquella hexagonal que marcó un día de lluvia en el que, al levantarla con todas sus fuerzas, encontró un billete de cinco mil pesetas. Lo gastó en comprar el primer regalo de su vida, que no fue para Adrián, sino para su abuela. No recuerda lo que le compró, pero sí que esa noche se fueron las dos solas al castillo y que entonces le contó la historia del último antipapa de Aviñón.

Ahí está Celia, tras la cortina de tiras recubiertas de plástico verde, una abuelita hiperactiva y extremadamente flaca que sigue regentando la tienda. Lula no puede evitar estremecerse al verla entre los botes de tomate apilados a los que la mugre parece haber soldado a la entrada. Cuando le dice que es la nieta de Luciana, aquel saquito de huesos se abalanza sobre ella para abrazarla y regañarla por no haber venido antes a verla.

—Celia, está usted exactamente igual.

—Yo no puedo decir lo mismo de ti, te has convertido en toda una mujer. Déjame que te mire, déjame. —La viejecita le agarra las caderas—. Estás espectacular, guapa y delgada, con esa piel tan blanca como lo fue la de tu abuela. Qué vieja me siento cuando alguno de vosotros regresáis y os veo tan mayores, casados y con hijos. Entonces soy consciente del tiempo que ha pasado y no me gusta, no me gusta reconocer que me he hecho tan mayor.

—Bueno, yo no me he casado ni he tenido hijos, pero sí que he cumplido muchos años desde que me fui, eso sí.

—¿Cómo que no tienes familia todavía? No esperes tanto, que el tiempo pasa demasiado deprisa y un día te miras al espejo y te preguntas quién es ésa y qué ha sido de tu cara y de tu culo. ¡Pero qué bueno verte! ¿Y qué haces por aquí?

—He vuelto a la casa para quedarme una temporada larga.

—¡Huy! ¡Qué ocurrencia! ¿Has perdido la razón? Venga, márchate, vete, hazme caso y regresa por donde viniste. Visita a tu abuela, quédate con ella unos días en el pueblo y olvídate de esa puñetera casa. Lárgate de ese lugar, tú que eres joven y puedes.

—No vengo de visita, Celia; he vuelto.

—No, si estarás hablando en serio. Están pasando cosas muy raras por aquí, esto ya no es lo que era. Haz el favor de largarte cuanto antes, los extranjeros se están apoderando de las costas, de los negocios y de nuestra tranquilidad. Están por todos lados y se mueven con total inmunidad, es como si esto ya no nos perteneciera, es aberrante.

—¿Te refieres a la gente que trabaja para Antonio?

—Sí, claro que me refiero a ellos, que esa gente pasa mucho frío en su país y tienen el alma helada. Hazme caso y lárgate, ¿qué demonios vas a hacer tú sola en esa casa? Ahí ya no queda nadie ni nada.

—No digas eso, también hay vida, pero hay que saber despertarla. Además, me gustaría que vinieras.

—Eres tan cabezota como mi nieto. Salva sigue viviendo aquí y no se quiere marchar, imagínate, todos los días se hace un montón de kilómetros para ir a trabajar, en vez de comprarse una casa en la ciudad. No sé qué le encontráis a este lugar. Un bobo, eso es lo que es, y tú una boba. Le diré que se pase a verte, por si necesitas algo. Yo estoy muy vieja y, además, no me da la gana de bajar por el camino ese, así que si quieres que la vea, me traes una foto.

—Pero si has estado más tiempo en esa casa que en la tuya.

—Demasiado, ya he cumplido para el resto de mi vida y para todas las vidas que viva.

—Te haré cambiar de opinión, tu corazón siempre ha sido más grande que tu genio.

—Ni hablar.

Cuando sale de la tienda, advierte que dos hombres la observan desde el interior de un coche que queda aparcado sobre la acera, a escasos metros. Los mira fijamente y ellos parecen retomar su conversación.

Camina despacio porque las bolsas pesan demasiado y, de vez en cuando, se gira con inquietud. No puede disfrutar del paseo, es la primera vez que se siente insegura en el camino sin asfalto. Escucha el crujir de la panocha seca bajo sus pies y cómo el canto de la chicharra se armoniza con las huellas que dejan los lagartos en la tierra. El sol cae con toda su verticalidad y la brisa parece haberse escondido. Está sola en el camino de polvo, totalmente sola. Ningún coche se le acerca por detrás.

XVI

Antonio ha regresado de Francia y quiere enseñarle las nuevas instalaciones de El Palmar. Suben en un coche eléctrico que ha comprado para recorrerlas sin hacer ruido ni contaminar y le va mostrando las hectáreas de las que se ha hecho propietario: cincuenta son para cultivos, sobre todo de forraje y avena para pasto de caballos, además de árboles frutales y nogales, y el resto es monte, donde predomina el pino. A Lula siempre le ha llamado la atención que alguien pueda poseer tanta tierra y, sobre todo, tanta vida. Se sintió grande cuando Fadil le dijo «tu casa» y no alcanza a imaginar cómo se puede sentir alguien que habla en primera persona de toda aquella extensión.

Aparcan ante la pista destinada a los concursos de salto y, más allá, se encuentra la de entrenamiento, donde también están ubicadas las casas de los jinetes. Los caballos deben de estar en los boxes porque no hay mucha actividad, tan sólo las tareas propias de limpieza y mantenimiento.

El paseo finaliza en la casa-club Encarna. Un joven con una deficiencia marcada les sirve los refrescos y sonríe como buscando su aprobación.

—Estoy impresionada, todavía no me creo que todo esto pueda existir tan cerca de mí, en este pueblo. Entonces todo era tan diferente, los caballos estaban cercados por unas viejas vallas de madera que Toni y Adrián pintaban de blanco cada verano. ¡Creo que eran tan gruesas por la cantidad de capas de pintura que llevaban! Y la casa era la cuarta parte de lo que es ahora.

—La tiramos abajo y la hicimos de nuevo. Ahora tiene tres plantas y todas las vigas de madera; creo que no lo hemos hecho nada mal, intentamos conservar el aspecto antiguo. Luego le digo a mi mujer que te la enseñe para que me des tu opinión como profesional.

—Perdona que sea indiscreta, pero ¿cómo has conseguido todo esto? ¿Con los concursos?

—Todavía no hemos hecho ninguno y ya veremos si este año podemos empezar, porque por fin tenemos la capacidad suficiente para llevar a cabo un evento de estas características. —Antonio se apoya en el quicio de la puerta y mira hacia la pista—. Todo esto lo empezó mi abuelo, que era un apasionado de los caballos, él hizo aquel cercado que tú recuerdas y también me enseñó a montar. Le gustaban los españoles porque son de una belleza excepcional, pero yo sigo creyendo que son animales para lucir, los de salto son otra cosa. Mi madre me llevaba a todas las ferias de caballos, no se perdía las exhibiciones de doma española, porque, en el fondo, ella disfrutaba viéndolos bailar, pero a mí siempre me ha gustado más la competición que el baile. Así fue como empecé a sentir curiosidad por esta raza de caballos, y ahora me apasionan. ¿Nos acercamos a la zona de entrenamiento y te los muestro?

—Claro.

—Siempre te gustaron los animales —Antonio sonríe—, me atrevería a decir que más que las personas. ¿Damos un paseo o prefieres coger el coche?

—Prefiero el paseo, me trae tantos recuerdos.

—Pues ya ves, todo empezó porque hace ya bastantes años tuve la oportunidad de viajar a Francia y comprar mi primer caballo. Mi abuelo hubiese estado en desacuerdo conmigo de haber vivido porque no era un español, pero me lo traje y lo vendí muy bien. Y así fue, recorría las ferias por mi cuenta y traía caballos. Ahora ya nos hemos profesionalizado mucho, no los compramos únicamente por sus orígenes: buscamos siempre una cierta estética para que conformen una marca, que sean reconocibles de La Cuadra de El Palmar.

—¿Y tanto dinero dan como para montar todo este imperio?

Antonio sonríe y la mira de reojo, camina unos segundos en silencio y le ofrece su brazo. Lula lo acepta.

—No te quedes sólo en lo material. Te quiero enseñar una forma de vida, una forma de entender el mundo a través de un animal de gran valor, enérgico y, al mismo tiempo, dócil y estable por naturaleza, como deberíamos ser todos nosotros, ¿no te parece? Pero, si te interesa saberlo, y veo que realmente te interesa, sí que he ganado dinero con ellos y sigo ganándolo. Este mundo mueve una fortuna importante y ya son muchos los años que llevo invertidos y mucha la experiencia acumulada. —Se agacha y coge un puñadito verde—. No hay muchas pistas de hierba como ésta.

—Ya me imagino.

—El alcalde está apostando para promocionar todo tipo de actividades deportivas, para incluir El Palmar en la ruta turística del pueblo, así que pronto tendremos algo de jaleo por aquí. A ver si le damos marcha a esta zona y nos divertimos un poco, que está demasiado abandonada. Vendrá bien que construyan por los alrededores y tener nuevos vecinos, ojalá las cosas marchen como tenemos previsto.

—Antonio, me gustaría que hablásemos sin rodeos.

—Claro, ¿qué te preocupa?

—¿Te molesta que haya regresado a la casa? ¿Eso supone algún problema?

—¿Por qué dices eso?

—Porque yo no quiero ser una amenaza ni quiero que me amenace nadie. Simplemente, no me marcharé, me gustaría dejarlo claro.

Antonio la mira sorprendido y le responde que nada más lejos de lo que piensa, que está encantado por su regreso. La agarra por la cintura, se acerca demasiado, Lula siente su respiración y hasta su transpiración.

—Me vas a disculpar, pero tengo que marcharme ya. Si quieres, otro día vengo y vemos la casa con Encarna.

—Siento haberte incomodado, el caso es que te he tenido en mis brazos miles de veces.

—Sí, pero entonces yo era una niña. —Lula se aparta y levanta la voz—. Han pasado muchos años, Antonio, y ahora somos dos adultos y también casi dos desconocidos.

—No he querido importunarte, de verdad. No te pongas así, estoy contento de volver a tenerte aquí, sólo se trata de eso. ¿Cómo puedes pensar que eres una amenaza? Empezarán a construir por debajo, desde las montañas de cal hasta la carretera. Eso sí, tu casa se revalorizará muchísimo.

Lula percibe el brillo de la avaricia de su mirada y entiende que si ella no hubiese llegado, quizá su abuela la hubiese vendido a un precio ridículo.

Caminan separados y en silencio. De pronto Antonio habla de Adrián, de la amistad que les une, que lo ha visto crecer en sus tierras, que lo ha tratado como a un hijo cuando se quedó a cargo de la abuela, siendo tan joven, porque no quería marcharse con su madre.

—Tú y Adrián os entendíais muy bien, ¿no es cierto?

—Claro, es mi primo.

—Ya me entiendes. Tu tía no os lo perdonó nunca a ninguno, ni a ti, ni a él ni a tu pobre abuela. Pero no pudo arrancarlo de aquí, es como la mala hierba, no podría vivir en otro sitio. No sé si lo sabes, pero pasó unos años difíciles, se volvió conflictivo, quería cambiar el mundo, tenía tanta rabia dentro. Después, no sé por qué, empezó a hacerse más responsable y montó ese restaurante. Imagino que como empresario empezó a ver las cosas de otro modo. Lo cierto es que la gente lo quiere, la gente del pueblo, sobre todos los más viejos y los más pobres, él los ayuda, está muy volcado con las causas sociales.

—Entonces, me alegra escuchar que no ha cambiado tanto.

—Nunca he hablado con nadie de esto, y hasta confieso que me da vergüenza contártelo, pero una noche os observé juntos; os habíais escondido en el almacén y Toni estaba agazapado tras la ventana del porche mirándoos. En principio mi intención era echaros la bronca a todos, sobre todo a mi hijo por espiar, pero la imagen era tan hermosa que me quedé absorto yo también. Habíais prendido una lámpara que daba una minúscula y preciosa luz ámbar, no sé de dónde la habíais sacado. Te lo confieso después de tantos años porque Adrián y tú me parecisteis los niños más bellos del mundo, los amantes más puros, más salvajes. Jugabais con vuestras sombras en la pared y, al mismo tiempo, parecíais pequeños purasangres en celo, con tanto apetito, con tanto deseo que era fácil respirarlo desde fuera. Era tan hermoso que no podía marcharme. Después de un rato, le acaricié la cabeza a Toni con cuidado para que no advirtieseis nuestra presencia y me lo llevé a la casa. Nunca hablamos de ello, pero yo sé que a él también se le quedó esa escena clavada.

Lula no levanta la mirada. Recuerda que se escaparon una noche y corrieron hasta El Palmar. En la entrada había una

construcción muy básica con un porche en el que se almace-
naba el forraje. Adrián prendió un quinqué, olía a petróleo, al
principio ella se quedó paralizada frente a la llama, pero después se entretuvieron con las sombras que sus cuerpos proyec-
taban al tocarse, hasta que el arrebato les llegó como siempre,
con las ganas de morderse los labios, de desnudarse para que
sus pechos se apretasen el uno contra el otro, de colarse por
debajo de los pantalones desabrochados. Pero ese día él estaba
más sediento, más encendido. No era la primera vez que la penetraba, pero sí la primera vez que sintió que ya era un hombre,
que la sometió, que la montó y le agarró del pelo, que se movió
de una forma diferente y que le alargó el placer hasta caer rendido sobre su espalda. También fue la primera vez que soltaron
las voces y los gemidos rompieron el silencio de las otras veces.
Lula sintió entonces que se habían roto muchas barreras, que
el amor le llegaba de una forma nueva, capaz de salirle por los
pulmones a gritos. No le cabía dentro tanta dicha. A partir de
aquel momento ya no se amarían en silencio.

    ¿Cómo no iba a ser una imagen hermosa y pura? Lula se
imagina la escena desde la ventana, con la luz ambarina.

    —Espero disculpes mi pecado.

    —Claro. Yo pensaba que era nuestro secreto, pero no nos
puede pertenecer todo. Siempre creí que Adrián me perteneció en la infancia y en la adolescencia, sólo a mí, pero ahora me
doy cuenta de que era imposible que nadie hubiera participado
de nuestros encuentros, pero nos gustaba creérnoslo. Éramos
demasiado ingenuos.

    —¿Has ido a verlo al restaurante?

    —No, no lo he visto desde hace por lo menos doce años.
La última vez creo que yo tendría diecinueve.

    —A veces aparece para llevarse a Toni o se queda un par
de días para descansar, entonces nos hace reír con sus cosas y se

come todo lo que encuentra en la nevera. Lo que me sabe mal es que anda como preocupado, con un fondo de tristeza, apenas monta, ha perdido la pasión por los caballos y es como si este rincón fuese un refugio que necesita para escapar de todo.

—Hemos cambiado los dos, ya queda poco de lo que fuimos.

Pasan por la zona de los boxes y Antonio frena el coche.

—Mira, estamos de suerte, ése es uno de mis mejores jinetes. Déjame que te lo presente. Venga, mujer, que no tenemos prisa, así te enseño también los caballos.

El jinete va impoluto, con un elegante uniforme. Le cuenta que éste es un deporte que se desarrolla en un ambiente muy tradicional, así que van vestidos igual que hace cien años. Está ensillando a *Cardamomo*, un caballo castaño, atlético y con una fuerte musculatura. Le acaricia el dorso, ligeramente ensillado, y le dice que se fije en la grupa, que es larga y horizontal.

—Observa su cabeza, es elegante y atractiva, ¿no te parece? Esta raza tiene los ojos grandes y el perfil recto; además, sus extremidades son robustas y resistentes, con buenos aplomos y articulaciones firmes. Es el mejor caballo para el salto de obstáculos.

El jinete lo monta con agilidad. Lula lo observa. Recuerda las sombras proyectadas en la pared. Admira la armonía que existe en el binomio caballo-jinete. Adrián agarrado a su pelo, arrodillado sobre ella. El perfecto entendimiento sobre las pistas irregulares. Los gemidos que rompieron por primera vez los silencios. Los cambios de dirección están señalados, para que el jinete pueda demostrar su maestría. La primera vez que lo sintió hombre, poderoso dentro de ella. El arte de montar en los pastos. La luz ambarina del quinqué.

XVII

Ha oscurecido y el cielo y el mar se han sumido en un negro profundo, roto por decenas de luces que se proyectan en vertical hasta el mismo fondo. El castillo se alza como la punta de la llamarada, mientras en el agua vibran los amarillos y azules de las farolas. Decenas de halos se ovillan en los cuerpos luminosos y, por detrás de su cintura, Fadil le acaricia la piel.

Él no sabe nadar. Le tiene respeto al mar y se siente más seguro abrazado a su cuerpo, aunque tan sólo alguna ola le alcance los pies. Le diría que le enseñará, pero se queda callada por miedo a que le responda que entonces él le enseñará a volar, porque su vuelo no puede ser lineal.

Fadil ha construido su vuelo desde la huida del pueblo serbio; fue una acrobacia forzosa y prematura para escapar de la opresión y represión, del terror al que su familia estaba sometida desde hacía años y que se agravó cuando Slobodan Milosevic impuso su feroz nacionalismo y con la limpieza étnica entre la población albano-kosovar. Su vuelo, pues, es un esfuerzo para ganar altura y, una vez alcanzada, aprovechar la fuerza de los vientos para dejarse llevar sobre ellos.

Él es un *shipëtar*, un hijo del águila. Nacido en Albania, tierra de las águilas. La fuerza de su vuelo está en el arranque y en saber batir sin errar para escapar del campo de tiro.

Antes de que empezara a oscurecer, a las siete en punto, Lula se acercó a casa de Jacinto para acompañarlo en su paseo por los tejados. Hoy tenía el aspecto de un doctor sudamericano, con su impoluto traje de lino blanco, su sobrero jarano y un pañuelo de seda de un rosa tan pálido que apenas se percibía. Allí, quieto entre las palomas, parecía un arcángel rodeado de san Gabrieles.

Lula aprovechó ese momento con sigilo, se trenzó al palomar para buscar los contraluces en los que los blancos del plumaje y de su atuendo se fundiesen en destellos de luz. Lo capturó en su cámara con un sinfín de clics para engullirse la escena de una vez. Satisfecha con el pequeño hurto de la intimidad de Jacinto, se acercó a él y permaneció en silencio, apenas quebrado por el inminente campanario de Nuestra Señora de la Ermitana.

Cuando Jacinto decidió dar por concluida su salida diaria, lo acompañó a su habitación y le ayudó a quitarse los zapatos. Se sentó junto a él en la mesa para compartir una cena precaria y mal elaborada. La suciedad se amontonaba por todas partes, pegotes de tierra en el suelo y ceniceros llenos de colillas. Fadil fue recogiendo ropa, alicates y recortes de papel para ordenar aquel caos, pero sin demasiado éxito.

Ahora, tumbados en la playa de principio de octubre, siente curiosidad por aquel coloso de perfección *miguelangelesca*. Él permanece callado, agarrado a su cintura. Las olas han ganado terreno hasta sus muslos y han mojado su bañador.

—¿Por qué estás con alguien como yo? Los serbios nos cerraron la escuela cuando aún no había cumplido los ocho años, no lo recuerdo muy bien, pero no he estudiado, no sé nada.

—Pero ¿sabes leer y escribir?

—Algo me ha enseñado la vida. —Fadil sonríe—. Tengo amigos que no saben nada de verdad. Sami, el gordo, sólo dice que sí a todo.

—Pero es entrañable.

Él se sorprende por esa apreciación.

—A mí me hizo cambiar de vida una paloma que encontré en Montenegro. ¿Por qué cambiaste tú la tuya?

—Por las ondas que dibujaba la estela de un barco. Este verano conocí a alguien, a un francés que se había pasado la vida pensando que lo importante eran las líneas que llenaban las páginas de los diarios hasta que descubrió que todo eso carecía de importancia y que lo verdaderamente sustancial eran las ondas. Entonces, abandonó el periodismo para dedicarse a la peluquería y se despegó de la tierra para entregarse a contemplar las olas del mar.

—Yo no soy tan raro.

—No importa el detonante, puede ser anecdótico, lo que importa es el rumbo que uno escoge después de ese instante.

—¿Era tu novio?

—¿Quién? ¿El francés? No, qué va. Simón es alguien que conocí en la cubierta de un barco, apenas conversamos, pero me di cuenta de que mi vida había sido una línea desde el principio, que mi biografía no era más que una serie de puntos con un trazado aburridamente lineal. En los últimos años he llegado a trabajar con tal obsesión que hasta he conseguido olvidarme de mí misma. Cualquier cosa externa que me desviase de mi camino se convertía en una carga, en algo que se me hacía pesado y hasta me asfixiaba. Quizá por eso tampoco he tenido una pareja estable y tan sólo he sido capaz de canalizar mis ganas de seguir amando a través de las cartas que escribo a hombres de otros países.

—Yo también soy extranjero. ¿Por qué lo haces así?

—La verdad es que no lo sé.

—¿No quieres formar una familia?

El silencio delata una contestación que no llega.

—¿Por qué no contestas? —insiste él.

—Porque soy emocionalmente inestable. Tengo miedo de restarme si formo una familia.

—Las familias no restan, suman.

—Claro, para los demás sí, para los que encuentran lo que quieren y crecen con las experiencias compartidas, pero no para mí. A mí me restaría tiempo, libertad, belleza, creatividad.

—Pero tendrías tus hijos, serían tuyos.

—Nadie es de nadie, Fadil. Algunas madres se equivocan y castigan a sus hijos porque creen que son suyos. Pero nadie nos pertenece, todo es una elección: tenerlos o no tenerlos, que se queden o que se marchen, que estén o que no estén.

El kosovar se rasca los ojos y hace un gesto de disconformidad. Permanece unos segundos en silencio y después pregunta:

—¿Y qué vas a hacer con tu trabajo?

—Quizá uno de los problemas que tiene la arquitectura es que impregna toda tu vida, que te consume porque no es sólo un trabajo, es una forma de vivir. Y aunque parezca paradójico, lo importante en la arquitectura son los volúmenes, la concepción integral del espacio, su relación con el entorno, y yo me estaba olvidando de todo eso, lo veía en cada lugar, en todos los ámbitos, pero no en el más profundo. Así que continuaba caminando hacia delante sin apenas tener tiempo para reflexionar, sin mirar a los lados, sin sentir lo que debería sentir: el volumen de mi propia vida.

Fadil entiende la vida de una forma sencilla y plana, la escucha sin demasiado esfuerzo por comprenderla, es consciente de que se le escapa un sinfín de conceptos, pero tampoco se interesa por llegar a ellos. La vida está para sobrevivir, para poco más. Él es un superviviente de la guerra de la antigua Yugoslavia, de un lugar al que sabe que un día regresará, pero del que querría huir constantemente. Su mundo no tiene volúmenes ni distancias entre los puntos, adquiere sentido si se puede amanecer al día siguiente y proteger a lo que se ama, a la familia, que es el único núcleo por el que tiene que luchar.

—Piensas mucho. Eso no debe de ser bueno.

—Probablemente tengas razón. —Lula sonríe.

—¿Y qué va a hacer una mujer como tú aquí?

—Siempre he querido dibujar y recuperar las noches en las que me aferraba al lápiz hasta agotar su punta. En esos momentos no era nada más que el trazo sobre el papel. Tampoco nada menos.

—Pero si ya no quieres ser arquitecto, ¿vas a dibujar casas para que nadie viva en ellas?

—La gente no vive en todos los proyectos que se dibujan, sino en unos pocos, los mínimos. En mi equipo éramos tres: yo elaboraba la idea primera, que era el dibujo, otro se encargaba de la parte técnica y el tercero, de la parte presupuestaria. Yo no podría haber hecho las otras dos y ningún trabajo habría salido adelante si el conjunto de todas ellas no hubiese estado bien engranado. Pero ahora quiero dibujar con la libertad que da el no tener que estar pensando en un presupuesto final, quiero dibujar sin esos límites, quedarme en la idea primera por el mero hecho de disfrutar. No quiero que vivan personas dentro, tan sólo pretendo que, aunque sea por un momento, vivan allí mis ideas.

Llegan a la casa todavía con las ropas mojadas. Lula, desnuda, abre el grifo de la ducha y por la ventana del cuarto de baño lo observa. Está en el jardín de la parte trasera, junto al hueco del algarrobo. Ha anochecido, pero su silueta se vislumbra escudriñando dentro del árbol sin alma. Saca algo que parece reconocer y después se pierde por el pasillo del agujero de las golosinas, donde queda el cuartito de las herramientas.

Se ducha pensativa. Quizá guardó algo allí el pasado martes, cuando vino a visitarla. Ha esperado a que se metiera en la ducha para ir a buscarlo, eso es evidente. ¿Y si Artan o Sami hubiesen dejado algo? Puede que le hayan pedido que lo recuperase. De niña, Adrián y ella guardaron allí dentro cuentas de colores, tarritos con semillas y fotografías robadas de los álbumes de sus madres en las que aparecían juntos. Dejó de meter la mano cuando Madrid se impuso al campo y las filas de hormigas ya no eran eso sino algo más a lo que temer.

Fadil le abraza por debajo del albornoz y se pega a su cuerpo desnudo. Le acaricia la espalda, las caderas, siente su rostro junto al suyo y adivina los labios abiertos que esperan una boca que se demora. Él no abre los ojos, necesita la oscuridad y el silencio para que su piel concentre todo el momento en las caricias. Lula no puede dejar de mirarlo. Ella, acostumbrada a amar desde el arrebato y la pasión pura, desde las voces, las luces y la exaltación, se siente aprendiz de un hombre que se proyecta por la piel mermando el mundo exterior, que deja de existir en su totalidad para perderse por los poros. Le parece tan hermoso su intimismo de gigante dormido.

—¿Quieres que me quede a dormir contigo?

—No.

—Entonces…

—Pero sí que quiero acostarme contigo.

Fadil se queda confuso, no entiende la diferencia que hace ella entre acostarse con alguien y amanecer con él.

Lula lo lleva a la habitación. Él no es de los que aman de pie, en la cocina o en algún escondite callejero. Es de los que aman en penumbra, con tiempo para dilatar el placer. Será larga la noche.

Desnudo se potencia su belleza y, a pesar de su sensualidad, es frío. Lula lo siente así e intuye que nunca le será próximo, que se quedará vacía, por mucho que lo haya gozado. Sus besos y sus manos pesan en la piel, sin embargo, su contacto le resulta tan etéreo como un recorrido de signos que anuncian un posible etcétera. Y ya dentro, ella lo aprieta entre los muslos para saber que es real, que está allí, en esa habitación que nunca hasta ahora le había pertenecido.

XVIII

Las cortinas retoman su danza de chelo herido, el compás es el mismo que el latir de un corazón al que el murmullo afilado parece cortar. Lula cierra los ojos y aspira el olor de la casa de su abuela, que se destila por los cerrojos, los picaportes, los postigos y las bisagras.

Se asoma al balcón, por encima de las macetas. Observa el dibujo de los cantos rodados de la calle y recuerda a Adrián intentando arrancar las piedras del suelo para pintarlas, pegarles unas orejas y una colita y convertirlas en ratas de colores. Nunca pudo mellar el dibujo de la calle de Santa Bárbara, así que una noche decidió dejar su particular colección de ratones incrustados en el asfalto. A Lula se le adhirió toda la suciedad del pueblo mientras manipulaba el pegamento, entonces Adrián le tomó la mano para que las pieles permaneciesen unidas para siempre. Costó quitarles el pegamento, pero más costó que quisieran soltarse de la mano. Lula se pregunta dónde estarán los Adrianes y por qué a ella le tocó uno siendo tan niña.

Luciana dobla la esquina de la calle Nueva.

—Lula, ¿cómo has aparcado el coche en la misma puerta?

—Ahora bajo, no entres, que hoy te vienes conmigo.

Las excusas delatan su miedo a volver. La casa existe sólo en la bruma de sus recuerdos y no quiere ser consciente de que es real.

—Venga, sube al coche, prometo traerte cuando tú me digas y, si quieres, de camino paramos a ver a Celia, que me ha preguntado por ti.

—¿Sigue en el ultramarinos? Hace años que no la veo. A su nieto Salva sí porque baja mucho al pueblo, se ha hecho piloto de avionetas y da cursos en el helipuerto. Es un poco más joven que tú y, además, no es extranjero.

Al final consigue que entre en el coche y se marcha a regañadientes. El tramo sin asfaltar está seco y las ruedas dejan una huella de polvareda tan densa como el tapiz de un anticuario.

—No pares en el ultramarinos, no estoy de humor para viejos recuerdos, ni para verme en las pupilas ajadas de otra vieja. No debería haberte hecho caso.

—Si era como tu hermana.

—Lo sé, pero ésas eran otra Celia y otra Luciana, eran dos mujeres de carácter fuerte y con la vida por delante. No quiero encontrarme frente a la frágil sombra de lo que un día fuimos.

—Sigue siendo la misma, con su energía de torbellino y su mala lengua. —A Lula se le apaga la voz ante el rostro impávido de su abuela—. Está bien, como quieras.

Tras la verja está todo lo que fue, todo lo que quedó tras la huida, como un montón de vivencias que quisieron convertirse en escombros o, peor, en ceniza para volatizarse con la primera corriente de aire. A través de los pinos se vislumbra el tejado rojo, la terraza y el pozo a la izquierda. Luciana encoge los ojos y mueve vivaz las pupilas como si buscase a alguien, quizá a todos los que estuvieron. Sus hijas ya no ponen la mesa y sólo queda Lula de toda aquella caterva de niños que jugaron en sus tres columpios.

—Toma las llaves, abuela.

—No se abren las casas que no nos pertenecen. Ahora ya te pertenece a ti, es tuya.

—No estoy de acuerdo.

—No te engañes, esta casa te está agradecida. No sé para qué has vuelto, pero sí que la has salvado.

—Ya te lo dije, he regresado porque éste es el único lugar en el que me he sentido volar.

—¿Seguro que es eso? ¿O es que es el único sitio donde has amado de verdad?

Lula se estremece, dudó de si ella sabría su historia con Adrián y ahora se da cuenta de que no sólo lo supo sino que su mirada siempre reveló la aprobación absoluta. Seguramente las cosas les resultaron tan fáciles en ese mundo de adultos porque contaban con aquella cómplice que intentaba protegerlos de las miradas, de los celos, de la angustia vital de los otros. Hoy, además, es consciente de que todos los demás hombres han sido como la colección de ratas incrustadas en el pavimento, que ninguno se le ha quedado pegado en la piel.

—¿Has pintado las ventanas de azul? Claro, fuiste una niña azul, menudo peligro corrimos contigo, te nos ibas desde bien pequeñita.

—Todavía tengo la cicatriz en el pecho.

—Tu madre no dejó de fumar durante el embarazo, se lo reproché todos los días y quizá por eso tuviste el síndrome del niño azul. Te costaba respirar, te asfixiabas. Yo nunca había visto un bebé de ese color y cuando se te llevaron para operarte recé durante toda la noche las mismas oraciones; no recuerdo si me las sabía o no, si me las estaba inventando, pero sí recuerdo la impotencia y la luz de las velas, las lenguas de luz en la oscuridad. Hacía mucho calor y yo permanecí de pie sin moverme, con los tobillos doloridos, como un monje estilita. Puse velas blancas a la imagen de santa Bárbara para que recobrases el color rosado, para que volvieses a respirar y no te nos fueses. Aquella noche fue la más larga, de infinitas horas, todas ellas lentas y desesperantes. Lo curioso es que ya te quería con toda el alma sin apenas haberte visto, fue una sensación que tuve contigo y con Adrián: os sentía de otro modo, erais diferentes a los demás nietos, teníais otra temperatura corporal, otro color. Adrián nació con la piel aceitunada, como si fuese de raza gitana, y tú azulada. Los dos nacisteis encogidos, pequeños y con poco peso, pero con un aura de luz inquietante.

—¿Nos parecíamos de pequeños?

—No, no es eso, no sabría explicarme. Él era puro nervio, inteligente y detallista, con tintes de líder desde bien pequeño y tú eras más silenciosa y altiva. Tú ibas a tu aire y él también al tuyo, pero a diferentes velocidades.

—¿Crees que sabe que estoy aquí?

—Claro que lo sabe.

—¿Y nos volveremos a ver?

—En eso ha salido a mí, en lo testarudo que es el muy puñetero. Tiene demasiado orgullo y cuando decide que algo está terminado, no hay vuelta atrás.

—Sin embargo, tú estás otra vez aquí, has regresado a la casa.

—Sí, pero no por voluntad propia, ni porque quiera estar aquí, que de ningún modo quiero, sino porque sé que esto te hace feliz y ya me quedan muy pocos momentos que regalarle a nadie.

—Gracias entonces.

—Podrías ir a buscarlo. Tuviste las cosas muy fáciles con él, con él y con todos, imagino. No sabes lo que es luchar por un hombre, aferrarte al amor verdadero, sólo sabes salir con gente de otros países que un día se marchan y evitas así tener que enfrentarte a un futuro con ellos. Adrián siempre ha ido detrás de ti y el día que dejó de hacerlo, ¿te planteaste siquiera por un momento intercambiar los papeles?

—No.

—Así no funcionan las cosas, en realidad es así como dejan de funcionar.

—He aprendido a amar desde la nostalgia y la distancia a alguien que ya no está. Ahora no sé si podría amar de otro modo, enfrentarme a algo real con su día a día, con un futuro, con los problemas, con el desgaste. Imagino que cada uno elige cómo hacer las cosas, cómo vivir la vida y en esto es como si ya no tuviera elección. Me asusta haber perdido la capacidad de sentir por alguien que se quiere quedar a mi lado, imagino que estoy más cómoda así, con una fecha de caducidad. Si volviésemos a encontrarnos y él me fallara o yo le fallara, se romperían todas mis esperanzas.

—En eso estáis equivocados los dos. Buscáis el amor de infancia y ése ya no volverá, pertenece a la etapa de vuestro despertar a la vida. Ahora no es eso, es el mismo amor, pero de otra forma, y no os permitís descubrir cómo es. No tiene nada que ver nacer juntos a envejecer juntos, absolutamente nada, pero si no lo intentáis os negaréis a vosotros y a todos los que se acerquen la posibilidad de conoceros.

Lula mete la llave en la cerradura, de la que un día salió una avispa y le picó.

—¿Entramos?

Luciana, de pronto, se estremece y se vuelve tan delgada que cabe por los mismísimos barrotes de la verja. Percibe su rigidez frente a la pequeña rampa que lleva al pinar. Avanzan con pasos cortitos. Se oye el crujir de la panocha bajo sus pies. Está tan tensa que, por un momento, tiene miedo de que una corriente de aire la parta en dos. Aquella mujer fuerte y soberbia, que vestía con faldas afloradas que se mimetizaban en el jardín, parece deshacerse ahora en su propia fragilidad.

—¿Estás bien?

El columpio, la pequeña balsa y los sauces llorones se sacuden como un perro mojado, salpican la tierra y la paralizan. Luciana no es capaz de ordenar un paisaje que se le amontona en un cúmulo de frases, voces, olores e imágenes del pasado. Están todos allí, al mismo tiempo, colisionando en un fuerte zumbido. Lula la agarra del brazo y se la acerca a su cuerpo para transmitirle su calor y confianza, con la esperanza de que no dé marcha atrás.

Avanzan por el pasillo, lentas, calladas, juntas, rozando los cipreses. El pozo emite un ronquido, quizá sea un ronroneo, es difícil saber. Advierte las lágrimas que no llegan a brotar, el temblor del recuerdo en sus manos, las prisas por no llegar. El túnel al pasado es estrecho y oprime un cuerpo ya extremadamente oprimido. Desea que la casa no la estreche más, que no la convierta en astillas sobre los cipreses.

Cuando ve las marcas del incendio junto al pozo, la imagen de su hija Lucía se le aviva como las mismas llamas. Su pelo enredado, el camisón de verano, sus labios apretados, la mirada punzante, el olor de la gasolina en su piel, su ira.

—Dijiste que volveríamos al pueblo cuando quisiera —dice en un hilo de voz que apenas consigue escapar de su garganta.

—Sí.

—Pues quiero irme, es suficiente.

—Está bien, nos iremos ahora mismo. —Lula responde rápido, sabe que no puede faltar a su palabra.

Arranca el motor del coche y se pierde por el camino de polvo dejando atrás una humareda que devora el perfil de la verja en el espejo retrovisor.

XIX

En el parque de la Artillería se congregan varias personas, parece que va a tener lugar una exhibición de cetrería. Lula observa los halcones, azores y gavilanes. Sabe que él estará allí.

Se abre paso entre la multitud hasta que lo ve, Fadil despunta como una atalaya. Está con Sami y Artan. No sabe si es mejor acercarse o bajar al mirador de la Fontanella y esperar a que finalice el espectáculo.

—¿Lula? —Una voz pregunta tras ella.

—¿Toni? ¿Eres Toni? —dice sorprendida—. Tenía muchas ganas de verte, he estado con tu padre y me ha enseñado El Palmar, es increíble cómo está todo aquello. Pero mírate, no es posible, la misma cara de niño, con tus gafas de pasta negra, como siempre. Estás guapo.

—Tú…, tú también, gracias. Ahora vivo más en Francia que aquí, pero cuando puedo, vengo.

Siempre fue algo introvertido y no ha cambiado su forma de hablar titubeante, sus movimientos siguen delatando su torpeza y su inseguridad. Lula se pregunta si habrá aprendido a abrazar o a besar a una mujer, recuerda el intento fallido que tuvo con ella cuando eran dos adolescentes.

—¿Y qué? Esto, esto… Me dijo mi padre que habías abandonado la arquitectura.

—Digamos que he parado el tiempo, me refiero a estar en un estudio, volver a hacer proyectos de verdad y todas esas cosas, todavía no lo sé.

—Me parece una locura que hayas vuelto a esa casa. Aquí no hay nada. Esto es un sitio de abuelos, en invierno te vas a morir tú sola ahí metida. ¿Por qué…, por qué no te la quedas como casa de verano?

—No, no se trata de eso. Quiero estar.

Fadil se acerca y Toni lo mira inquieto, acentúa su nerviosismo.

—¿Y a qué te vas a dedicar? Me refiero a…

—Tengo varios proyectos, son ideas, casas, edificios que me gustaría dejar dibujados en papel, por el momento. Quizá para editarlos algún día, bueno, mejor dicho, para autoeditármelos.

—Hola —Fadil interrumpe—, van a empezar ya.

—Hola —Lula busca a Artan entre la gente, no le gusta perderlo de vista—, ¿dónde están tus amigos?

—Se han quedado allí.

—No quiero que se acerque —le susurra agarrándolo de la camisa.

—Tranquila, no lo hará.

—¿Van a cazar alguna presa?

—No, no es cetrería de caza real, es cetrería de exhibición, no capturan presas, sino señuelos con comida y hacen vuelos al puño. La cetrería de campeonato es más interesante para mí, utilizan palomas de escape, palomas mensajeras o de velocidad.

—Disculpa, te presento a Toni.

Se saludan con frialdad, con el rostro serio.

—¿Pero les harán daño? —Lula se mueve para quedar en medio de los dos.

Toni los observa inquieto, se quita las gafas y se limpia el sudor de la frente, el gesto le ha cambiado.

—No te preocupes, son espíritus del viento —añade Fadil.

La exhibición comienza, pero Toni no presta atención a las aves, sólo a ella. Creció con Adrián y con Lula y fue testigo de algunos de sus encuentros, oculto siempre en la sombra, sintiéndose el que sobraba o el que estaba de más. Amó a la misma niña que su mejor amigo, pero únicamente se atrevió a confesarlo cumplidos ya los dieciséis, un verano que Adrián tardó en llegar al pueblo. Toni aprovechó las tardes libres para ir a montar con ella y pudo besarla una vez; fue un beso torpe y robado, quería probar aquellos labios de azúcar de los que tanto le habían hablado. No aspiraba a ser su novio, le hubiese bastado con ir cogido de su mano y que le enseñase a besar. Desde que Lula lo rechazó, con la agresividad que la caracterizaba cuando algo le molestaba, su amistad se mermó.

Lula piensa en el trasvase que hizo de la mexicana a su padre y en el hijo que tuvo con ella, del que dice que es su hermano. Está segura de que no aprendió a amar. Siente lástima al pensar en el cuerpo de Encarna poseído por el abuelo de su bebé mientras mira desde el porche al hombre que no supo ni pudo amarla.

Se siente incómoda junto a Fadil, no quiere que Toni sepa que tiene algo con el kosovar, no quiere hacer añicos el paisaje que lo vio crecer.

—Tengo que marcharme.

—Si quieres nos vamos allí tú y yo, que estaremos mejor. —Toni señala en dirección a la playa.

—No puedo, pero espero que antes de marcharte a Francia pases un día a verme, ni se te ocurra irte sin decirme adiós.

Mientras se despide, Toni la desmenuza en fragmentos como si fuese una vidriera de colores. Adivinar las curvas de su cuerpo es sencillo, ella siempre viste ropa ajustada, pero él va más allá, quiere saber si tiene delante a la misma niña salvaje o si la naturaleza social la ha acabado humanizando.

Los halcones vuelan y los azores permanecen encapuchados. La tristeza de una mirada todavía adolescente se dibuja en los ojos de Toni, mezclada con cierta preocupación.

Lula intenta desaparecer cuanto antes. Al abrirse paso entre la gente, la cogen del brazo. Se gira. Es Artan, que parece haberla seguido entre la multitud.

—Esto no ha acabado, no pienses que vas a vivir ahí tranquila.

Lula busca a Fadil, está de espaldas, lejos.

—Déjame en paz. Si te vuelves a acercar a mí, te denunciaré a la policía y no pararé hasta que seas tú el que tengas que abandonar el pueblo.

—¿Te crees muy lista? —Artan acerca su cara a la suya—. Recuerda que estás demasiado sola y en esa casa hay muchos rincones para esconderse, que nadie te escucharía gritar. —La suelta—. Márchate, ni se te ocurra quedarte a vivir ahí.

—De eso nada. —Lula se encara con él—. Y no intentes joderme, te lo advierto, no intentes joderme.

Le da la espalda y se marcha, atenta a todos los ruidos que quedan tras ella. No se da la vuelta, no acelera el paso, no quiere expresar el miedo que la recorre por dentro. Cuando llega a cierta distancia, frena y respira, está temblando.

Tras la subida, camina rápido por las calles empedradas, sobre los cantos rodados. Se resbala y una piedra se le clava en la palma de la mano, arañándole la piel. Chupa la herida y continúa sin detenerse, en busca del otro lado de casco amurallado para estar lo más lejos posible.

No quiere pensar en Artan. Se centra en los ojos de Toni, el negro de su pupila parece guardar su propia biografía como si aquella historia le perteneciese entera por haber sido el único espectador que la recogió y que ha sabido guardarla. Lula se pregunta si su biografía le puede pertenecer a otro, si puede entretejerse de tal manera que haya podido formar parte absoluta de su pensamiento, de sus sentimientos, incluso del yo de aquel que lo vivió en tercera persona.

XX

Su buzón ha dado a luz una nueva carta, un sobre con la dirección escrita sobre ondas, con tinta aguada, casi sangrante. Dentro, un caligrama le habla de la esperanza, de la valentía, de los tatuajes que vio en su espalda y en su nuca. Lula acaricia la composición poética, se sienta en el suelo y la lee todas las veces, de adelante a atrás, de atrás hacia adelante, de arriba abajo, son varias ondas que convergen en un dibujo. Una frase serpentea a sus anchas dentro de la solapa del sobre, como si se hubiese escapado de aquel remolino de palabras. *¿Vas a venir? Quiero verte, necesito verte antes de que se apague la luz en mis ojos.*

Se pregunta cómo dos personas que apenas han cruzado sus vidas pueden reconfortarse tanto sabiendo que están ahí, al otro lado del mar.

Querido Simón:
Me he adentrado en ese cúmulo de pasillos ondulados de tu caligrama, me he sentado allí donde convergen más curvas y no quiero salir. En ese rincón me siento a salvo, con una paz inusual. He pegado mis piernas al pecho para ser tan sólo un punto y seguido

y no interrumpir su belleza. Incluso la tinta de mis tatuajes se ha restado color para dar más relieve a tus palabras. Empiezo a rasgar la crisálida, he conseguido volar hacia atrás, ha sido un vuelo corto, casualmente desde las pupilas del que un día fue espectador de mi historia.

Pronto llegaré a tus ojos.

Lula avanza por el pasillo del arácnido de las golosinas, hacia la parte trasera. Se acerca al rincón de las campanillas y arranca una flor azul, realzada por una estrella violeta de cinco puntas. Es la que más ha trepado hacia la luz, por eso la ha elegido. La introduce en un sobre que volará hasta Formentera.

Prepara la mesa de mármol del pinar. La cubre con papel y despliega sus lápices. En el maletero del coche está su carpeta de bocetos, la saca y se acuerda de la pinza plateada que encontró en el suelo. Sin saber muy bien por qué, se acerca a la palmera enana y decide entrar en el rincón de los orines. La tierra del suelo está revuelta, fresca, como si la acabasen de remover, y el mango de una herramienta pequeña se vislumbra debajo de un montón de hojas. Es una azada. La coge y cava un agujero. Escucha un sonido metálico. Va sacando tierra y encuentra más herramientas, grandes, pesadas, gastadas, oxidadas. No entiende cómo han llegado hasta allí, hasta ese rincón en el que de niña guardó sus secretos. No sabe por qué todos aquellos cadáveres metálicos profanan su escondite: palas, pinzas, mazos, palancas, anclajes. Los desentierra agitada y los va arrastrando hasta el contenedor que queda enfrente de la verja. Sigue cavando hasta agotarse, quiere estar segura de que no queda nada ahí abajo, pero a su derecha un trozo de tierra permanece intacto. Está empapada de sudor, el sol aprieta y ha hecho mucho esfuerzo, se sienta sobre el montón de tierra y encuentra un corazón de plástico que enterró de niña. Lo lava con la manguera y acaba metiéndose entera bajo el agua, dejando correr la nostalgia por su piel hasta alcanzarle los pies.

Intenta concentrarse de nuevo en sus dibujos, incapaz de apartar de su mente el rincón de la palmera enana y, de repente, alza la mirada y descubre a Fadil tras la verja. Se asusta al ver su alta figura, no sabe cuánto tiempo habrá estado allí observándola; no ha venido en coche, no ha hecho ningún ruido, simplemente ha aparecido.

—No me habías dicho que vendrías.

—He pensado que te encontraría aquí.

—No te he oído llegar.

—Estabas tan concentrada que no he querido interrumpir. Era una imagen preciosa, tú, con el pelo mojado y el lápiz en las manos…

—He encontrado unas viejas herramientas, allí —Lula señala nerviosa—, en ese rincón, las he sacado, eran tan pesadas que me ha costado arrastrarlas al contenedor, había muchas y no sé quién puede haberlas enterrado.

—¿Y para qué eran?

—No lo sé, hace años que nadie vive aquí, ni sé el tiempo que llevarán. Lo que me extraña es que la tierra estaba movida, como si hubiesen acabado de escarbar.

—Estás muy nerviosa. ¿Por qué no dejas lo que estás haciendo y nos vamos a la playa?

—Oye, te estoy diciendo que he encontrado, en ese pedazo de tierra, herramientas de todo tipo. ¿Te parece normal?

—No te pongas así, tampoco es para alterarse tanto. —Fadil coge sus manos para que se relaje—. Llevas muchos años sin venir aquí, quizá algún familiar tuyo las haya enterrado. No puedes controlarlo todo, hazme caso y deja que las cosas pasen.

Lula piensa en si su tía Lucía podría haber enterrado aquel arsenal. Pero ¿para qué? ¿Con qué finalidad? Lo cree improbable, pero le da miedo pensarlo, le asusta la idea de las llamas junto a su cuerpo dormido y de las herramientas para que, una vez yazca sin vida, enterrarlo allí, en el rincón de sus secretos.

Dorita sirve comidas caseras, apenas cinco mesas en un ambiente familiar y acogedor. El camarero les ofrece una caldereta de rape con almejas, patatas y cigalas. Lula sale aturdida, ha bebido demasiado vino, besa a Fadil en la calle, tiene ganas de sexo, de sentirlo dentro y relajar la mañana que tanto le ha inquietado. Él se sonríe, avergonzado por si alguien los observa.

Bajo el portal de Sant Pere queda la balsa del puerto. Allí el agua del mar está amansada y apenas logra expandirse en ondas, sin poder marcar su ritmo. Al lado, se abre el semicírculo de la playa del Sur. Pasean por la puerta de Santa María, despeinados, arremolinados en sus muros. Por el portal Fosc llegan hasta la calle del Olvido.

—Necesito estar contigo, no puedo esperar, no puedo seguir caminando.

—Pero no seas loca, no voy a hacerte el amor en la calle.

—Tú déjate llevar. Qué más da, si en este pueblo apenas saben quién eres. Además, hacer el amor por los callejones es divertido.

Fadil se tensa y ella se frena ante la falta de respuesta a sus caricias.

—Está bien, está bien. Cojamos una habitación en la pensión Casa Juanita.

—Pero ¿esa mujer te conoce?

—No pienses en los demás. Ahora necesito que te dejes llevar y que si quieres desnudarme en la calle, lo hagas, sólo eso.

Necesito hacer el amor contigo, no es tan difícil, no tendría por qué serlo.

Mientras la dueña le da las llaves de la habitación, Lula intenta controlar sus ganas. Tiene claro que Fadil no será su compañero en la pasión desatada, se fija en cómo pliega los pantalones y los deja sobre una silla y languidece. Recuerda el enredo de zapatos, calcetines, pantalones y ropa interior en las piernas mientras su primo la penetraba volcándose entero sobre ella; cómo le arrancaba hasta las lágrimas de placer cuando su boca la succionaba y cómo la agarraba fuerte de las caderas cuando ella quería escapar volviéndole a provocar otro orgasmo. Todo era tan intenso como mágico, sin personas de fondo, sin decorados, sólo ellos.

Fadil la acaricia con ternura, necesita su tiempo. Lula se tumba boca arriba y respira intentando no ser demasiado ella, ahora él necesita que sea suave y sensual. La desnuda entre besos poco sonoros, apenas le roza la piel con sus labios, hasta llegar dentro de sus muslos. Entonces, cuando siente su lengua, ella lo agarra del pelo y lo mira, quiere observarlo, allí, con sus ojos rasgados, su cabello despeinado, lamiéndola, que venza la timidez, que sea capaz de aguantarle la mirada y disfrutar.

Recuerda que una amiga le dijo que no le gustaba mirar durante el sexo oral porque le daba la sensación de que estaba pariendo a los hombres que la lamían, allí, como si los estuviese dando a luz. Para ella es una visión totalmente alejada de la maternidad, cerca incluso de la divinidad.

Fadil cierra los ojos y se concentra, ella le suelta el pelo y se limita a sentirlo. Se deja llevar por su ritmo pausado y sólido, sin ofrecer magia o cambios, sabe que detrás de una cosa irá la otra y que disfrutarán de aquel placer adulto, interrumpido incluso por alguna que otra palabra dentro de lo que debería ser un maremágnum de sentidos.

Se despierta sobre él, con las sábanas mojadas y el olor a sexo todavía en la habitación. Le gustaría repetir tras el breve sueño, pero Fadil se levanta:

—Pronto será la hora de Jacinto, ¿vamos?

—Me ducho en cinco minutos, luego tenemos que hablar.

Tras la ducha, Lula se cruza de brazos y le cuenta lo que pasó con Artan durante la exhibición de cetrería. Lo hace en un tono sereno, sin levantar la voz.

—He decidido denunciarlo, no puedo seguir esperando ni tampoco confiar más en tu palabra. Imagino que no estás de acuerdo conmigo y que ésta sea la última vez que estemos juntos, pero...

—¿Por qué no me lo has dicho antes? ¿Por qué has esperado hasta ahora, a que terminásemos de hacer el amor? ¿Tengo que suponer que esto era una despedida? ¿Así es como lo haces tú? —pregunta Fadil desconcertado.

Lula permanece fría, aguantando el peso de su decisión.

—¿Esto significa que has terminado conmigo, que no te volveré a ver?

Ella asiente con un gesto lento.

Los dos recogen sus cosas en silencio. De vez en cuando él la mira. Es arrogante y altiva, pero hermosa. Le resultaría tan fácil amarla como odiarla.

Antes de separarse, él le suplica que le dé una oportunidad más para hablar con Artan, para solucionarlo sin tener que meter por medio a la policía, sin tener que romper algo que empieza a crecer dentro de él como un sentimiento nuevo.

—Está bien, te daré más tiempo. Espero no tener que arrepentirme.

—¿Que me darás más tiempo? —repite él con tono sarcástico—. ¿Eso es lo único que sabes dar?

Lula acentúa la severidad de su mirada.

—Está bien, no quiero que lo estropeemos más, te demostraré que puedo sacar algo más de ti y también que puedo controlar a Artan.

Jacinto sube las escaleras perfectamente vestido y perfumado. Su cara no está irritada, parece que este sol que empieza a cortar sus horas le hace bien.

—¿Por qué cojea tanto?

—El otro día se me cayó por las escaleras, está cada día más débil y enfermo. Tengo que arreglar los escalones. —Fadil habla preocupado.

—¿Por qué no lo llevas al médico?

—Él no quiere salir de aquí, le da terror pisar la calle.

—Pero hay que hacerle un reconocimiento, no tiene buen aspecto, está muy desmejorado.

—Este verano vino una ambulancia a por él y lo ingresaron unos días. Su mirada era terrible, estaba tan asustado en la cama del hospital que ni comía, sólo gemía, era un sonido lastimero y constante, así que en cuanto pude lo llevé a casa. Estaba encogido como un perro, bajo las sábanas, aullando bajito y sin querer abrir los ojos. Llegó el médico con los resultados, no lo entendí muy bien, creo que era…, espera lo tengo apuntado en un papel que está en mi cartera. Sí, era metástasis, tenía eso por el cuerpo. Es una cosa muy seria, el médico dijo que es cuestión de tiempo, no se sabe cuánto, pero no va a volver al hospital, aquí está bien.

—¿Tiene cáncer con metástasis y no van a darle ningún tratamiento?

—Es tarde para eso y yo no quiero que lo envenenen ni lo torturen. Tiene agorafobia, no puedo sacarlo de casa sin que sufra ataques de pánico.

—¿Y el médico no ha vuelto?

—¿Para qué? Si no se puede hacer nada, mejor que no le molesten. Yo he ido al médico dos veces en mi vida, cuando vomité sangre de pequeño y por lo de la pierna, que me dijo que la tengo que tapar con arena caliente, ya está.

—¿Tienes tarjeta sanitaria?

—No tengo bien los papeles. —Fadil sonríe—. Tengo varios pasaportes, pero ninguna tarjeta de ésas.

—¿Varios pasaportes? ¿Todos con el mismo nombre?

—No.

Lula se calla y Fadil continúa con sus atenciones a Jacinto, que hace un esfuerzo por mantener el pulso cuando acaricia la paloma, pero es su momento, el que ha esperado todo el día, para el que se ha perfumado y escogido su traje.

—Le diré a mi abuela que avise a la hija de Jacinto, su familia debería saberlo.

Al hombre le flaquean las manos tejidas por venas azules y manchas de sol. Ahí están, sobre la paloma, sintiendo el tacto del plumaje bajo el crepúsculo.

XXI

El atardecer es húmedo y penetra en la piel. Las luces empiezan a definir el contorno de las montañas, delimitándolas. Pasean por el pueblo calladas, ensimismadas en el paisaje.

—La magia de estos pueblos es que se han detenido en el tiempo. —Lula acaricia las murallas—. A veces da miedo esa sensación de quedar atrapado en otro tiempo que no es el tuyo.

El castillo se alza en la parte superior, en el alcor del peñón rocoso, como lugar privilegiado para la contemplación. Quedan los vestigios musulmanes, la construcción de la orden religioso-militar de los templarios, el asedio de las guerras germánicas y la ocupación francesa en la guerra de la Independencia.

—Ahora descubrirás otra dimensión del tiempo, las horas se dilatan sin saber para qué, anunciando un invierno en el que nunca pasa nada. —Luciana habla pausadamente, no hay prisa.

El viento empieza a ser frío. Pasan por la escalinata de piedra de la plaza de las Armas, junto a la antigua iglesia coronada por una bóveda ligeramente apuntada que también fue utilizada por los templarios, antes de convertirse en la basílica papal de los que habitaron el castillo.

—Allí, a la derecha, está la casa de Fadil.

—Querrás decir la casa de Jacinto.

—Sí, claro. Escucha, abuela, te tengo que contar algo, pero no quiero que te pongas triste.

Las pupilas de la mujer han perdido color, se han vuelto más transparentes y difuminadas.

—Jacinto está muy enfermo, tiene cáncer y al parecer también metástasis, así que no durará mucho.

—Pobre viejo. —La cara de Luciana se estremece—. Pobre viejo —repite varias veces para sí misma.

—Sé que si no erais amigos, por lo menos teníais buena relación. Podrías acompañarme una tarde a verlo, lleva años sin recibir una visita, ningún vecino se ha acordado de él.

—Pero ese viejo perdió la cabeza, ya no reconoce a nadie.

—No estoy segura, pero sé que está conectado. Podrías ir, sentarte junto a él y simplemente estar, no es otra cosa que estar.

Luciana, como siempre, no da una respuesta, habrá que esperar unos días a que la idea macere en su cabeza antes de que diga algo al respecto.

El sol cae rojizo tas la mole rocosa, sumergiéndose en el mar. Los días acortan y ya empieza a oscurecer.

—Estamos lejos de casa, volvamos.

A Lula le llama la atención la percepción «cerca-lejos» de todos los que viven en el islote, con el mar y el tómbolo por frontera. La distancia desde el castillo hasta la calle Santa Bárbara es de unos metros, hay tramos en el casco antiguo que están tan empinados que sí que es costoso subirlos, pero para ella todo está cerca, extremadamente cerca. Se da cuenta de que se sigue midiendo con las distancias de Madrid y no le gusta, prefiere aprender de ellos para sentirse más grande en su proporción con el espacio, está cansada de ser diminuta, necesita cambiar de escala. Otra cosa curiosa es que, conforme se van marchando los turistas, la gente permanece más callada. Parece que las conversaciones de verano eran más largas, que los que quedan apenas hablan ya, únicamente se saludan entre ellos con un sonido gutural cuando se ven. Es como si las frases, los diálogos, las historias se acortasen al mismo tiempo que los días.

Por la calle de San Roque siente la necesidad de hacer alguna confesión:

—Encontré un montón de herramientas bajo tierra, en el rincón de la palmera enana, había muchas, grandes, pesadas, usadas, ¿sabes algo de eso?

—¿Qué estás diciendo? —Frena el paso—. A esa casa no ha entrado nadie desde que la dejamos.

—Pero ¿tú sabes si alguien las pudo enterrar? No sé…

—No, ni hablar, allí no enterramos nunca nada.

—El caso es que —Lula no puede evitar disimular una voz nerviosa— fui a comer al pueblo y cuando regresé por la tarde miré en el contenedor y ya no estaban, y eso que el camión de la basura no había pasado. No sé a quién le pueden interesar esas herramientas, además, por ese camino nunca hay nadie. Las saqué y enseguida las cogieron. Puede que haya más ahí enterradas.

—Te empeñas en vivir en esa casa y, ya ves, empiezas pronto a desenterrar cosas desagradables.

—Te lo quería comentar por si sabías algo, no para preocuparte. —Lula sabe que tiene que ser rápida y cambiar de conversación—. Hemos llevado a *Alfonsina*, la tórtola que encontré.

—¿Hemos? Ese tipo debería dejarte en paz.

—Seguramente tengas razón, pero a veces pienso que una persona que ama tanto a los animales y cuida de un hombre como Jacinto no puede ser tan malo.

—Le ha robado la casa.

—No, ellos dos se necesitan, Jacinto le da un techo para él y sus palomas y Fadil pone el resto: lo cuida, le compra, hace la comida. El hombre no tiene dinero, si no es porque él cubre todos sus gastos, no habría sobrevivido.

Ya en la puerta, le invita a pasar la noche, en la habitación en la que durmieron todos sus primos, pero Lula prefiere regresar y ser valiente.

Piensa en las herramientas y en su tía Lucía, pero lo cree improbable. Si ella se atreviese a volver, sería para quemar la casa entera y verlo todo arder, de eso está segura, no para enterrar nada, ni siquiera el cuerpo calcinado de su sobrina.

Quiere descansar por fin y creer que Artan no la volverá a molestar, pero en las sombras no puede evitar que algún sonido haga que el miedo la paralice en medio de la profunda soledad de la noche.

XXII

Enciende las luces ambarinas del jardín, que se cuelan entre las mosquiteras de las ventanas. No ha amanecido siquiera. *Alfonsina* también decidió dormir dentro de la casa, se ha hecho un hueco en el mueble y su diminuto cuerpo le da compañía.

Dibuja en el salón, junto a su tórtola, con las contraventanas abiertas y el olor del pinar al fondo. Suena el teléfono.

—¿Sí? —pregunta cansada.

—¿Estabas dormida?

—¿Quién eres?

—Toni.

—Menos mal, no es la primera vez que me llaman de madrugada.

—No, es que estaba en casa pensando en ti, bueno… pues, que mejor no hablar por teléfono…, es mejor, así que, si puedes…, vamos, si no estabas acostada, pues, podríamos vernos.

—¿Ahora?

—Es que yo no tardaré en regresar a Francia, voy a tener la semana muy complicada y necesito hablar contigo.

—Está bien.

—No te molestaría si no fuese importante.

—Ven, prepararé café.

Lula lo espera tras la verja. Toni llega en bicicleta, vestido de negro.

—Sigues escapándote cuando tu padre duerme. Ven, vamos a la terraza, me ha sorprendido que me llamases a estas horas, pero me alegra verte. No he hecho gran cosa con la casa, apenas la he arreglado un poco. ¿Quieres que te la enseñe?

—Espera —corta él—, siéntate, no voy a poder estar mucho rato, así que es mejor que hablemos. No sabría por dónde empezar, pero tampoco tienes que saber demasiado. Escucha, ayer estuve con Adrián, vino a El Palmar y estaba nervioso, muy nervioso. Me tuvo que contar cómo están las cosas, por eso adelanté mi viaje y volví de Francia. No quiere que estés aquí, no debes quedarte. Me ha pedido que te convenza para que te marches, está muy preocupado.

—Si está tan preocupado, ¿por qué no viene él a hablar conmigo?

—No es el momento, está avergonzado. Oye, él no puede protegerte, ni yo tampoco, tienes que marcharte. ¿Por qué…, por qué no regresas a Madrid?

—Porque no quiero.

—¿Me estás escuchando, Lula? ¿Estás escuchando algo de lo que te digo? He intentado hablar contigo, te he llamado de madrugada. Sí, era yo, pero al final no sabía…, no sabía lo que te podía decir. El caso es que no te quiero contar nada, pero debes marcharte. —Toni hace un movimiento rápido con los brazos y los separa con un golpe seco, como dando por zanjada su explicación.

Pasan unos segundos de reflexión en silencio.

—No me voy a ir, ésta es mi casa.

—Es peligroso, Lula.

—Pero yo no voy a andar por ahí metiendo las narices en nada, por el pueblo corren varios rumores sobre tu padre. Ya le he dicho que no venderé la casa, que hagan lo que quieran, pero que yo me quedo.

—¿Qué tiene que ver él?

—Probablemente mi madre se la habría vendido, pero él sabe que yo no lo haré. Además, no me interesa lo que pase por aquí.

—Sí, sí que te interesa y sí, acabarán jodiéndote, eso seguro. —Se remueve el pelo, desesperado—. ¿Qué tengo que hacer o decir para que me hagas caso? Podría…, podría convencer a Adrián para que fuese a visitarte a Madrid si te marchas.

—Ya nada es igual y nada será lo mismo, ¿verdad? —A Lula le tiembla la voz.

—Hubo un tiempo en que para él todo empezaba en ti y terminaba en ti, en que no podía sentir otra cosa. De ahí a la destrucción sólo había un paso, imagino. Ahora dice que lleva una existencia narcotizada.

—¿Así que dice que llevaba una existencia narcotizada?, curioso. —Recuerda la conversación que tuvo con Simón cuando se conocieron.

—No sabes las veces que hemos hablado, él solo vivía para compartir tu mismo espacio, era…, era como una ceguera mental: si no estabas tú, no veía, no era capaz de ver a nadie ni nada. Desaparecer de tu lado fue muy doloroso, pero también muy valiente. No sabes cómo ha sufrido. Desde entonces dice que camina como esos decapitados que dan unos pasos antes de caer, sin cabeza, sin corazón, sin rumbo.

—Pero yo no he venido aquí —a Lula se le ablanda la voz—, quiero decir que no he venido sólo a buscar a Adrián, he venido por algo más y no voy a huir. Sabía que no iba a ser fácil, veo que las cosas son más complicadas de lo que había pensado, pero voy a intentarlo.

—No es buena idea. Tienes que marcharte.

—Quiero ser una isla aquí dentro, no necesito saber qué pasa a mi alrededor, no haré preguntas ni buscaré más respuestas de las que he venido a encontrar. Díselo a Adrián, que esté tranquilo.

—Lo siento, pero…, pero creo que te has metido en el centro del huracán, Lula, sin saberlo te has metido.

Toni la mira inquieto, aunque con la dulzura de siempre bajo las gafas de pasta negra. Ella lo agarra de la mano, tiene ganas de abrazarlo. Le sonríe, no es un extraño, es él, el de siempre; han pasado los años, la distancia ha cambiado los sentimientos, pero no el apego que se tienen.

—No sé de qué se avergüenza Adrián, pero yo no estoy aquí para juzgar a nadie, ni para cambiar mi entorno, sino para cambiar yo. Si me marcho, también sentiré vergüenza de mí.

El abrazo llega, se estrechan como lo hacen los viejos amigos, de verdad, con cariño.

—De todos modos, gracias por avisarme.

—Sigues siendo la misma niña cabezota y obstinada que te salías con la tuya, ya veo. Has cambiado muy poco, quizá la mirada, es algo más triste, pero sigues siendo tú, con esa fuerza. Si insistes en quedarte, haré lo posible por pasar menos tiempo en Francia, me preocupas.

—Gracias, Toni. Me encanta que nos hayamos vuelto a encontrar. —Lula aprieta su mano.

—¿Todavía te pintas las uñas de negro?

—Me acuerdo cuando te las pintaba a ti y a Adrián y os pasabais casi todo el verano con las manos de zombis, como decía tu padre.

—Te he echado de menos, mucho. Me alegra que hayas vuelto, siempre hemos sido…, hemos sido los raros del pueblo, imagino que por eso estamos de nuevo los tres aquí.

—Puede ser, Toni, puede ser.

Él acaricia los cipreses que cercan el pasillo con las dos manos, exactamente igual que cuando era pequeño y, muy a pesar suyo, tenía que marcharse. Entonces se giraba varias veces para retener la imagen que quedaba detrás y de la que él ya no formaba parte. Como era hijo único, no quería regresar a su casa y muchas veces su padre tenía que venir a por él, disculpándose porque siempre se quedaba a comer y a cenar, originando un gasto innecesario a sus vecinos mientras que ellos tenían que tirar su comida a la basura.

Cuando llega al columpio que sobrevive en el pinar, se queda de pie, en silencio. Antes hubo tres en los que ellos pasaron horas colgados, ahora sólo queda uno, el de hierro. Está oscuro, apenas la luz ámbar de la entrada acaricia el lado derecho de un rostro turbado y nostálgico.

—¿Sabes? He decidido reponer los otros dos columpios.

—Toma, toma. Adrián me ha dado esto para ti.

Toni no quería dárselo porque sabe que cualquier posible contacto con él la retendrá, pero, después de intentar sin éxito persuadirla para que se marchase, saca una locomotora de plástico. Es una parte que salvó del juego, de aquel tren que se adentraba entre nubes y que destrozó por miedo a que se la llevase a los Andes y pudiera perderla para siempre.

—¿Sigue odiando Argentina por culpa de este tren?

—Sí, profundamente. Es un estúpido, nunca ha estado allí y dice que no irá jamás, a no ser que sea para traerte de los pelos si se entera que algún día te vas.

Lula agarra en un puño la locomotora y suspira entrecortadamente. Intenta esconderse en la oscuridad de los pinos, donde la luz no alcanza; entonces Toni se acerca a ella y acaricia su cara empapada. A oscuras, en silencio, con la calma de la tierra, con la nostalgia de los recuerdos de infancia, con la inquietud del futuro, los dos frente a frente, se dibuja la noche en la silueta de la casa. Parece que sus almas se elevan juntas, siente el vértigo en su estómago, el cosquilleo en los pies. A la liberación del llanto le acompaña la agradable sensación de flotar en el pinar, como en sus sueños de vuelos incipientes y poco experimentados. Aguanta el momento, pero no sabe cómo. Pronto el crujir de la panocha seca bajo ella le indica que está pegada al suelo. Sonríen entonces, sin saber por qué, con los ojos mojados y el cuerpo pegado el uno al otro, sumidos en un escalofrío eléctrico.

XXIII

Sentada en el borde de la balsa, mientras llena de agua el vientre reparado, su mirada se vuelve introspectiva, suturando las heridas. Como la balsa, también ella se va llenando, dejando el fondo al capricho de un juego de lentes que lo agrandan y lo distorsionan.

Las libélulas bajan sus torsos imantados hasta pegarse a la pared, parece que van a alunizar, beben pequeños sorbos, saben que morirán en unos días. Lula piensa en Jacinto, en que también se irá este invierno y desaparecerán sus trajes y sus zapatos bruñidos, como desapareció el rastrillo del señor Joaquín y su camisa rematada con un nudo. ¿Y las crisálidas? ¿Dónde quedan las crisálidas? Quizá, si fuese capaz de encontrarlas, podría volver a llenarlas de ellos.

Querido Simón:
Alfonsina prefiere quedarse en la terraza, apenas vuela.
Sin embargo, anoche yo me elevé unos milímetros desde el pinar.
Empiezo a estar tan llena que siento vastísimos los huecos vacíos,
es como si dentro de mí se armara un puzle de mil fichas que no

llegan a encajar. No voy a frenarme, ni siquiera por la adrenalina que flota fuera de la casa, ni por las herramientas que emergen junto a la palmera enana, porque antes de que siembren de mala hierba la tierra, las arrojaré al contenedor haciendo todo el ruido que pueda.

Iré a verte en cuanto mi abuela suba las escaleras del ladrón de palomas y se despida de un fragmento de su vida que ha quedado acallado en el autismo tardío.

Lula reinventa su caligrafía con letras grandes de pegamento a las que adhiere arenilla. Necesita relieve, ahora su pasión epistolar tendrá que adquirir nuevas formas. Quizá aprenda a escribir con ramitas secas cuando los ojos de Simón se hayan apagado, deseando que sus dedos puedan licuar frases de aquella savia pegada.

Se dirige a la pila de los galápagos para quitarse el pegamento de las manos, coge un higo maduro y se lo come junto al algarrobo cosido por filas de hormigas. Se atreve a mirar dentro de su estómago, pasar por el agujero su cabeza, asomarse dentro del guardián de los tesoros. Allá abajo hay algo, vislumbra lo que parecen libretitas, pero su mano no alcanza. Se sacude el cabello. Recuerda que de niña sacaba las joyas de plástico por otro agujerito que había en la parte trasera del algarrobo. Está tapado con una piedra y varios trapos, no salen con facilidad, pero consigue arrancarlos y sacar tras ellos unas bolsas de plástico con documentos. Son de Sami y Artan, pasaportes falsos de diferentes países, también hay uno con la foto de Fadil. Se lo devolverá hoy mismo y le pedirá que retire todo lo que tengan allí escondido.

Saca su azada del cuartito trastero y cava alrededor de la palmera enana hasta que encuentra algunas herramientas más. Las estampa contra el contenedor, provocando un ruido metálico, para anunciar que ahí van, por si alguien las quiere recoger. La adrenalina se le dispara, conjugándose con toda la que flota alrededor.

Cuando vuelve al pinar, quiere deshacerse de esa sensación y volver a la paz de los dibujos en la mesa de mármol. Baja la respiración al abdomen e intenta concentrarse, pero no puede. Recuerda que cuando estaba en la ducha Fadil buscó algo en el estómago del algarrobo y que también tenía barro en los zapatos cuando la besó por primera vez. ¿Fue una casualidad conocerlo?, piensa, ¿sería demasiado enredado pensar que Sami puso allí a la tórtola y la condujo hasta él, sabiendo que la atracción física por aquel hombre sería inevitable?

Intenta apartar los pensamientos negativos y que su lápiz vuelva al boceto de una casa integrada en la montaña, pero su mente sigue otros trazos y su estómago se encoge. ¿Qué siente por Fadil? Es posible que se haya encaprichado de él, pero no sabe hasta qué punto. Piensa en su sonrisa y se inquieta, sus manos grandes, su perfil. Intentar dejarlo ha sido más difícil de lo que imaginaba. Se ha dejado seducir por sus gestos y su armonía, por sus atardeceres de palomas, incluso por su forma callada de hacerle el amor. Ha conectado con él de tal forma que una mirada cómplice les hace sonreír, sin necesidad de palabras. Todo ha pasado con celeridad, pero ha pasado.

Mira su foto en un pasaporte croata. No puede ser, se repite, no puede ser, no está pasándome esto. Recoge sus cosas y se marcha al pueblo.

Está confusa, el abrazo de su amigo Toni, la locomotora de plástico, el sentimiento agonizante de Adrián sin ella. Quizá siente lo que siente por todo lo que vivió anoche, seguramente no sea el kosovar y sea aquella tierra, aquel espacio. Su independencia a lo largo de tantos años le ha hecho perder ese sentimiento de atadura, de unión.

Fadil no está en casa, tendrá que esperar a la hora de Jacinto para encontrarlo. Se sienta en los dos escaloncitos azules que rematan la puerta. A través del emparrado se entrevé el campanario de La Ermitana, algunas hojas se han vuelto marrones, pero el techo permanecerá verde incluso en invierno. La veleta de una bruja gira en lo alto de la casa indicando viento del Este. Se siente perdida en su lucha contra sí misma, necesita escapar. Corre por la calle del Olvido y, cuando llega a la plaza del Ayuntamiento, se adentra en la iglesia de la Virgen del Socorro como buscando un refugio. Se pregunta cuáles serán las oraciones que lanza al cielo Fadil cuando se aleja de ella, incluso con el cabello y las manos impregnadas todavía del olor de su sexo.

Luciana ha preparado dulces, la casa huele a mantequilla, azúcar quemada y licor. Espera visita, esta tarde vendrá Salva, el hijo de Celia.

—¿A qué hora viene? —pregunta Lula pensativa.

—A las cinco.

—Está bien, hoy podemos estar un rato con él y mañana ir a casa de Jacinto, ¿de acuerdo?

—No tengo ganas de ir a ninguna parte —corta Luciana.

—Pues yo me marcharé después de comer, tengo cosas que hacer porque me quiero ir unos días a Formentera a ver a un amigo.

—¿Cómo que te marchas?

—Será sólo una semana, necesito marcharme.

—¿Va todo bien?

—Sí, claro —Lula baja la mirada—, todo va bien —repite en susurros.

La abuela entra en la cocina, es especialista en hacer del silencio el arma más molesta, así que lo dilatará hasta que ceda.

—No tenemos por qué discutir. Si vienes a casa de Jacinto, me quedaré esta tarde.

Salva llega puntual a su cita, pero además trae a Celia. Las dos viejas se saludan efusivas, no hay espacio para nadie más, sólo para ellas. Se merecen que todo aquel salón les pertenezca, que todas las calles del casco antiguo sean suyas y el castillo y el camino de polvo. Salva las observa emocionado, ha triplicado su tamaño, conserva su cara simpática y su espontaneidad; siempre tuvo un humor ingenioso, fermentado en las tardes de ultramarinos, entre latas gigantes de tomate.

—Me ha dicho que has venido para aprender a volar.

—Era más una metáfora. —Lula mira de reojo a su abuela.

—¿Tienes miedo a volar? Mañana vienes conmigo al helipuerto y te lo enseño. Puedes apuntarte a las clases, te haré un precio especial.

—A ver cómo te lo explico, tengo fobia y sí, he venido para quitarme esa fobia, pero es algo irracional que está arraigado dentro de mí porque no he sabido solucionar algunas cosas, es la manera en que se expresan mis miedos. Más o menos es eso.

—¿Y cómo piensas acabar con ese miedo si no es volando? ¿Desde el suelo?

Lula se frota los ojos, se llena de manchas rojas y nota calor en la espalda. Sabe que tiene razón y que tiene que llegar el momento de hacer terapia de exposición.

—Sí, me dijeron que exponerse paulatinamente a lo que se teme es la mejor vía para solucionarlo, que tengo que asumir el vuelo como una parte más de la vida, no de la muerte.

—Ya veo que es más serio de lo que parece, te has llenado de manchas todo el cuello, incluso las mejillas. Mira, hacemos una cosa, vienes al helipuerto conmigo y estás por ahí abajo mientras yo doy clases, y si algún día tú misma me lo pides, yo prometo que nunca te presionaré, te daré una vuelta y así, quizá, hasta te vaya gustando y por fin puedas coger los mandos. Una vez tengas el control de la avioneta y la manejes tú, ese día no vas a soñar con otra cosa porque las ganas de querer volar van a ser tan fuertes que vas a ver a años luz lo que sientes ahora.

—Te lo agradezco mucho.

—¿Paso a por ti mañana?

—Está bien. —A Lula le sale la voz quebrada.

Cuando le dice que va a Formentera, él le promete llevarla allí en avioneta una vez superado su miedo; le habla del paisaje que se domina desde arriba, de la sensación de libertad, de lo hermoso de sentirse pájaro en ala delta, buitre sobre las corrientes de aire cálido en un parapente, de los diferentes vuelos y técnicas. Celia interrumpe brindando por los viejos tiempos, aferrada a su vaso de cristal. Lula la recuerda así, en esa postura, con el brazo levantado y hablando de cualquier cosa con tal emoción que parece que la vida siempre le va en ello. También recuerda que su abuela tenían que esconder las mejores botellas cuando la veía aparecer por la verja porque lo primero que hacía antes de sentarse en la terraza era dirigirse a la pequeña bodega excavada junto a la pila de los galápagos, abrir una, fuese la hora que fuera, y no se marchaba hasta que la terminaba. Entonces se iba feliz aquel «esqueletito enérgico y malhablado», como la llamaba Adrián, por el pinar y algunas veces hasta se columpiaba con él y se zambullía en la balsa antes de coger su motocicleta y desaparecer en una nube por el camino de polvo. Para su primo el silencio se hacía enorme en el pinar cuando la vieja motorizada desaparecía a lo lejos.

Luciana se sigue resistiendo a sacar sus mejores botellas, pero a Celia le da lo mismo, es un florerito seco que necesita regarse con cualquier cosa que lleve alcohol. Salva le ríe las gracias, las mismas desde hace décadas, los mismos chistes y expresiones.

—Es difícil no quererlas, ¿verdad? —pregunta Lula con la cara apoyada sobre las manos.

Las siete menos cuarto. Corre deprisa por las calles vacías de turistas para llegar a su cita con Jacinto. Sube las escaleras abatida y se encuentra al hombre ascendiendo en su particular peregrinaje, quiere ayudarle porque las fuerzas le flojean, pero la escalera es demasiado estrecha para cogerlo del brazo, así que le ayuda desde la espalda temiendo que pueda perder el equilibrio en algún escalón.

Fadil parece ausente, inmerso en sus pensamientos. Cuando le entrega los pasaportes, él le da las gracias, restándole importancia a cualquier comentario que ella pueda hacer.

—Me gustaría que sacaseis todo lo que tenéis en el jardín o en la casa, yo no quiero saber nada, ya te lo dije. He decidido irme unos días fuera, así que la tenéis a vuestra disposición para desenterrar o sacarlo todo. Y dile a Artan que la casa es mía, que ni se le ocurra pensar que ni un solo milímetro de esa tierra le pertenece.

—De acuerdo, ya he hablado con él y, cuando saque las cosas, no volverá a aparecer por allí, tienes mi palabra.

—Ahí hay otro pasaporte tuyo.

Fadil examina la bolsita y permanece callado. Sentado en la barandilla, la llama con un gesto y la abraza. Ella nota su respiración en las costillas y se siente diminuta entre la grandeza de toda aquella belleza dormida. No quiere que le cuente su historia, ni saber su verdad, simplemente disfrutarlo hasta ver agotado su tiempo.

XXIV

El aeródromo no es gran cosa, dispone de un local de estética irregular. La pista de operaciones es corta, pero Salva le explica que a la gente le gusta apuntarse a los cursos porque el trato es familiar. En cuanto llegan, salen a su encuentro dos chicos que entienden su miedo a volar y se muestran comprensivos y amables. Le enseñan las avionetas y el helicóptero que duerme en uno de los hangares. Lula acaricia la cola y siente un cosquilleo en sus manos y en su estómago. Nunca había tenido uno tan cerca.

—Es una gran libélula.

—De hecho, los helicópteros se inspiraron en ellas. —Salva observa atento su entusiasmo—. No sé si te habrás fijado, a ti que tanto te gustan, pero su cuerpo es como una estructura helicoidal envuelta en metal.

—Sí, me fascinan desde que era una niña; son unos insectos sorprendentes, pueden acelerar a mucha velocidad y chocar contra su presa porque esa «armadura» que tienen es resistente y flexible y absorbe el golpe. A la víctima la hacen polvo: o se queda medio tonta o no sobrevive al golpetazo. —Lula sonríe y da una palmada a la chapa metálica—. Me dan ganas de abrazarlo.

—Te vas a poner perdida, pero como quieras. Y yo que pensaba que te iba a asustar. Ven, sube, siéntate dentro, así ves el control de mandos y lo puedes tocar.

—Debe de ser muy difícil hacerlo volar. —Lula repasa con la mirada todos los botoncitos e indicadores. En tierra, su respiración dentro de la cabina es relajada.

—No, hay quien piensa que primero hay que aprender a manejar un aparato de ala fija, como las avionetas, antes que uno de ala rotativa; pero no es difícil, no es ningún misterio universal como creen algunos principiantes. Lo cierto es que puedes dominar ambos tipos de aeronave en menos de un año si te interesa hacerlo. Como todo, son las ganas y la dedicación que le pongas. —Salva coge su mano y la pone en el timón—. Entonces, ¿pilotarás el helicóptero? —Se ríe al notar cómo se tensa su brazo—. Sí, tu relación con él puede ser pasional, nunca he tenido ninguna alumna así, la gente busca libertad, algunos hasta misticismo con esto del vuelo, pero veo que tu rollo va a ser diferente. Me gusta, así también disfrutaré yo enseñándote.

—Pero si ni siquiera me atrevo a subir a un avión de pasajeros. Me aterra.

—¿Qué es lo que te preocupa?

—Que no tengo nada bajo los pies, el despegue, la inseguridad, todo, absolutamente todo.

—Si es por seguridad, te sorprenderá saber que los helicópteros son más seguros que la mayoría de los aviones, ya que en caso de quedarte sin motor son pocos los aviones que pueden planear y un helicóptero siempre mantiene algo de sustentación gracias al autogiro. El rotor se comporta como una cometa y el helicóptero se transforma en un autogiro.

—¿Y se sube y se baja así? —Lula hace el movimiento con la mano derecha.

—Aquí no sólo se tira o se empuja para subir o bajar el morro, también se dirige a los lados para el avance lateral, así que el movimiento debe ser más fino que en un avión porque la respuesta es más sensible. ¿Ves?, con cuidado. En el avión, el movimiento lateral del timón sirve únicamente para elevar un alerón y bajar otro, no para desplazarse a los lados. —Salva la mira atento—. Te gusta, empiezas a hacer preguntas interesantes. Está decidido, en cuanto superes ese miedo barato que te has traído, aprenderás a pilotar el helicóptero, va a ser espectacular observarte. Te lo tengo que decir, eres la primera persona que lo ha querido abrazar.

—Imagino. Pero no es un miedo barato, en realidad es bastante caro, no sabes la cantidad de billetes dobles que me he sacado por si en el último momento no podía subir en avión.

Se sienta en una sillita a ras de suelo con su libreta dorada, en la que apenas sobreviven algunas hojas ya. La tierra está muy seca, el otoño ha traído pocas lluvias, pero todavía patrullan algunos grupos de libélulas en perfecta alineación, como desafiando a los que se atreven a imitarlas.

Salva despega con uno de sus alumnos y Lula siente el vértigo y la emoción, toca la tierra como para estar más segura de que no se ha ido ella y los observa alejarse, hasta que se convierten en un punto amarillo. Sonríe, es capaz de sonreír y no contraer el rostro. Respira hondo y se imagina allí arriba, sin pánico, sin miedo, tan sólo sintiendo el momento y el poder.

Me dijiste que hay que cerrar las heridas y sentir la vida como algo que no duele. En clase, cuando hacía una propuesta curva, tenía que justificarla. Justificar lo curvo en arquitectura era lo lógico en una época de cajas cuadradas y ángulos rectos. Me has devuelto a la poética de la curva, a Niemeyer y a mis primeros bocetos, esos que hablaban bajito y donde el trazo se resolvía por sobredosis de intuición. Y ahora aquí estoy, frente a frente con los que vuelan, hasta que todo se convierta en algo apacible. No sé cómo lo haces, pero conseguirás que me vista de semilla de arce y que sea toda corazón y ala. Si me vieses, abrazada a la gran libélula. ¡Qué sé yo del autogiro!

Quizá llegue antes a tu buzón que esta carta. Puede que hasta salga de la cerradura, como una avispa moteada, a tu encuentro. Si escuchas un zumbido de tinta, gírate porque estaré, por unos segundos, batiendo las alas a gran velocidad para sujetarme a la altura de tus manos.

Antes de enviarla, tendrá que encontrar una sámara alada. Le gustaría prescindir de los sellos y que la pequeña semilla la llevase a su destino, arrastrada por las corrientes, en un giro constante. Sin saber por qué su mundo se está volviendo ambarino como una sopa de arces en otoño. ¿Será que el recuerdo es así, que las vivencias se extraen de una resina vegetal junto a hongos, semillas y líquenes? Piensa en su pasado e, inevitablemente, se le aconcha y se le amarillea. De fondo, el olor del orín de su infancia, el canto de la chicharra y la danza de unas llaves oxidadas a las que un portazo hace titilar.

XXV

Luciana camina despacio, quizá todo lo despacio que se puede caminar cuando uno no quiere llegar a un destino. Bajo el campanario, a la sombra del emparrado, se apoya en el macetero de piedra y espera. Lula golpea la puerta con la mano y se voltea para asegurarse de que permanece allí, que no se ha marchado.

Fadil sale al encuentro y, de pronto, el bello gigante adopta formas más infantas y frágiles mientras que la abuela se crece ante él. Lula observa curiosa la metamorfosis, no comprende qué ha podido pasar en ese primer choque de miradas, pero cada uno se ha colocado en su posición. Se pregunta por qué habrán intercambiado sus estaturas.

Subir las escaleras no va a ser fácil, así que avanzan lentamente procurando indicar y salvar los escalones rotos. Luciana observa los pasillos y busca pruebas que confirmen su hipótesis de que el kosovar retiene al viejo para aprovecharse de él y que no hay nada bueno en aquella relación. Alcanzan la puerta del terrado y parece molestarle el olor, pero cuando sale al encuentro de las palomas, todavía jadeante, su rostro abandona la pose malhumorada.

—Son preciosas, ¿verdad, abuela?

No contesta, quizá para reivindicar su oposición a aquella visita, pero sus ojos se avivan cuando Fadil saca a *Pristina*. Al momento aprecia ese microclima de luces: la belleza de él, la albura del ave, la armonía de los movimientos, la relación callada entre el hombre y el animal, el entendimiento. Ahora es ella la que desinfla el buche ante esa imagen.

Se escuchan los pasos de Jacinto por las escaleras. Se asoma con el rostro cansado y con un bastón, pero con sus ganas de aparecer y conquistar la cumbre de su cita diaria. Va vestido con un traje oscuro, camisa blanca y una corbata a juego con su sombrero estilo fedora. El color que ha ido adquiriendo su piel lo asimila a un muñeco de cera, respira mal y le tiembla el pulso, la batalla contra el cáncer está siendo dura. Quizá la fuerza de querer acariciar a *Pristina* es lo que lo mantiene vivo todavía. Por ella estrena hoy el bastón con empuñadura curva de un fauno labrado en oro.

Luciana lo observa y se dirige a él con prevención. Las hombreras del traje le dan algo de empaque porque ha ido perdiendo la estructura ósea fuerte y bien armada que le caracterizó, la piel se le ha ido secando sobre ella dejando a la vista un ovillo de venas azuladas en las manos y arañitas vasculares en el rostro.

—Puedes acercarte, ven, espera a que se siente, así no le hacemos perder el equilibrio. —Lula coge del brazo a su abuela—. Aquí es donde me suelo sentar yo para que me note cerca, no puede hablarte, pero si le hablas te escucha, ¿verdad, Fadil? Mira, ya verás cuando le acerque a la paloma, no seas tímida, acércate a tu viejo amigo.

Luciana prefiere guardar las distancias, se queda rígida, con las rodillas juntas y la falda perfectamente arreglada sobre sus piernas. Poco a poco va ganando proximidad.

—¿Y ese bastón? Es precioso —pregunta Lula rozando apenas la mano del hombre para no molestarle.

—Sabía que a él le iba a gustar, le da más…, no sé, como más dignidad. Ya no puede caminar sin sujetarse. ¿Te has fijado en sus patas?

—Sí, es un fauno.

—¿Y eso qué es? —pregunta Fadil curioso.

—Tiene patas de cabra, el fauno es un dios del campo, un espíritu del bosque.

—¿Cómo que un dios?

—A ver, ¿recuerdas que te expliqué que en la Antigüedad se tenían muchos dioses? —Lula intenta calmarlo porque sabe lo inquietante que puede ser para él—. Pues eso, éste era uno más. Has hecho muy bien en comprar un bastón tan bonito, es una joya.

—Ahora ya no me gusta que él ande de la mano de un dios encorvado con patas de cabra, ¡qué horror! Es una bestia.

—¿Para qué habré dicho nada? —Lula suspira—. Ese fauno es de un cuento, un lugar en el que aparecen personajes que no existen, sobrenaturales, inventos maravillosos pero que no son reales ni los fueron nunca. Éste está encorvado porque hace la función de empuñadura, míralo, así Jacinto lo puede agarrar del torso. Fíjate con qué detalle está hecho, si tiene hasta una flautita, en los relatos dicen que les gusta la música y que son buenos.

Luciana la observa, no imaginaba que su nieta tuviera una relación con un hombre al que le habla como a un niño. A Fadil le incomoda aquel dios torcido.

—Dame tu palabra de que no le quitarás el bastón. Olvídate de lo que te he dicho, ¿vale? Jacinto lo necesita para moverse y, además, parece que le gusta.

—Pesa mucho para él y le cuesta arrastrarlo, le compraré otro y ése te lo llevas de mi casa. Él conoce los peldaños rotos y se agarra fuerte a la barandilla.

—Sería un pecado que te deshicieses de esa maravilla —interviene Luciana.

Lula intuye que la palabra «pecado» no es la más adecuada. En efecto, el kosovar frunce el ceño y mira para otro lado.

—No voy a tocar esa cosa. Cuando tenga otro bastón, os lo regalo, aquí no lo quiero. Y él tampoco debería tocarlo, está demasiado enfermo para andar con eso en la mano.

Pristina permanece quieta en el regazo de Jacinto, dejándose acariciar. Poco a poco, él ha ido perdiendo el interés por las demás palomas, las mira, mete los dedos por los barrotes para acariciarlas, pero no les presta tanta atención. Desde que enfermó se siente vinculado a la más blanca, es por ella por quien derrocha toda su energía en su ritual diario de arreglarse y subir.

Pristina se ha parado en su rodilla para extender las alas. Sobre el pantalón refulgen la paloma y las manos céreas del hombre. Entonces, Luciana se atreve a alargar el brazo y rozar apenas alguna pluma. Fadil se acerca para enseñarle, pero Jacinto se adelanta, coge la mano de la mujer y la acerca lo suficiente para que sienta la suavidad de todo el plumaje.

Se miran sorprendidos y en silencio, es la primera vez desde hace años que interactúa con alguien.

—Tienes que traer más a tu abuela —susurra Fadil a su oído—. ¿Has visto lo que ha hecho? Todavía sigue guiando su mano, fíjate, es sorprendente.

Cuando Luciana deja de acariciar a la paloma, el hombre sigue perdido en la soledad de su autismo. Intentan conseguir sin fortuna algún otro gesto que les indique que ha regresado, que está con ellos.

—Pasado mañana me marcho a Formentera, estaré unos días fuera. Cuando regrese, le pediré que me acompañe de nuevo. Tal vez la haya reconocido.

Fadil mira al infinito, sabe que es una relación a contrarreloj, que se terminará cuando se cierre el círculo o se rompa la baraja.

En el pináculo, le habla de amor y lo hace como si fuese la primera vez que experimenta el amor de Occidente, con su tragedia y su dolor. En Kosovo no se ama de ese modo, las cosas son diferentes, no se imprime ese carácter, ni pesa tanto el desamor. Las telenovelas americanas hace poco que acercaron a su pueblo esa otra visión, la gente las escucha en el idioma original, sin traducir, pero las entienden a pesar de que se les escapan los diálogos. Las letras de las canciones sí que hablan de amores conseguidos, prohibidos, perdidos, pero aun así es otro concepto de romanticismo, donde la gente se adapta más a lo que les toca vivir. Se siente confuso.

La experiencia de Lula es diferente, alberga el recuerdo de todos los hombres que han pasado por su vida, que se han perdido en cartas para su buzón o que permanecen en las líneas de su pasión epistolar. Sólo Adrián sobrevive a todo aquel fardo con sellos de diversas nacionalidades, quizá porque nunca le escribió una carta, porque su amor fue real y antes de decirle las ganas que tenía de verla, ya estaba allí para demostrárselo.

Fadil no le escribirá nunca, un día se marchará como se marchan los delirios de fiebre, como se marchan las últimas palabras. Al pensarlo, le duele. Intenta serenarse con el consejo de Simón: «Procura que la vida no te duela», y aceptar que el tiempo que estén juntos será todo lo que pueda ser, que le enseñará a amar, pero que no le tendrá que enseñar a olvidar, eso ya se lo dará la vida.

XXVI

A primera hora de la mañana el mar está calmado. Detrás de ella queda el puerto con difícil visibilidad, pues la niebla lo deshace en recortes; además, no se puede salir al exterior del ferri y las ventanas están sucias, opacas, apenas se perfilan las siluetas de los demás barcos.

Recuerda su regreso de Nápoles, sentada en la cubierta y queriendo vomitar sobre su cuaderno dorado el quejido del alma mal tensada. Ahora ya no le oprime, se le ha vuelto más cómoda.

Busca la popa, donde el barco despliega su estela, pero sigue sin tener visibilidad. Pregunta si puede salir un momento y le recuerdan que, según las normas, no lo puede hacer bajo ningún concepto.

Perderse todas aquellas ondas fugaces es perder la oportunidad de emprender el viaje, tiene que buscar un modo y fotografiarlas para Simón, burlar a la tripulación y llenar su cámara de espuma. Le da vueltas frente a un café servido en vaso de cartón, pasea para localizar las puertas y ver cuál está menos vigilada, se acerca a una y estira, pero está cerrada con llave. Se sienta de nuevo frente a la cafetería, la calefacción y el volumen de la televisión están demasiado altos.

Decide subir, juntar dos asientos para estirar las piernas y se pierde entre la lectura y los mechones de su pelo negro. Dan aviso por megafonía de algo que se descuelga en un balbuceo por los altavoces. Lula baja rápidamente las escaleras y se acerca a la camarera para preguntarle qué han dicho y la muchacha presupone que están anunciando la llegada al puerto de Ibiza.

—¿Sabes cómo puedo salir un momento a la popa?

—No se puede. ¿Eres fumadora?

—No, lo que pasa es que necesito fotografiar la estela del barco para una composición.

—Ah, si es para una exposición, puedo ayudarte. Yo sí que fumo y estar aquí sin poder encender un cigarrillo me ataca. Ven, sígueme, ¿llevas la cámara?

—Sí, dentro de la bolsa.

La camarera le hace un gesto a un chico de la tripulación para que les abra una de las puertas.

—Enseguida nos abre. Tengo una amiga que dice que los hombres están a un puñado de hormonas de distancia de la mujer.

Salen a cubierta y la temperatura desciende diez grados.

—Ayer tuvimos el peor viaje, se mareó todo el barco y creo que no faltó ni uno por vomitar. Yo aproveché y salí de aquí con él. Fue una pasada —la camarera le da un codazo—, ¿alguna vez has vomitado con tu hombre metido en el cuerpo?

—Pues no —Esta vez Lula la mira interesada.

—Yo es que soy muy sensible. No lo sabía, pero las contracciones de la vagina cuando se vomita con un tío dentro son una pasada.

La chica aspira el pitillo para llenar sus pulmones de humo. Hace frío. Sabe que si están fuera el tiempo que dure el cigarrillo, tendrá poco, porque lo consume con ansiedad. Duda. Le gustaría conversar con ella, pero no puede perderse los segundos regalados.

Se asoma y le sorprende la belleza de una estela que se parte en una columna central para abrirse en dos ondas hacia los lados hasta formar la radiografía de una espalda dotada con decenas de costillas. Parece que el mar respira por los huecos que la espuma abre en tonos hielo, tan perfectos y fríos como los de un iceberg. A los márgenes, otra onda burbujea con menor fuerza y su sombra se perfila leve sobre el azul oscuro del mar.

Saca la cámara y atrapa aquel esqueleto alargado, de huesos tallados en espuma, que se deshace en dibujos humeantes. Con el zum varía a su voluntad la distancia focal para sacar los detalles que le brinda aquel espectro que juega a ser modelo.

La camarera lanza la colilla y le advierte con un sonido gutural que tienen que entrar.

—No entiendo cómo alguien prefiere fotografiar la estela de un barco teniendo enfrente la entrada al puerto de Ibiza.

—Ojalá te encuentre a mi vuelta, así podremos charlar un rato.

—Mujer, si soy una tía muy basta. ¿Tienes el coche abajo?

—No, apenas he venido con esta bolsa y una maleta. Te agradezco la escapada, no sólo he conseguido capturar la estela, sino también la magia.

—Eh, ¿qué día regresas?

—No he cerrado el billete, pero espero encontrarte.

—A mí también me gustaría, eres una tía guapa, ¿sabes?

Lula sonríe, agacha la cabeza y se cuela en la fila de los pasajeros que esperan para salir. La camarera vuelve a sus cosas, pero de vez en cuando la busca con la mirada para ver si todavía está y la observa. Lula va enfundada en una especie de levita negra; su blanco rostro y sus manos contrastan con la oscura ropa y el cabello, que se desparrama por la espalda en ondas. Su mirada de hielo se cruza por última vez con la de la muchacha, que se ha acercado a la ventana para verla descender y no se mueve hasta que su delgada figura se pierde entre los coches y los barcos atracados.

El ferri a Formentera tarda veinticinco minutos, los azotes del mar lo zarandean y Lula se concentra para proteger su estómago del capricho de las olas. Baja la respiración al abdomen. Sonríe recordando los vómitos sexuales de la camarera y la mirada de fascinación que le ha acompañado en su salida del ferri.

Viaja con cinco pasajeros más, todos en silencio y cada uno metido en su mundo, ni tan siquiera cruzan las miradas. Al alcanzar el puerto de La Savina, coge un taxi en dirección al faro de la Mola, donde vive Simón. El francés no sabe que hoy ella llenará algo más que su buzón.

El verde de los pinos y el ocre de los muros de piedra conforman un paisaje cuyo telón de fondo no es el cielo, sino el mar. Las casas se insinúan apenas, como queriendo pasar desapercibidas. Muchas están construidas con la piedra de la isla, son la isla misma.

Sube a la Mola. El taxi la deja frente a una verja de madera que le alcanza la cintura. Los palos están torcidos y, delante, una fila de espigas parece competir en altura y verticalidad con ellos. Un muro cosido de piedras cerca un terrenito y, tras otro muro, aparece la casa. Debe de ser una tierra azotada por el viento porque los árboles se tumban unos sobre otros como un castillo de naipes.

Se atreve a abrir la verja y lo hace con timidez mientras el taxista se pierde por un camino de polvo que le es familiar. ¿Y si él no estuviese? Se encuentra en medio de pinos, matorrales y alguna casa diseminada. El frío es húmedo y está empezando a atardecer. Tendría que haberle pedido el teléfono al taxista.

Sigue un caminito de tierra que acota una pequeña plantación. Un árbol parece haberse convertido en las astas de un ciervo, es blanquecino, pero recorrido por trazos negros. Se acerca y aprecia los dibujos sobre las ramas. Está tatuado con diversos motivos: ciervos, pasajes de caza y escenas tribales entre flores de siete puntas, incluso hay una cabeza de cabra labrada en bajorrelieve. Acaricia el árbol y escucha un ruido. Retrocede. Frente al alto poste de luz ve el buzón, es de metal oxidado y en él se lee «correos» como si lo hubiesen escrito con un punzón arañando la superficie.

Alguien viene. Lula se queda paralizada. Allí está, la misma figura dotada de antenas que descubrió en la cubierta la noche de tormenta. A pesar de la baja temperatura, tan sólo lleva una camiseta de manga corta, un pantalón vaquero y unas chanclas. Descubre que es más alto y más fuerte de lo que recordaba. Lo observa, sin querer romper aquel momento que se le abre paso a golpes en el pecho.

No sabe qué decir ni si ha hecho bien en presentarse así. Le impone de nuevo aquel hombre que parece estar conectado con alguna estrella y que camina erguido. Una goma corta su melena blanca de oreja a oreja, se ha dejado el crecer cabello y se ha atado las gafas a la cabeza.

Piensa en lo fácil que le resultaría escribirle que ha llegado y que es cierto, quizá con un punzón sobre el buzón oxidado. Entonces, él frena sus pasos y se queda quieto, como si intuyese que ha llegado una postal nueva. Se acerca y la observa, con su abrigo y su maleta en los pies. Sí, sus gafas son más gruesas y parece fatigado por el esfuerzo que tiene que hacer para ajustar la vista.

—¿Sabes quién soy?

—¿Podrías explicármelo?

—Soy la que ha llenado tu buzón durante estos meses.

—Sí, de eso no tengo ninguna duda, sólo hay que mirar tus dedos, todavía tienen purpurina del cuaderno dorado. —Simón coge su mano—. Lo que quiero que me expliques es quién eres.

Lula no puede evitar emocionarse.

—¿No vas a decírmelo?

—No encuentro las palabras.

—No las busques entonces, simplemente permíteme que te dé un abrazo y las gracias por haber venido. Llevas meses aquí, en este rincón, pero estabas hecha de papel.

XXVII

Le enseña su casa ocre. Todas las ventanas están pintadas de azul oscuro para alejar los malos espíritus, la tierra es árida y en la parte trasera se hinchan de viento varias camisetas colgadas en una cuerda. Dos columnas en la entrada y una chimenea en el tejado. Toda la parte norte la ha destinado a un gran trastero, donde algunas figuras de barro parecen querer ser algo, sin demasiado éxito, entre un montón de objetos. Dormirá en una cama estrechita que queda en un cuarto con olor a viejo.

—Espero que te sientas cómoda. Te dejo las mantas aquí y, si quieres ducharte, ahí tienes toallas, coge todo lo que necesites. Voy preparando la cena.

—¿Te ayudo?

—No, gracias, en la cocina no dejo que se meta nadie. Si quieres echar una mano, no sé, por aquí siempre hay algo que hacer, el jardín es grande.

Lula degusta sus platos sorprendida, no imaginó que aquella cocina precaria ofreciese tantos sabores, regados con mantequilla y con queso francés. Después de cenar salen al porche y Simón saca una manta, la isla tiene un aliento húmedo.

Las estrellas se han multiplicado y continúan dando a luz puntitos diminutos, están por todas partes, hasta en el poste, en el tejado y en el árbol tatuado.

—¿Quién le ha hecho esos dibujos?

—Bartolo, no tardará en aparecer por aquí, lo cierto es que todos los trastos del estudio son suyos.

—¿Y cómo lo hace? Me refiero a cómo puede pintar esas escenas y que perduren.

—Él dice que tatuar un árbol es algo muy simbólico y espiritual, así que apenas habla cuando se cuelga de sus ramas. Bueno, Bartolo apenas habla, ya lo conocerás. Pinta huesos de animales, algunos los encuentra y otros los consigue en distintos lugares, imagino que en los mercados de Ibiza o en la Península, hay temporadas que desaparece y viene cargado con huesos. Con ellos hace objetos de decoración, por ahí dentro tengo varios, ya te los enseñaré. Los vende a los turistas, hace años que compró una tienda en cala En Baster. El caso es que cuando vio el árbol, se obsesionó con que era una gran asta de ciervo y viene aquí con sus rotuladores y sus herramientas y se cuelga de él como un mono. Puede pasar horas ensimismado en su cornamenta, porque esa cornamenta ya le pertenece, es suya, yo no tengo nada que ver, ni siquiera en el trozo de tierra en la que está enterrada. En la parte seca ha esculpido alguna cabeza de animal, esas que están en relieve, pero en la parte blanca no, sólo la dibuja, no quiere hacer sufrir al árbol más de lo necesario.

—He visto una cabra y alguna flor de siete puntas, todas las flores que hay son muy geométricas, como si las hubiese calcado.

—No, qué va, las pinta a mano, pero tiene la precisión de los mejores tatuadores de las Baleares. Ésa es la flor del alquimista, la de los siete planetas, es la única que dibuja. Se llama la estrella de siete puntas Vitriol.

—¿Y qué significa?

—Pues no estoy seguro, sé que en la Edad Media mantener su conocimiento secreto era casi una misión, tanto que los caballeros templarios incluso la grababan por el paisaje francés.

—¿Las dibujaban en los árboles?

—Imagino que sí. *Pourquoi pas?* —Simón encoge los hombros y da vueltas a la punta de su largo bigote.

—Cerca de casa de mi abuela hay un castillo que perteneció a los templarios. Buscaré la flor, puede que la hayan grabado en los muros.

—Sí, esa gente utilizaba mucho la simbología. Por cierto, estás preciosa con esos rizos huecos y generosos, ¿te los has hecho para mí?

—Justo antes de venir. Me he pasado todo el viaje sin apoyar la cabeza y cuando salí a cubierta para hacer unas fotos a la estela, pensé que el viento me los había deshecho, pero no, han querido aguantar hasta encontrarte.

—Esta noche duerme tranquila sobre ellos. Mañana y todos los días que estés aquí, yo te peinaré. —Simón le acerca la manta—. ¿Tienes frío? Toma, aquí la humedad cala en los huesos. Cuéntame, ¿cómo fue el despegue?

—Creo que empecé a despegar cuando tú me hablaste de las gaviotas y de tus viajes por la orilla del Mediterráneo. Desde entonces, sentí el vértigo en el estómago. Una grieta me partía el alma por la mitad, sin embargo seguía caminando sin hacer caso a su sufrimiento, separándola del cuerpo, ignorándola. Por las calles de Madrid me sentía en un trayecto unidireccional que se cruzaba con los demás, sin llegar a conectar. Pero tú me diste un soplo de tu realidad curva y, de pronto, como una revelación, visualicé las libélulas de mi balsa, las que observaba volar durante horas antes de bañarme, mientras me obligaban a hacer la digestión. Sentí que era lo que necesitaba para digerir mi propia vida. Observar y aprender de las libélulas, recuperar la sensación que tenía cuando el batir de sus alas me llevaba al despegue de mi infancia, al despertar de sensaciones, al sentido del amor puro, del vuelo hacia cualquier dirección, sorteando los obstáculos y haciendo de ellos algo divertido que burlar.

—¿Y has encontrado tu libélula?

—Sí, estaba allí, azul eléctrico, como siempre, esperándome en la balsa agrietada.

—Tu ángel se moja las plumas en la balsa de tu pasado. Algo así, ¿no? He leído varias veces tus cartas y yo, que nunca había escrito, me he visto envuelto en tu pasión epistolar.

Lula le da las gracias con una tímida sonrisa.

—¿Y lo hiciste desde el pinar, abrazada a ese chico?

—Ésa fue la sensación más completa, con Toni, abrazada a él sentí como si saltaran algunos resortes, aunque fue una sensación breve como un beso robado.

Los ojos de Simón se achinan bajo sus gruesas gafas. Parece estar absorto, como recomponiendo el momento para poder visualizarlo.

—Son tan breves y dan tanto vértigo los besos robados —murmura el francés.

—Con lo caballero que eres, no te imagino como ladrón de besos.

—*Effectivement*, pero he sentido el vértigo en el estómago todas las veces que lo he pensado, cuando tenía el rostro de una mujer a escasos centímetros y esa sensación me paralizaba. El simple hecho de desearlo y no ser capaz alcanzaba un grado de erotismo tan alto que persistía durante horas. ¿Sabes que las españolas sacáis un poco la lengua para decir algunas palabras?, es tremendamente erótico.

—¿Sí?

—Claro, di, por ejemplo, «francés». Ves, dejas asomar la punta de la lengua entre los dientes, no te das cuenta, pero es como un obsequio, como un regalo para quien mira.

El relente se acomoda en el banquito y cala en los almohadones. Lula se abriga con la manta y descubre los pies desnudos de su amigo, semienterrados en la hierba, como formando parte de las raíces de la isla.

—A pesar de la belleza de tus cartas, hay algo, no sé cómo explicarlo, es como si en alguna línea se asomase el miedo, alguna pincelada de desasosiego, como si estuvieses pidiendo despacito y casi en silencio que te tendiera una mano.

—Es curioso, apenas te conozco y, sin embargo, es a ti a quien necesitaba. Era incapaz de contarte las cosas que me estaban sucediendo, pero de algún modo sabía que tú me leías entre líneas, que estabas y eso era suficiente para coger fuerzas y continuar. He sentido ganas de abandonar, pero aparecías tú, en mi buzón, y esperar esa carta era como un aliento de que yo tenía que estar en aquella dirección, para recibirte y reconfortarme con tus palabras. Si te hubiese dado otra dirección, la de Madrid por ejemplo, ¿me hubieses escrito?

—No.

—Estaba segura de eso.

Se escucha un ruido en la parte trasera, Simón le advierte de que hay animales que merodean en busca de comida, que no le asuste el diálogo que la naturaleza todavía mantiene con los hombres.

—Poco a poco me voy acostumbrado a los ruidos del campo cuando oscurece, aunque lo hago encerrada y tras los barrotes de las ventanas. Imagino que llegará un día en que volveré a dormir con las puertas abiertas para que entre la noche como cuando era niña.

—Seguro que lo consigues, eres fuerte, a pesar de tu aspecto frágil. Me gusta el color de tu piel en otoño, con esa mirada transparente pero triste, como dos lágrimas azuladas sobre un fondo gris. Imagino que cuando uno quiere arreglar el gran puzle del pasado se encuentra con muchas fichas rotas, ¿no es cierto?

—Por lo menos en mi caso sí. Te voy a enseñar algo. —Lula sale de su manta, entra en la casa y regresa con la locomotora de plástico—. Me lo trajo Toni de parte de Adrián, mi primo-amante. Es sólo un fragmento, una ficha rota de mi pasado, el juguete que más me dolió y ahora el que más me sigue doliendo, es el sufrimiento de la pérdida, es lo que se me llevó de su lado. Quizá, al final, el que se escapó subido ahí dentro fue él. ¿Crees que los trenes que nos alejan también nos pueden traer de vuelta?

—Creo que si él ha guardado ese vagón durante tantos años es porque tiene esa esperanza.

Lula sonríe y se acurruca como un pájaro nuevo.

—No va a ser fácil. Hay más obstáculos de los que había previsto.

—Nadie ha dicho que lo sea. Antes me has contado que de niña veías los obstáculos como algo a lo que burlar, quizá tengas que volver a ese punto.

—Sí, pero entonces se trataba de mi tía, ahora alguien más está interesado en la casa. El padre de Toni ha hecho una fortuna y por el pueblo se rumorea que tienen negocios turbios y que incluso algunos se han visto obligados a marcharse porque han sufrido amenazas. A mí también me han amenazado, un chico que él me recomendó para que cortara el jardín, discutimos, nos gritamos e incluso me intentó atacar en el coche. Quieren que me marche, que abandone. Están especulando con esas tierras y puede que sea eso, que no les interese que yo haya regresado. —Lula suspira y habla pausadamente—. Encontré en el pinar herramientas y pasaportes falsos, estaban en los rincones donde Adrián y yo guardamos nuestros secretos de infancia, era como si hubiesen profanado la tumba de mis recuerdos, me sentí removida, insegura y sin encontrar la manera de hacer pie. Toni vino para advertirme del peligro, también me dijo que me marchara, que Adrián quería que me fuese, que no estaba segura si me quedaba. No hay más vecinos. Murió el matrimonio de la casa de al lado y el resto parecen haberse evaporado. Los chalés están desiertos, hay candados en las verjas y la naturaleza cose a su antojo lo que fueron jardines y pequeños huertos. Tampoco es que haya muchas casas por ahí, la civilización empieza cuando acaba el camino de polvo, en el ultamarinos de Celia. Te encantaría conocer a Celia.

—A pesar del peligro, cuando hablas se te ilumina la mirada.

—Ese lugar me hace vibrar. Pero eso no es todo, hay unos chicos del Este, no sé qué relación tienen con El Palmar. Los pasaportes falsos son de ellos y parece que han estado utilizando el pinar para esconder sus herramientas. No sé qué conexión hay entre todos ellos exactamente, tampoco es que quiera saberlo, simplemente he dejado claro que no me marcharé.

—¿Qué le dijiste a Toni?

—Que me iba a quedar, sin hacer preguntas, sin buscar respuestas, que no quería saber nada, simplemente mantenerme al margen.

—¿Y crees que lo aceptarán, así, sin más?

—No es tan sencillo. Estoy teniendo una historia con uno de ellos, un kosovar al que conocí por el vuelo truncado de una tórtola; curioso, probablemente no fue casualidad.

—¿Ése es el que te ha amenazado?

—No, él no, su amigo Artan, desde el principio supe que era peligroso tenerlo cerca. Fadil habló con él, pero no sirvió de nada, me volvió a amenazar con el fin de que me marchara de la casa. Y lo he hecho temporalmente, para que, en mi ausencia, retiren todo el material que tienen y no volver a verlo. A mi vuelta seré una isla.

—Una isla. ¿Eso significa que pondrás mar por medio de todos, incluido en medio de ti y de tu kosovar?

Lula respira hondo y mira a las estrellas como esperando ver alguna luz que le dé otra salida.

—Con lo sencillo que hubiera sido encontrar a Adrián y volar juntos hacia atrás.

—Pero las libélulas no sólo vuelan hacia atrás, por eso te fascina su vuelo. Dijiste que no fuiste allí para encontrar a tu primo, que fuiste para ti y, si en esa búsqueda está él, fantástico. Pero en tu vuelo vas a tener que moverte lateralmente, efectuar giros, movimientos, maniobras para salvarte de los obstáculos. Esta vez no se trata de un juego de niños, ni tan sólo de recuperar el amor perdido, esta vez hay muros altos, redes e insectos más grandes y voraces.

—¿Sabes que las libélulas utilizan su propio cuerpo para chocar contra los demás insectos, como si fuesen sus armas?

—Cuidado contra quién o contra quiénes chocas, Lula, a veces nuestro caparazón no es tan fuerte como creemos y podemos hacernos pedazos. Probablemente ese kosovar no sea más que otro muro que has erigido para separarte del hombre al que amas, ahora que lo tienes tan cerca. Mide sus proporciones y cuida de que no te aplaste si te cae encima.

Permanecen en silencio un rato. Él se levanta para hacer té y lo sirve con un pequeño ritual. Son las dos de la madrugada y el aire es tan transparente que se alcanza a ver toda la silueta de la noche.

—Me gusta que hayas venido hasta aquí para dejar esa tierra en barbecho y que recojan todo lo que plantaron en ella.

En la noche, con el efecto caliente del té, las raíces parecen asomarse por debajo de los tatuajes del árbol.

—¿Hay ninfas por aquí?

—Aquí hay de todo y, de repente, no hay de nada. Tanto es el silencio que los nacimientos de los nuevos brotes se escuchan con un crujido seco y se siente el temblor de la tierra cuando avanza la fila de hormigas. Hay que saber escuchar.

XXVIII

Se introduce en lo hondo de la paleta de colores que se adhiere a su ventana. Acaricia aquel amanecer de nubes de Cinzano que se han quedado heladas de agua de mar. Huele a sal, al sabor de la vida. Piensa en Simón e intenta averiguar su edad, la edad de su largo bigote, de su melena cana, de sus ojos tras los cristales.

Abre las compuertas y un soplo de aire acompaña a una lagartija que se mueve a gran velocidad por la habitación, como si conociera los rincones, como si fuese la misma madrugada hecha bicho. Le parece una compañía enigmática entre las sombras de la cama y de su maleta.

En la cocina está preparado el café, pan en una sartén para tostar, queso y un bote de miel. Busca a Simón por la casa, por el estudio, pero parece haberse marchado. No hay ningún reloj, ningún artefacto que recuerde el paso del tiempo; las únicas líneas que encuentra se enroscan como queriéndole robar más horas al sueño. Rápidamente, se estiran como un gato.

Decide salir a conocer los alrededores. Su amigo francés le dijo anoche que una excursión bonita es coger el camino romano, que va desde Es Caló hasta Es Mirador, donde se divisa gran parte de la isla. Lula atraviesa el bosque embebida en la belleza del ascenso, los sonidos tienen otro acento. Siente la soledad de los lugares rodeados enteros de mar, una soledad líquida que cala en los huesos y a la que cuesta acostumbrarse. Bajo sus pies, encuentra tramos del antiguo empedrado romano. Piensa en aquellos hombres de rostro anguloso, juntos pero dispersos por la incomunicación isleña, valientes cargados de piedras cuyos músculos debieron de temblar azotados por el esfuerzo y las rachas de mar.

Allá, en la explanada, el faro de la Mola rasga el cielo, imponente sobre el abismo. Abajo, las olas se destrozan contra los pies del acantilado, donde el cobalto, el turquesa e incluso el púrpura se congregan como en un gigantesco calidoscopio azul.

—¿Qué me dices? —Simón aparece tras ella, como si la hubiera estado esperando—. Parece que no se llevan bien allí abajo, no se difuminan unos con otros, no se degradan, se mantienen firmes y absolutos rozándose apenas, ocupando espacio, salpicando para medirse las fuerzas y dejar constancia de su territorio. —El francés baja su voz al hilo de un susurro—. ¿Habías imaginado los azules así, como leones marcando sus límites? ¿A que dan ganas de saltar?

—No me atrevería a molestar a este mar presumido y menos habiendo nacido azul.

Simón se queda quieto, con el cuerpo vencido hacia adelante, asomado al borde del abismo. Sus ojos se esfuerzan por recolectar aquel campo de olas, memorizarlo para cuando su mundo pertenezca a las sombras, con la esperanza de que no sean negras, que no pierdan su color. Lula respeta el momento y se agacha para tocar tierra.

—Ven, levántate, te voy a mostrar el faro. —Simón le tiende la mano para ayudarle a despegarse del suelo—. ¿Sabes que hay un escritor francés muy famoso que escribió sobre él?

—¿Quién?

—La respuesta me la darás tú, seguro que la sabes. Piensa, Lula, no es tan difícil. Fue un escritor de novelas de aventuras. ¿No?, ¿nada? Nació en el siglo XIX.

Se queda pensativa unos segundos. Observa la llanura pelada de vegetación que, como un paisaje lunar, se extiende alrededor de ella. El faro, el gran acantilado, los azules irreconciliables. Sonríe, tiene alguna idea, no parece tan difícil.

—¿Esto sería el fin del mundo?

—*Le phare du bout du monde. Oui, très bien!*

—¿En serio, Julio Verne escribió aquí *El faro del fin del mundo*?

—No, se inspiró en este faro, la novela está ambientada en una isla de la Patagonia. ¿No lees a Julio Verne? Es fantástico. Mira —señala—, por ese camino todo recto se llega a la iglesia del Pilar. Puedes coger mi bicicleta y hacerlo esta tarde, o la moto si no tienes miedo de que se te deshaga en las manos, la tengo parada desde hace años. Es un camino sencillo, allá está el molino y los colores en esta época del año son ocres. Te gustará.

Simón tropieza y casi pierde el equilibrio por no querer pisar una flor que se ha abierto paso entre las piedras. Sale de una grieta del suelo, venciendo la adversidad, como dando a entender que todo es posible.

—No pises nunca una flor que nace de las piedras, merecen ser respetadas por su lucha ardua por alcanzar la luz del sol.

En su paseo, Lula le habla de Jacinto, de sus trajes impolutos, de sus sombreros y del bastón con forma de fauno que tanto molesta al kosovar. Simón le indica que visite la tienda de Bartolo, que también dibuja y esculpe empuñaduras de bastones y de algunas armas, eso sí, con estrellas de siete puntas y con cabezas de animales.

Cuando alcanzan el camino que va a la casa, una mujer se acerca con una cesta de higos secos. También ella parece haberse secado, pero todavía guarda cierto atractivo. Sus ojos azules son inquietantes y la larga cabellera le sobrepasa la cintura. Besa a Simón en los labios y se queda pegada a él.

—Lula, te presento a Janika, la mujer de Bartolo.

—Encantada. —Estrecha su mano y percibe cierta tirantez.

Janika pasea cogida a la mano de Simón, en silencio, mirando de soslayo a la visitante. Sus muestras de afecto son exageradas para ser la mujer de su amigo, así que Lula decide caminar unos pasos atrás y dejarlos con sus arrumacos. Se sumerge entre las alquerías y los cultivos de cereales. Cuando llega junto al buzón oxidado, Simón se gira para esperarla y le extiende la mano. Le gustaría cogerla, pero simplemente la roza en una leve caricia.

La silueta de Bartolo cuelga del árbol tatuado. Saluda sin demasiado entusiasmo y continúa con sus dibujos. Es un hombre con la cara rojiza, pelo rizado y ojillos vivarachos enmarcados en grandes surcos. Lula se sienta cerca de él para observar cómo trabaja en su particular «capilla Sixtina», con todas aquellas figuras y estrellas. Su antebrazo parece una prolongación de las ramas, pues lleva tatuados los mismos motivos, que se adentran por su camiseta y parecen confluir en su tronco. Es un bonito juego de mimetización, a pesar de que sus brazos resaltan morenos junto a la palidez del árbol.

A él parece no importarle que lo observe, siempre que no irrumpa con el sonido de la pregunta en su espacio de trabajo.

Simón prepara la comida y Janika descansa entre los almohadones del suelo, absorta en unos pensamientos que lía con papel de fumar. Comerán en la mesa de fuera, aprovechando que el sol todavía da tregua al frío. El francés besa a la mujer a pocos pasos del árbol, pero al payés parece no importarle, sigue sumido en sus dibujos. Lula los observa, a él colgado en la gran cornamenta del jardín mientras Janika seduce a su amigo. Tras la comida, ella invita a Simón a tomar su cuerpo en una siesta enredada en jadeos.

Lula se abriga con una cazadora de cuero con remates, es de la época en la que ella tenía moto, todavía la conserva con especial cariño. A Bartolo le gustan sus botas, sus vaqueros deshilachados y su cazadora. Intenta arrancar la vieja moto que hay guardada en el estudio. Él disfruta con la mecánica, sus movimientos son lentos, pero precisos. Consume los cigarros que le ha dejado su mujer junto a uno de los ceniceros, le explica que no le gusta liar tabaco, que siempre tiene tinta en las manos y que prefiere que lo haga ella. Al final, la moto arranca y Lula se sube sin saber muy bien hasta dónde la llevará, pero quiere marcharse.

Con Janika en la casa, la energía ha cambiado y la sensación de bienvenida que tuvo desde el principio se ha diluido, le ha hecho sentirse una extraña en la comida y sus miradas han dejado claro que ese mundo le pertenece a ella, a ninguna mujer más. Ha venido para marcar su territorio, como los azules del fondo del acantilado, y probablemente no se marche hasta que ella decida irse. No conoce ninguna mujer tan desafiante, habla mal español, aunque tampoco se esfuerza por entenderla, simplemente quiere estar para que Lula deje de hacerlo.

Coge el camino y, a su izquierda, frena junto a un antiguo molino de viento para observar sus astas jubiladas. La moto responde y continúa hasta llegar a la iglesia del Pilar. Se llena de blanco junto a ella, pero, de pronto, como si se le hubiera clavado un aguijón, se siente sola, echa de menos la compañía de Simón y presiente que Janika no la dejará disfrutar más de sus largas conversaciones. Entre ellos no existe atracción sexual, pero Lula lo busca y lo toca como si fuese su brújula, como si quisiera quedar imantada de él, conectarse a las estrellas. Por su parte, él también necesita saber de ella, leer sus cartas. No tiene nada que ver con los instintos primarios, es otra cosa, pero sabe que esa complicidad despierta la posesión de quienes quieren poseerlos.

Apenas empieza a caer la noche, un automóvil con matrícula amarilla aparece en la solitaria carretera. Son ellos, que vienen a recogerla para llevarla a cenar a la Fonda Pepe. Bartolo baja del coche para conducir la moto y se pierde haciendo eses por el camino. Lula sube al coche bajo la atenta mirada de la mujer, que agarrada al volante parece que tiene prisa por arrancar.

Adentrada la madrugada, Janika duerme y Simón sale a la cocina para prepararse un té. Golpea la puerta de Lula y le pregunta bajito si está despierta.

—Sí, tampoco puedo dormir.

—Ve al estudio, hay un cuartito de baño con un sillón muy especial, se lo compré a un anticuario. Quiero hacerte un peinado nuevo.

Ella sale de la habitación sin apenas hacer ruido.

—Toma, llévate una toalla y enciende la estufa de butano, yo mientras prepararé té.

Acaricia el sillón de piel granate, marca Konex, con reposapiés de metal. La estructura está perfectamente conservada, es giratorio y dispone de una gran palanca para regular la altura. El asiento es cómodo, un trono para peinar cabezas.

Se sienta y espera a que llegue el vapor del té junto a los pasos desnudos.

El agua está templada y siente las gotas abrirse paso entre su cabello, quiere creer que brotan de un grifo en el que no se mezclan ni el cobalto, ni el púrpura, ni el azul turquí, que cada uno se disputan un mechón para ondularlo como la cola de los hipocampos.

XXIX

El taller de Bartolo huele a disolvente y los objetos aparecen amontonados en una invitación absoluta al caos. Punzones, llaves inglesas, huesos, varillas de diferentes materiales, anillos, trapos, productos de limpieza, todo sobre una mesa de madera recorrida por mil cicatrices. Le explica que el arte de tallar en asta de ciervo no es común en las islas, que por eso vive enamorado de la gran cornamenta del jardín de su amigo. Los huesos con los que trabaja son de diversos animales, machos cabríos, ovejas, incluso de perros, gatos y pequeños ratones. Tras un proceso químico, les vuelve a dar la vida con sus tatuajes de motivos cinegéticos, en los que también abunda la vida vegetal, incluso hay algunos rostros de amigos y de su mujer grabados en la base lijada de unas cuantas rótulas. Lula descubre el dibujo de Simón en una de ellas y le pide precio, bajito, como si estuviese robando. Se llevará también un bastón con flores de siete puntas enroscadas sobre un brazalete que alcanza la empuñadura de una cabeza de halcón. El pájaro restará inquietud a Fadil si se lo cambia por el fauno, aunque quizá no a *Pristina* y al resto de las palomas.

—Se dice que Formentera tiene más artistas que taxistas. Si quieres, te puedo presentar a unos cuantos. —Bartolo le habla pausado, sólo sus ojillos se mueven a un ritmo distinto al de la isla.

—Me encantaría, gracias, pero no creo que me quede.

—Sí, esto es diferente en invierno, si no estás acostumbrada te puedes volver loca. —El hombre la observa mientras envuelve el bastón en papel—. Mi mujer ha provocado que te marches antes de lo previsto, ¿eh?

Lula permanece callada, no quiere escucharse decir que se ha rendido ante el primer obstáculo, que es cierto, que disfrutaría más días de la compañía de Simón, que le gustaría charlar con él bajo las estrellas y por la mañana que le acariciara la cabeza con sus esencias de hierbas, en aquel sillón de más de ochenta años de antigüedad.

—No hagas caso de Janika, es así, recta e inquebrantable como si le hubiesen metido un palo por el culo que le sujetase hasta la mismísima cabeza. Sé que puede parecer molesta, habitúate a ella. Si no la tocas es hasta inofensiva, pero hay que dejar que haga lo que le dé la gana. Piensa que es un insecto palo que te observa desde algún rincón de la casa y ya está. Pero no se te ocurra meterle un zapatillazo —ríe y niega con la cabeza—, pues entonces tendrías serios problemas.

—Yo no soy una rival, él para mí es algo mágico.

—Ah, sí, claro, aquí todos lo somos, no nos queda otra. —Bartolo le hace un descuento en los objetos que se lleva—. Te aconsejo que antes de marcharte te des una vuelta por la isla, por si cambias de opinión.

Simón le contó anoche que Bartolo había nacido en el mar, que se consideraba que los nacidos entre olas eran personas con suerte y que él había tenido una vida agraciada y marcada desde el inicio por tal circunstancia. Había heredado todo lo que poseía, había gastado parte de la fortuna, pero la fortuna regresaba a él como si viviese dentro del caparazón de un caracol, de una espiral de dicha y buenos acontecimientos. Podía gastar todo lo que quisiera porque el dinero lo buscaba, aunque fuese en aquella isla del fin del mundo. Nació en el buque *La joven Dolores*, que enlazaba todos los días las doce millas que separan Formentera de Ibiza. El buque transportaba el correo y también a alguna mujer a punto de dar a luz que se arriesgaba con la esperanza de llegar a la otra orilla y parir en el hospital. Así que *La joven Dolores* fue su primera cuna, la que lo meció al verlo llegar sano y bendecido por el mar. Cuando creció, Bartolo se perdió en una vida viciosa y se estrelló contra el acantilado, un golpe del que salió ileso, como era su destino. Fue entonces cuando apareció Janika, la mujer que cuidaría de él y lo devolvería a una serenidad introspectiva, alejándolo de las drogas, de la bebida y de los intereses creados a su alrededor. La danesa, aunque seca y estirada, no buscó su fortuna, simplemente se comprometió a complacerle y a ser cariñosa todos los días de su vida, pero a Bartolo le empalagaban tantas muestras de amor.

Cuando Simón llegó y compró la casa, la gran cornamenta estaba todavía poblada de hojas, no se apreciaba la belleza de su estructura blanquecina. De pronto, el árbol perdió todo su verde y apareció desnudo frente al matrimonio, que ya frecuentaba la casa del francés. Uno se encaprichó de la gran cornamenta y la otra se encaprichó del hombre que allí vivía. Fue un pacto silencioso y lícito. La renuncia no formaba parte de esa alianza, así que ninguno estaba dispuesto a perder lo que habían encontrado.

Un hombre remienda una red y una mujer con sombrero pasea con un capazo que probablemente también haya tejido él. A Lula le gusta observar a los que saben envejecer juntos.

Busca una tienda para revelar las fotos que hizo desde el barco. Elige una y espera. El dependiente sale con el papel impreso a gran tamaño, como ella pidió. Allí está, el esqueleto del mar, profundo y seductor como una musa que se contornea, dejando que el dibujo de sus costillas saladas inviten a abrazar un cuerpo de agua. Es ella, la que cautiva al francés, por la que de verdad sueña, la rival de todas las Janikas. Una columna de espuma atravesada por un montoncito de venas azuladas que no llevan riego a ningún corazón latente, pero que entroncan con el de Simón para darle la vida y la inspiración.

De vuelta, él le espera con una ensalada payesa, con tomates, pimientos y patatas, también hay pescado seco y pan, el que dejó anoche hornearse a una temperatura bajísima. La flor del romero, tomillo y otras hierbas aromáticas ofrecen una nota de sabor a los higos. Por supuesto, en la mesa del francés no falta queso y una botella del oscuro vino de la isla.

—Si me sigues cuidando así, no voy a querer marcharme.

—Pues no lo hagas.

Comen en silencio, de vez en cuando se miran a los ojos y él le retoca alguna onda de su cabello, como queriendo que todo esté en orden. Janika los mira desde la punta de la mesa, pero Lula ha decidido que sea el insecto palo del que habla su marido, que no irrumpa en sus sensaciones junto al francés.

—Espero que de esta breve experiencia hayas sacado alguna idea de lo que significa vivir en una isla, ahora tú vas a tener que ser una.

—Me pregunto si sabré hacerlo.

Tras un largo silencio en el que la tristeza se apodera del mantel, Lula duda, no quiere marcharse, quiere estar más horas con él. No le interesan los días ni los minutos, sólo las horas de su compañía.

—Ven a visitarme, Simón. Hazlo, por favor. Estaré en la orilla del Mediterráneo, no te tienes que despegar de él. Te enseñaré el castillo de los templarios, las calles intrincadas, te presentaré a mi abuela y a Celia, te llevaré a la playa para que tus pies desnudos caminen sobre otra arena, ¿qué te parece?

Simón baja la cabeza, en otro tiempo ya habría hecho su mochila para ver el vuelo de la libélula azul, pero cada vez se ve más limitado y las sombras empiezan a hacer mella en sus ojos.

—Puedes venir con Janika —insiste—, tengo una habitación grande que da a una higuera y al algarrobo agujereado. Piénsalo, dime al menos que lo pensaréis.

—Estaré allí mismo, en tu buzón, en tu vida.

—Pero ¿vendrás?

Ante esa pregunta, Lula se encuentra con la mirada impasible de la danesa.

—Te he traído una cosa.

—¿Qué es? —pregunta Simón curioso ajustando la goma de sus gafas a su cabellera cana.

—El esqueleto del mar. —Lula le entrega la fotografía enrollada, hecha póster.

—¡El esqueleto del mar! —se sorprende—. Es una estela perfecta.

—Pues está de camino a mi casa, al oeste, y sé quién te podría dejar que te asomases para contemplarla, sólo tú y ella.

Simón sonríe dejando ver sus dientes pequeños y separados. Irá a buscarla, lo sabe, y también irá a visitarla, el esqueleto del mar se lo recordará cada vez que lo mire.

La siesta es más que un ritual, es un acto casi sagrado. Los cuerpos de Simón y Janika se pierden entre el montón de almohadones, abrazados, mientras los largos bigotes se doblan para hacer posible el sueño.

Lula quiere volver a disfrutar de la fascinación del mar, arrastra silenciosa la moto por el camino hasta llegar a una distancia considerable y no perturbar la paz de los que duermen. La enciende con dificultad y sigue la perfecta línea que va desde el Pilar hasta el faro de la Mola para asomarse al gran espectáculo de los «leones azules». Quiere descubrir caminos nuevos y, como le recomendó Bartolo, recorrer la isla antes de decirle adiós. Al llegar a Illetas, con su estrecha lengua de arena lamida entera por el mar, camina sobre la blanca arena con los pies desnudos, sin importarle el frío; necesita sentir el paisaje.

Por la noche, se escapan de las habitaciones a hurtadillas. Él prepara el té y ella enchufa la estufa de butano, son más de las dos de la madrugada, pero no importa ni el sueño ni el frío, le hará un peinado nuevo con ondas de despedida.

En el barco de vuelta busca a la camarera que le habló de sus vómitos sexuales y la dejó salir a captar la estela. Enseguida localiza sus ojos, que la observan expectantes y con ganas de que la reconozca.

Lula la saluda con la mano y espera a que los pocos pasajeros que regresan a la Península pidan sus cafés y la dejen más libre. Se quita su chaquetón en forma de levita negra y lo pliega sobre uno de los sillones que hay frente a la cafetería. Se siente observada. Las ondas negras de su cabello serpentean sobre un suéter blanco de cuello alto que se ajusta al contorno de sus pechos y de su estrecha cintura. Los vaqueros desgastados realzan sus caderas, sobre las que descansa un cinturón de ancha hebilla en forma de estrella de siete puntas que le regaló Bartolo antes de que se marchara. Las botas altas de cuero negro se ciñen a sus largas piernas. Pero son sus ojos, de ese azul grisáceo, lo que más desconcierta a la chica, que apenas presta atención a los cafés que le piden los pasajeros que esperan tras la barra.

—Hola. —La camarera se acerca en cuanto puede.

—No estaba segura de si te encontraría. —Lula le da dos besos—. ¿No te puedes sentar un ratito?

—No, no puedo, pero me da igual. —La chica se sienta—. Si quieres, luego nos escapamos fuera, no sé —titubea—, lo digo por si quieres hacer más fotografías.

—Creo que hice la foto perfecta, muchas gracias. A mi amigo le encantó.

—Ya, pero, si quieres, le digo a mi chico que luego nos abra y así me fumo un cigarro contigo, ¿eh?

—Claro. Oye, ¿cómo te llamas? No sé tu nombre.

—Sara.

—Yo Lula.

La camarera se acerca torpemente para darle otros dos besos.

—Mira, mi amigo, que es una persona muy peculiar, con un largo bigote que le sobresale por encima de las orejas y unas gruesas gafas que lleva atadas con una goma por encima de su melena larga, a lo mejor viene a verme. Si lo ves en este barco, te aseguro que es inconfundible y que además tiene un fuerte acento francés, por favor, haz lo posible para que pueda ver la estela.

—¿Quieres que lo saque?

—Sí, si puedes, si lo ves, no importa si está solo o acompañado, me encantaría que lo invitases a salir y lo dejases unos minutos en la popa.

—¿También es fotógrafo? —interrumpe Sara.

—No, es un amante del mar.

—Yo por ti, vamos, hago lo que me pidas. Lo que quieras, tía, como si tu amigo quiere llevar el barco.

Sara aprovecha los ratos de poco trabajo para sentarse en su mesa. Un superior le da un toque de atención, pero la camarera se impone con ademanes que dejan bien claro que, mientras no tenga que atender a nadie, ella hace lo que quiere.

Se escapan fuera y Lula le explica el significado del esqueleto del mar. Sara no entiende nada, no le interesa el amor de un desconocido por las ondas, tan sólo envidia que haya peinado el largo cabello que a ella le gustaría acariciar.

XXX

Frente a la verja, se siente profanada. No hay candado ni llave, la han dejado abierta a todo el que quiera entrar, con las bisagras quejosas. Cierra y permanece agarrada a sus barrotes, como queriéndolos fundir con el calor de sus manos. Al girarse sobre sí misma, observa la casa, escondida tras el pinar, agazapada como un animal al acecho. A su izquierda, el rincón de los orines está revuelto, con las entrañas de la tierra expuestas y las raíces de las plantas patas para arriba. Está cansada, sus noches en Formentera fueron cortas, trasnochadas al abrigo de las conversaciones, y el viaje ha sido desapacible porque el mar estaba movido, pero tiene que sacar fuerzas y poner en orden la tierra.

El algarrobo muestra una herida nueva, seguramente por la impaciencia de los que buscaron hueco en su corazón sin respetar su fragilidad. El resto de la parte trasera parece intacto, las raíces de la higuera siguen amenazando la estructura de la casa y la pila de los galápagos alberga barro, como si hubiese limpiado allí los objetos manchados.

Avanza por el pasillo del agujero de las golosinas para asomarse al cuartito trastero. Está desordenado y medio vacío, tan sólo han dejado algunos utensilios, embalajes en el suelo y los botes de pintura, lo demás se lo han llevado. Se alegra al encontrar su viejo rastrillo, junto a una araña *patilarga*. ¿Estará el arácnido de las golosinas? Se acerca y la ve en el centro de una telaraña perfecta, tanto que le recuerda a la cúpula de la galería Umberto I de Nápoles.

Mete la llave en los cerrojos y le alivia escuchar que están cerrados. Encuentra una nota debajo de la puerta, escrita con letra infantil:

Ven a verme en cuanto regreses. Fadil.

 Esperará a mañana, está cansada, ya es tarde y tiene que curar las heridas abiertas. Conecta la manguera a la boca de agua que hay debajo de la pila de los galápagos y refresca la parte trasera. Se pregunta cómo ayudar a cicatrizar la nueva brecha del algarrobo; recuerda que Bartolo le explicó que un árbol no cura nunca una herida, eso sí, cicatriza, forma callo y durante ese proceso el *cambium* y el resto de capas quedan expuestas a cualquier enfermedad o plaga. No sabe si sería bueno comprar algún producto, pues él le dijo que aplicar una pintura de las que hacen de barrera contra los parásitos y hongos puede perjudicarlo. Coge las vainas caídas y las huele, es uno de los olores que la hicieron crecer. Se asoma con cuidado a su estómago y ya no queda nada allá abajo, ni sus recuerdos ni los recuerdos de los que se atrevieron a invadirlo.

Estira la manguera por el pasillo hasta llegar al pozo, es lo suficientemente larga para alcanzar la balsa en la parte delantera, pero hay que ir revisando que no se enganche y que los pliegues no obstruyan el agua. Riega también los cipreses de la entrada y, camino hacia los sauces llorones, advierte el ruido de un motor. Ya saben que ha regresado, eso la impacienta y la calma, una sensación de doble filo que la remueve por dentro, como la tierra del rincón de los orines, aunque, lejos de dejar sus raíces expuestas, las arraiga todavía más.

Las horas de luz se le han escapado entre la azada y el agua. Los farolillos ambarinos alumbran apenas. De vez en cuando mira por si lo ve a él, junto a la verja, que ha dejado atada con una cadena que encontró en el cuartito trastero y el candado de su maleta.

Simón le contó que su amor por Janika había empezado a cuajar cuando la danesa llegaba junto a su marido, cada día, y lo observaba en silencio entre el humo del tabaco y su larga cabellera. Pero no supo lo que sentía hasta que cada vez que cogía una mochila para descubrir un trozo del Mediterráneo deseaba compartirlo con ella. No sabía cómo regalarle aquellas vivencias de las que no formaba parte, así que nunca le regaló nada porque pensaba que todo era poco. Janika, sin embargo, llegaba con la cesta de mimbre repleta de viandas, de vino y algunas veces de barro para enseñarle a modelar, para que fuese aprendiendo a ver con las manos. Ella no era una gran artista, ni siquiera era una gran amante, pero pertenecía a los dos hombres que tanto le pertenecían. Su mundo se había conformado en ese ir y venir por el camino de la iglesia del Pilar al faro de la Mola, como si la intensa luz no guiase tan sólo a los barcos, sino también sus pasos, en una vida bidireccional. Perder a uno de los dos hombres sería perder el punto de partida, o el de llegada. A pesar de su antipatía por Lula, la mañana que se marchó, ella cogió el coche, la acercó al puerto y la dejó sola con Simón para que pudieran despedirse. No sabe por qué lo hizo, puede que por la necesidad de verla marchar.

A Lula un día le pareció imposible besar a aquel hombre «antenado». Luego fue sencillo: la delicadeza de un beso consigue doblegar la rigidez de algunas cosas. En aquel momento lo complicado era despedirse de la danesa, la mujer palo fumaba semiescondida tras su cabellera esperando el instante en el que el barco se la llevara y le dejase el alma quieta en su deambular por los dos cuerpos y las dos casas.

—Despídete de mi parte —Lula no se atrevió—, es mejor así. Dale las gracias, sé que cuidará de ti.

—Me ha encantado que llenases mi casa y espero que pronto vuelvas a llenar mi buzón. Sabes que Janika acabará por leérmelas; no te preocupes, lo hará.

La noche es oscura, sin estrellas. Se prepara un té y se cubre con una manta en la terraza. A pesar de lo cansada que está, no quiere dormirse todavía. Empieza a chispear y el agua de lluvia destila más olores al campo, huele a pino, a cactus, a almendro, al hierro del pozo, a regadera, a sauce llorón. Se ve a lo lejos algún relámpago, como si desde el cielo estuviesen fotografiando el paisaje nocturno. El ámbar se mezcla con el color plata en una gran bandeja rebosante de agua.

Alfonsina llega hasta el mismo borde de la barandilla. Ambas se observan, Lula permanece todo lo quieta que puede para no asustarla, casi no se atreve a pestañear. Ya no la deleita con su baile, pero es ella. Tras unos segundos, otra tórtola aterriza a su lado. Se emociona, ha querido traer al compañero con el que compartirá el resto de su vida.

—Hola, *Alfonsina* —se atreve a susurrar.

La tórtola vuela hasta la mesa, curiosa por los dibujos de humo que desprende el té. Podría incluso acariciarla si alargase la mano, pero tiene miedo de asustarla. El macho observa la escena desde la barandilla, de vez en cuando da pasos cortitos y mueve la cabeza. *Alfonsina* pica una de las galletas de mantequilla y vuelve junto a él.

Se adormece en una postura incómoda, no quiere perderse el momento. Cuando despeja, las tórtolas se marchan y el roce de sus alas contra el viento la despierta. No sabe qué hora es, pero se siente feliz por la bienvenida. Una pluma ha quedado en la mesa, la recoge y la lleva a casa: volará en la próxima carta que le escriba a Simón.

XXXI

Suena la campanilla de la verja. Se despierta y mira el reloj, son más de las dos del mediodía, ha dormido de un tirón. Sale corriendo por medio de los cipreses, abrigada con un albornoz y con el cabello todavía ondulado. Fadil está allí, de perfil, tras los dibujos geométricos, con la mano en la barbilla, como si estuviera sumido en alguna reflexión. La besa con los ojos cerrados, en ese intimismo silencioso tan propio de él.

—Sabía que sabías que ya había llegado.

—¿Por qué no fuiste ayer a verme? Te dejé una nota.

—Estaba agotada y quería reparar los daños que había sufrido la tierra y el algarrobo. Tengo que comprar una cerradura nueva, por el momento he puesto esta cadena.

—Han sacado todas las cosas, puedes estar tranquila. Recuerda que mientras yo esté, nada malo te puede pasar.

A Lula le gustaría creer que es verdad, que puede estar tranquila, sin embargo le inquieta el estatus de guardián que él ha adquirido. Camino hacia la terraza se repite varias veces la última frase que acaba de decir «mientras yo esté, nada malo te puede pasar». ¿El ladrón de palomas es salvador o verdugo?

—¿Y si tú no estás? —se atreve a decir.

Fadil no contesta, parece distraído, se marcha a la parte de atrás. Examina la herida del algarrobo y mueve la cabeza en una negación. Regresa por la parte del cuartito trastero.

—¿Se han llevado cosas tuyas?

—No importa, tan sólo eran trastos sin ningún valor, además, hoy tengo que ir a la ferretería para comprar una cerradura y ya iré trayendo lo que necesite.

El kosovar avanza hacia el pinar entre el limonero y los cipreses. Cuando llega al recodo de cactus, se arrodilla. Lula se sorprende, allí nunca percibió nada extraño, aunque está en el sitio exacto donde Sami encontró a *Alfonsina*.

—¿Aquí?

—Nada, no te preocupes, todo está bien. ¿Has visto aquel rincón?

—Sí, había un buen agujero, con toda la tierra removida, se veían hasta las raíces de la palmera enana. Ayer lo tapé y regué. ¿Sabes?, en ese rincón escondí yo también cosas cuando era niña, era mi rincón de los secretos, igual que el algarrobo.

—Lula se rasca la cabeza pensativa—. Es una casualidad.

—¿Todavía crees en las casualidades?

Se queda helada, perpleja. Mira el columpio, que se balancea movido por el viento, recuerda el altar en el suelo, la complicidad que otorgan los secretos, compartir un lugar bajo una contraseña o una marca, algo que pertenece a los que lo han inventado, a ellos dos. No encontró más que un corazón de plástico de todos los juguetes que enterró con Adrián, ni allí ni en el algarrobo. Siente rabia y aprieta los dientes. ¿Qué tiene que ver él con los kosovares? ¿Por qué allí precisamente, en sus rincones, en los lugares en los que guardaron sus tesoros, los restos de su infancia, donde también estaba enterrado todo aquel amor? Quiere quedarse sola, estar sola, no sentirse prisionera.

Ya no sabe ni quién es Fadil ni quién es Adrián, ni por qué profanan sus recuerdos.

Necesita situar a Adrián en todo aquello, saber por qué, el sentido de lo que le ha pasado. Sin embargo, lejos de mostrar la agresividad que se gasta cuando se enfada, mira al kosovar y calla. Dejarle ahora sería doloroso, pero menos que permanecer en esa relación con la mirada de su primo al fondo.

Ama a un delincuente, quizá a dos, y eso le oprime el pecho como un golpe seco. Sabe que si abandona en este punto el vuelo, se quebrarán sus alas. Se le hace difícil respirar y retener al mismo tiempo las lágrimas que asoman. Tiene mil preguntas que ha prometido no hacer. «Es difícil ser una isla, sobre todo en invierno, cuando el mal tiempo arrecia», recuerda las palabras de Simón. Conseguirlo no va a ser fácil, permanecer ajena a los movimientos de los demás, quedarse con sus objetivos marcados y delimitados en aquel fragmento de espacio como si de verdad no existiera la conexión con el mundo. Piensa en si su caparazón es tan duro como para soportarlo, si sabrá hacerlo, si conseguirá que su vuelo lateral esquive todos los obstáculos o si, irremediablemente, chocará contra ellos haciéndose añicos.

Fadil la abraza, quizá para que no se escape de nuevo a otra isla. También él parece haber sentido celos de su amistad con Simón, le ha preguntado por él con cierto sarcasmo, le ha acariciado las ondas del pelo y se ha reído de lo que pueda sentir por un viejo peluquero. Lula no tiene fuerzas para discutir, necesita estar sola, le dice que esta tarde irá a visitar a Jacinto, que ya se verán luego. Cuando se aleja unos pasos, él dice las palabras que hace tanto no escucha:

—Te quiero. Es cierto, te quiero y voy a hacer todo lo que pueda para no perderte.

Ella no se gira, se queda parada en el silencio. Él tampoco parece que vaya a avanzar, sencillamente espera. El tiempo pasa suspendido entre las ramas del pinar. En otro momento de su vida, ella habría buscado una excusa espontánea y le habría invitado a marcharse, pero ahora tiembla encogida en sí misma.

La acaricia sobre la colcha de su cama y sobre el albornoz. Lula permanece pasiva, perdida, mientras él recorre su cuerpo desnudo. El cabello se le desordena sobre ella, baja por su abdomen y graba la huella del aliento en sus caderas para después meterse entre sus muslos. Por primera vez, la mira a los ojos mientras su lengua juega para conseguir que esgrima su cuerpo eréctil. Lula se excita y agarra su pelo con rabia, haciéndole daño mientras le obliga a seguir mirándole. Fadil quiere cerrarlos y volver a concentrarse en su geografía a oscuras, persistente y repetitivo, pero lo aprieta contra ella, hasta que el orgasmo le llega y entonces libera un grito de placer y dolor. Tiene ganas de llorar, está hirviendo.

Quiere que la penetre, pero Fadil se tumba a su lado sin intención de hacerlo, lo único que quiere es pegarse a su cuerpo para que se le enrosque en un abrazo en el que los movimientos del pubis vayan cesando en contacto con toda su piel. Lula contrae su cuerpo, atenuado con las últimas réplicas, araña al kosovar, le hace daño, incluso lo golpea cuando recuerda que su primo y él se conocen y comparten algo más que aquel rincón de los secretos. Él resiste sin quejarse, intenta esquivar sus manos, sus uñas, su furia. Al final opta por paralizarla y no la suelta hasta que se asegura de que no le volverá a atacar.

—Tienes demasiada rabia dentro, ¿lo sabes?

—Déjame en paz. —Lula se separa con brusquedad.

Él busca algo en el bolsillo de su chaqueta, le ha traído una gargantilla de oro blanco a juego con un brazalete en forma de serpiente. Se sorprende, son piezas de diseño, con una elegancia precisa y, al mismo tiempo, inquietantes como los complementos que ella suele elegir. Son bellísimas, pero no le gusta aceptar regalos caros de ningún hombre. Sin embargo, antes de que pueda decir nada, él le ruega que lo acepte.

A las seis y media suben las escaleras para acercarse a la puerta de la habitación de Jacinto. Esperan fuera, no quieren interrumpir su ritual, ya no puede subir solo y necesita ayuda para sujetarse. Fadil ha hecho un intento por arreglar los escalones, sin demasiado éxito. Ha puesto algún pegote de cemento y ha reforzado la barandilla con hierros cruzados, por lo menos le da más estabilidad y ya no bailan los fragmentos de azulejos. Lula lo observa con tristeza, ha perdido peso y su rostro transparenta una mueca de dolor, le cuesta desplazarse y los arranques de tos lo frenan encorvando su espalda. Fadil lo agarra de brazo y empiezan el lento ascenso. Apenas caben por las estrechas escaleras, él tiene que subir a un peldaño más alto y tirar de Jacinto mientras lo obliga a sujetarse fuerte a la baranda. Pese al esfuerzo, a las siete en punto asoma la cabeza por su particular paraíso de tejados. No lleva sombrero, viste un traje gris y una corbata rosa. Huele a un perfume nuevo cuyo envase formará parte de su colección de botellitas de conocidos diseñadores de moda, las mejores marcas, todos por terminar porque los usa hasta que el kosovar le trae uno distinto. A Jacinto le gusta cambiar de trajes, corbatas, sombreros, perfumes, y Fadil cree que el significado de estrenar cosas nuevas para él es seguir en la aventura de estar vivo.

Lula le obsequia con el bastón de hueso pintado por Bartolo, le cuenta que es un hombre tocado por la buena estrella que nació en medio del mar y que por eso dibuja ese tipo de estrellas de siete puntas. No ha querido contarle nada más porque sabe que a Fadil le asustan las leyendas, las imágenes, los símbolos y las supersticiones.

Recuerda que una tarde se colaron en una boda y estuvo atento al oficio de la misa, se levantaba cuando todos se levantaban, se arrodillaba incluso y formulaba preguntas sobre todos aquellos objetos y sobre las señales que el cura lanzaba desde el púlpito, le interesaba saber lo que decía y por qué los fieles repetían algunas frases. Pero cuando quiso ir a comulgar y ella le explicó que no podía, que aquello era una referencia al cuerpo y a la sangre de Cristo, Fadil salió corriendo de la iglesia y estuvo reprochándole durante horas que los católicos se comían a su Dios, a su profeta, que nunca más lo llevase a ver nada tan aterrador. No lo volvió a meter en una iglesia ni le contó nada que tuviese que ver con rituales de ningún tipo. En septiembre, cuando se celebraron las fiestas con su particular volteo de campanas de la Ermitana, que todas las noches tocaron la novena a la Virgen, Lula le dijo que era para anunciar las representaciones folklóricas de *dansants, llauradores* y *cavallets*, pero no le contó nada sobre la devoción a las vírgenes por si cogía a Jacinto y desaparecía ahuyentado por la gran campana que volteaba a unos metros de sus cabezas.

La imagen alquímica de la estrella de las siete puntas Vitriol y la huella de los caballeros templarios en el castillo, a escasos pasos de su casa, desestabilizarían su mundo allí.

Fadil le da el bastón con el fauno, orgulloso de sacarlo fuera de su techo y cuando Jacinto agarra el nuevo bastón con cabeza de halcón, el kosovar sonríe orgulloso dejando que la naturaleza siga su curso sin seres mitológicos que puedan perturbar su paz.

—Ayer tuve una visita inesperada.

Fadil se gira con el ceño fruncido, esperando que Lula termine una frase que ha dejado colgada en los puntos suspensivos de sus celos.

—¿No imaginas quién puede ser? —Apoya la sonrisa en su mano y lo observa—. *Alfonsina* vino a mi terraza para resguardarse de la lluvia. Y no lo hizo sola, le acompañaba un macho, es algo más grande que ella, con una pluma vertical sobre la cabeza.

Jacinto permanece callado, esperando el momento de poder acariciar el plumaje de su paloma. Fadil le ayuda, se ha acentuado el tembleque de sus manos. No quiere soltar el bastón. Ambos se sorprenden, pues siempre tira los objetos que sujeta o que le sujetan para poder jugar con ella sin obstáculos.

El campanario de la Ermitaña anuncia las ocho. La tos de Jacinto se ha acentuado y prefiere acostarlo ya, llevarle un plato de sopa caliente y que no agote más energía para que pueda volver a estrenar un nuevo día.

XXXII

Luciana la espera, tiene ganas de verla. Le habla de Simón, de Bartolo y de Janika, del taller de huesos de animales, de sus conversaciones bajo las estrellas.

—Salva y Celia han venido de nuevo. Él me ha preguntado que cuándo vas a volver al helipuerto.

—Me alegra saber que volvéis a estar juntas. —Lula busca entre las bolsas, en las que ha traído embutido, higos y vino de Formentera—. Voy a preparar algo para cenar. Ah, toma —le da bastón del fauno—, me lo ha dado Jacinto para ti.

Luciana lo observa con tristeza.

—¡Cómo pesa!

—Sí, creo que era demasiado pesado para Jacinto. Si quieres, lo dejamos en le paragüero de la entrada. Es una maravilla, parece una antigüedad. Voy a preparar…

—Calla, ven aquí, ¿te has fijado que la empuñadura del fauno es toda de oro macizo?

—Será un baño de oro, como mucho.

Lo observan detenidamente, la espalda encorvada, los cuernos, la flauta, las patas de cabra. Es un trabajo perfecto que debió de nacer del delirio de un joyero brillante.

—Puede que tengas razón y sea todo una pieza de oro macizo. —Lula se arrepiente en el mismo instante que acaba la frase e intenta rectificar cuanto antes—. No puede ser...

—Se lo llevaré al joyero —interrumpe Luciana sin apartar la vista de la empuñadura—, a ver qué me dice.

—Es un regalo de Jacinto para ti, él quiere que lo tengas, eso es lo importante. Guárdatelo como un recuerdo de un viejo amigo y no le des más vueltas. Mira, por si acaso, no lo voy a dejar en el paragüero, lo guardo en el armario de tu habitación, pero no se lo lleves a nadie, simplemente acéptalo. —Lula habla nerviosa—. Es mejor que no salgas con él por ahí, tienes razón, pesa mucho y tú no estás acostumbrada a coger bastón.

Sabe que Luciana no va a quedarse con la duda, que tendrá que esforzarse y hacer todo lo posible para que no vaya indagando ni preguntando de dónde ha podido salir el bastón. Si realmente es una valiosa antigüedad labrada en oro macizo, se convertirá en un problema. Lo guarda en el altillo del armario de los abrigos, donde ella no alcanza. Después, se mete en su habitación y se quita la gargantilla y el brazalete de oro blanco que el kosovar le ha regalado para guardarlos en el fondo de un cajón.

—Ha venido Adrián a verme. —La mujer le grita desde el comedor.

Lula se apoya en el umbral de la puerta.

—¿Y?

—Estuvimos hablando de ti, me dijo que vinieras aquí conmigo este invierno, que aquello estaba muy solitario. Estaba preocupado, no paraba de moverse por el salón, entraba a la cocina, salía, más nervioso de lo que es. Cuando logré que se tranquilizara, no quiso seguir hablando. Lula, ya sé que llegamos a una edad en que no nos gusta que nadie venga a decirnos qué es lo que tenemos que hacer, pero creo que deberías hacerle caso. Podrías dormir aquí y empezar a trabajar, digo yo. Hasta ahora ha estado bien, arreglar la casa te ha llevado tiempo y esfuerzo, irte a Formentera, pero si vas a quedarte tendrás que tener una marcha. Pregúntale a Antonio, que lleva líos con las constructoras y quieren hacer toda aquella zona nueva.

—Ya me he enterado, han formado una UTE para empezar a construir dentro de unos meses.

—¿Qué es una UTE?

—Una unión temporal de empresas, se unen para hacer una obra y trabajan conjuntamente como empresa única el tiempo que dure, así pueden hacer frente a las inversiones que requiere un proyecto de esa envergadura, como infraestructura, maquinaria. Ya han comprado varias casas a un precio ridículo, pero a Antonio se le fue la lengua y me dijo que iban a potenciar esa zona, que ya había hablado con los políticos y empresarios. —Lula pregunta con el corazón encogido—. ¿Tú hubieses vendido?

Tras un largo silencio, Luciana contesta:

—Esa casa es de tu madre, ella es la que tiene que tomar la decisión.

—¿Así que ya te lo han propuesto? Veo que no te pilla por sorpresa —dice mientras se acerca a ella.— Mi madre seguramente diría que sí, no quiere saber nada de esa casa, pero si te piden su teléfono, por favor, no se lo des, a mí no se atreverán a proponérmelo.

—Eso es cosa tuya y de tu madre. Podrías enterarte de quiénes son, seguro que una arquitecta como tú…

—Odias a Antonio porque roba al pueblo, sabes que especulan con las tierras y que se van a enriquecer los cuatro que hayan formado la UTE a costa de engañar a la gente, de decirles que sus casas no tienen valor, que la zona está abandonada, de desviar fondos públicos y de cobrar comisiones acojonantes.

Se aprovechan para beneficio propio y tú quieres que yo forme parte de eso. No me lo puedo creer.

El silencio vuelve a distanciarlas. Entran a la cocina, cada una con su razón, ordenando la vajilla usada.

—¿Adrián dijo algo más?

—¿Por qué no habláis vosotros y me apartáis a mí del medio?

—Porque seguramente ahora sea mejor así.

Luciana aprieta los labios, se dirige hacia la mesita del recibidor y coge la tarjeta del restaurante, le indica que ahí hay un número de teléfono para hacer reservas, se la da y se queda expectante, con los brazos cruzados. Lula palpita al cogerla, piensa que hace tan sólo unas horas su primo la sostuvo en su mano y el corazón se le encoge.

—Guárdatela, por si algún día la necesitas, él está en ese teléfono y en esa dirección. Y esta noche te quedas a dormir, que te he puesto sábanas limpias, así que ahí tienes tu dormitorio para reflexionar sobre tu futuro y, por qué no, sobre tu presente, que tampoco te iría mal.

Se queda abrazada al calor de las mantas. Adrián se ha convertido en algo añorado e irreal. Después de tanto y de tantos, sabe que se han tomado miedo, que tienen miedo al encuentro, al desencuentro, a verse, a no volverse a ver, a tenerse, a perderse.

Se levanta en busca de un cuaderno que guarda su abuela en la mesita del recibidor y un rotulador.

Querido Simón:

Echo de menos las noches en las que el calor de tu voz me alumbraba. ¿Llegará un día en que tú también formes parte de la irrealidad que nos otorga la memoria, que no pueda distinguirte entre lo cierto y lo incierto?

Estoy en la cama que tantas veces compartí con Adrián, pero ahora, si él llegara, temblaría de miedo. Sé que sería por unos segundos porque sus besos y su forma de amar no me dejarían pensar. Pero después, al abrir los ojos y verlo tumbado a mi lado, volvería a sentir esa congoja de quien lo espera todo y no sabe ya si podrá darlo o recibirlo.

Sé que me dirías que el miedo nace de la cobardía. Quizá de lo que tengo miedo es de no saber ya quién es y de su miedo a quererme.

XXXIII

Fadil quiere acompañarle al helipuerto, ella le espera en la plaza de la Lonja Vieja. Se asoma a la explanada del puerto, le gusta el crujir de las embarcaciones amarradas. Un hombre arregla una red que cubre la popa de un pequeño pesquero que tiene una cabina coronada por una cruz, con cuatro ojos de buey y del que, en el costado de babor, sobresalen los palos de algunas cañas. El barco está sobre el asfalto, seguramente también necesite alguna reparación. A los pies del pescador queda la hélice desnuda mientras él cose una de las orillas de la malla. Observa sus manos, son hábiles y están curtidas por el frío y los cabos.

Cuando el kosovar la ve, aplaude con la ilusión de un niño, es la primera vez que la recibe con ese comportamiento pueril. Sabe que los momentos bellos son efímeros y, en cierto modo, que ahí es donde reside parte de su grandeza.

En el coche, él le pregunta por qué no lleva la gargantilla que le regaló y ella se excusa diciendo que la ha guardado porque con este frío suele utilizar jerséis de cuello de cisne. Es cierto, en invierno apenas deja a la vista su largo y blanco cuello, que durante años tan sólo estuvo adornado con el cordón de cuero del que colgaba la llavecita de su buzón.

En el helipuerto, Salva sale a su encuentro con una sonrisa. Fadil mira fascinado la avioneta en la que un alumno se dispone a subir.

—Lula, si quieres, enséñale las instalaciones y luego le doy una vuelta. Dentro de una horita estaré libre. Además, ha elegido un buen día, hoy hay mucha claridad, el aire está limpio y se puede ver todo el paisaje. ¿Tú no te animas?

—No, por el momento no. Yo os espero en tierra.

—¿Cuándo volaste por primera vez? —pregunta Fadil a Salva—. ¿Qué se siente allá arriba?

—No sabría explicarte el sentimiento, lo vas a vivir, es algo puro, intenso, no se puede explicar con palabras. Cuando despegas, las primeras veces salta la adrenalina, sientes un impulso hacia delante, el corazón late con toda su capacidad y —junta los dedos y levanta la mano— ya estás volando. Cuando conseguimos una posición estable es más relajante, ya verás. Ahí arriba experimentas otros efectos lumínicos, otras sensaciones auditivas, lo disfrutarás.

—¿No sientes miedo, vértigo?

—No hay riesgo, no tienes qué temer, te explicaré cómo funcionan los medidores de viento, altura y velocidad, pero míralos y luego aparta tu vista de ellos, hay sensaciones más interesantes que descubrir. —Salva le guiña un ojo a Lula y se marcha hacia la avioneta.

Fadil está nervioso, lo observa todo, cómo suben a la pequeña aeronave, cómo empieza a moverse hasta alcanzar el punto desde el que va a despegar, la velocidad que toma y cómo empieza a planear sobre ellos, sobre los árboles y se aleja hasta perderse en un puntito amarillo. Está excitado, emocionado, tiene la boca abierta, la cubre con una mano, en un gesto de asombro y fascinación.

Lula le quiere enseñar el helicóptero, pero parece difícil moverlo del sitio en el que se ha quedado clavado. Señala al cielo y le sonríe.

—¿Me vas a dejar que te lo enseñe? Ellos todavía tardarán en aterrizar. Venga, ven, deja de mirar las nubes.

Se acercan al hangar y ahí está. Perteneció a Tráfico hasta que renovaron su flota, entonces el helicóptero fue adquirido por Salva y sus socios. La pintura ha saltado en algunas partes de los patines de aterrizaje y del fuselaje, pero quitando ese detalle, está en buen estado.

—¿Quieres subir? El otro día me dejó y me explicó cómo se mueve el timón direccional y cómo funcionan los rotores. Dice que se puede aprender a volar en poco tiempo, aunque para dominarlo de verdad se necesita toda una vida.

Se acerca a la puerta de la cabina y Fadil le pide que no la abra, prefiere mirar su interior desde los cristales. Ella insiste en quedarse un poco más, ha traído la cámara y quiere hacer algunas fotos de las aspas, de la cola, de sus manos en el fuselaje.

Fadil continúa nervioso, atento a todos los ruidos y mirando hacia la pista por si alguien viene. Se relaja por fin cuando salen, no quiere moverse de allí, sino esperar sentado en un banco al que el sol otorga cierta calidez.

—¿Es verdad que eso vuela como las libélulas? —pregunta.

—Está inspirado en ellas. Las libélulas pueden detenerse y volar de inmediato en la dirección opuesta a la del derrotero que llevaban, pueden permanecer suspendidas en un punto en el aire y desde esa posición moverse rápidamente para atrapar una presa. Las alas pueden operar hacia atrás, hacia delante, arriba y abajo gracias a su estructura y su esqueleto.

—¿Y por qué las palomas no pueden volar así?

—Pues porque sólo tienen dos alas. Las libélulas tienen cuatro, un par anterior y otro posterior que se mueven asincrónicamente, es decir, que mientras las dos alas de adelante ascienden, las posteriores descienden. —Lula dibuja una libélula en la tierra—. Ves, éstas las mueven unos músculos y éstas otro grupo distinto de músculos.

—¿Y el helicóptero funciona así?

—No, pero tiene una técnica similar. Además, las libélulas cuando están paradas no pueden plegar las alas a los costados como el resto de insectos, las tienen que tener en esa posición siempre.

—Yo he visto libélulas con las alas pegadas al cuerpo.

—Eso son caballitos del diablo, unos parientes cercanos.

Fadil frunce el ceño, parece inquietante que unos insectos sean los tiovivos del diablo. Lula sonríe, sabía cuál iba a ser su reacción y le divierte verlo así, asustado ante la duda de lo místico o esotérico.

Agotado el tiempo del alumno, la avioneta empieza a vislumbrarse. Está a punto de llegar su momento y se tensa. Le aprieta la mano e incluso se mete sus dedos en la boca cuando toma tierra. Salva se acerca con el chico, mientras le explica algunas mejoras para hacer el vuelo más suave. Fadil se levanta y da unos pasos hacia delante, no está educado para manifestar miedo ni complejos delante de otros hombres, así que se comportará con valentía, aunque sus gestos y su mirada delatan nerviosismo e inseguridad.

—Lo dicho, el día es perfecto para volar, te va a encantar. —Salva le da unas palmaditas en la espalda y le indica que le siga.

Esta vez ella también siente vértigo, el estómago se le encoge al ver la avioneta despegarse de la tierra y su terror aflora. Sabe que él está ahí, que depende del piloto y de la máquina.

La sensación de impotencia la invade como si fuese ella misma la que está dentro, el cuello se le llena de manchas rojas y le cuesta respirar. Entonces es consciente de que le queda mucho camino todavía por recorrer para luchar contra su fobia.

Cuando Fadil baja de la avioneta, grita su nombre, está lleno de emociones y las tiene que compartir, la llama con la mano para que se acerque y aplaude como cuando la encontró en el puerto.

—¿Has visto?, ¿me has visto? He volado, he volado. Ha sido increíble. He subido muy alto y hasta me ha dejado la palanca un momento. He llevado la avioneta y ha sido la mejor experiencia de mi vida.

Fadil habla y ríe, sus elegantes movimientos se trasforman en ademanes alborotados, cargados de una tensión que necesita liberar.

—A ver si la convences y un día se atreve —le dice a Salva con un gesto de confianza.

Lula mira al suelo, sabe que no está preparada todavía, la tensión que alberga dentro la rompería.

En el camino de vuelta Fadil se convierte en un monólogo exaltado de todo lo que ha sentido, repite las mismas palabras una y otra vez, no puede retener la emoción dentro.

Una alarma suena en un almacén cercano al helipuerto. Cuando pasan por delante, él le dice que pare un momento. Lo ve trepar como un gato por encima de unos contenedores y hasta por una pared de ladrillos. Baja de un salto. Coge unas piedras y con una asombrosa puntería rompe la alarma, que deja de sonar con la primera pedrada.

—¿Por qué has hecho eso?

—¿El qué?

—¿Por qué has roto la alarma?

—Es un local abandonado, he mirado y no hay nada dentro, se les tiene que haber olvidado desconectarla y puede estar sonando durante días. No pasa nada.

Lula conduce extrañada, se fija en que ni siquiera se ha manchado la ropa, ha trepado con una agilidad que nunca había visto. Él, por su parte, continúa con su relato del vuelo, esta vez centrado en el aterrizaje, en cómo ha sentido las ruedas contra la tierra en un golpe suave.

Se pregunta si Adrián también trepará como un gato por los muros, junto a él, si tendrá esa habilidad que nunca antes había visto, qué tipo de relación los unirá en los tejados. Recuerda a su primo subiendo por los pinos con la agilidad y la torpeza de los demás niños, con las limitaciones propias del ser humano. Lo que acaba de presenciar parece de otra naturaleza, quizá producto de años de entrenamiento, pero el desafío a la gravedad de aquel cuerpo encaramado al muro es toda una acrobacia a la que él resta importancia.

Lula observa sus manos, grandes, fuertes. Su calzado ni siquiera es deportivo, lo que dificulta su capacidad trepadora. Le gustaría preguntar, pero prefiere no hacerlo y continuar con el pacto de silencio. Piensa en que las habilidades que cada uno desarrolla en la vida son un misterio para quienes no las poseen.

XXXIV

Hay un coche aparcado junto a la verja. Se acerca despacio, puede ser el coche color plata que alguna vez la ha seguido, no está segura, pero ese vehículo le es familiar. Frena a unos metros y baja del todoterreno. Dos hombres salen a su espera, son bajitos y jóvenes, uno moreno con facciones duras y otro rubio, más angelical.

—Buenos días.

—Buenos días, ¿es usted la propietaria de la casa?

—No, es mi abuela.

—Pero vive aquí desde septiembre, ¿no es cierto?

—Oiga, ¿qué es lo que quieren?

—Pues —el moreno se saca una carterita del bolsillo y le muestra una placa de policía— queremos que nos acompañe a comisaría.

—¿A comisaría? No entiendo, ¿por qué les tengo que acompañar a comisaría? —Lula se queda perpleja.

—¿Conoce usted a los kosovares Fadil, Artan y Sami?

—Los conozco, los dos últimos han trabajado para mí, me arreglaron el jardín hace unos meses.

—Y con el primero mantiene usted una relación sentimental, ¿no es cierto? —interviene el rubio.

Lula se queda callada, tiene las llaves del coche en la mano, así que se gira y se dirige a él.

—¿Adónde cree que va?

—A coger unas cosas del coche.

—No puede usted coger nada del coche ni de la casa. Tenemos una orden de registro, debe permanecer quieta y cooperar en todo lo que le digamos.

—¿Dónde está la orden? Quiero verla.

El policía moreno se rasca la cabeza y le dice que tienen que esperar, que la está firmando el juez y que en un momento vendrán con ella. Mientras esperan juntos, no le permiten alejarse ni hacer ningún movimiento raro y, sobre todo, no coger nada. Les acompañará a comisaría con lo que lleva puesto en cuanto llegue la orden y registren la casa. Le hace algunas preguntas más y ella no contesta, se queda callada, apoyada en el coche y con los brazos cruzados.

El policía moreno enciende un cigarrillo y da vueltas inspeccionando el terreno. El otro le dice que entiende que esté confundida, pero que todo esto acabará pronto si ella está dispuesta a contar lo que sabe, que no van a por ella, pero necesitan su declaración y todo habrá terminado. Además, le advierte que su compañero tiene poca paciencia y que es mejor hacer lo que dice, incluso se ofrece a estar a su lado y ayudarle mientras dure el proceso.

—¿Así que tú eres el poli bueno y él el poli malo? Pensaba que esto sólo pasaba en las películas. La verdad es que sois perfectos para el papel. —Lula no lo dice con ironía, sino con naturalidad.

Él sonríe y le pregunta a qué se dedica, se esfuerza por mantener una conversación mientras espera a que lleguen los de la orden judicial.

—¿Sabes? Tienes cara de ángel.

—Gracias, pero el que se llama Ángel es él. —El policía señala a su compañero—. ¿Eres arquitecta?

—Si ya sabes lo que soy, ¿para qué me lo preguntas? Imagino que me habréis investigado, os he visto seguirme con el coche y aparcados delante del ultramarinos de Celia. Erais vosotros, claro. Y te voy a decir una cosa, que eso, lejos de molestarme, me tranquiliza. —Lula adopta una pose relajada—. ¿Y tú qué, lo de ser poli es algo vocacional?

—En realidad estudié Biología, pero acabé presentándome a las oposiciones para tener algo fijo. Pero no creas, eso de estar así charlando con una persona como tú no es muy habitual, normalmente tienes que detener a gente más agresiva, que generan tensiones.

—¿Quieres decir que estoy detenida? —Lula clava sus ojos azul grisáceos en él.

—Así es.

—¿Y por qué estoy detenida? —Su mirada helada se potencia.

—Por robo con fuerza.

—¿Eso implica violencia o intimidación de las personas? —Lula hace una pausa y continúa, esta vez con ironía—. Sí, le va mucho a mi carácter, siempre he sido una tía rara.

—Puede que tú no hayas utilizado la violencia, pero sí que has encubierto a quienes la usan.

El tiempo pasa y la orden judicial no llega. Los policías parecen estar acostumbrados a esperar, pues agotan el tiempo con tranquilidad. Empieza a chispear y ella tiene frío. Duda de si pueden hacerlo, pero les sugiere que esperen en la terraza, que por lo menos estén a cubierto hasta que lleguen sus compañeros.

Huele a pino y a ciprés mojado, uno de sus olores favoritos. Los policías miran el rincón de los orines, saben perfectamente lo que buscan. La acompañan hasta la casa y le advierten que tiene que estar constantemente con uno de ellos dos, incluso si va al baño uno de ellos lo inspeccionará primero y la esperará fuera, junto a la puerta, para que no intente escapar. A Lula le empieza a parecer hasta gracioso que el biólogo, a quien ella ha escogido, la siga por la cocina mientras prepara café, se meta con ella en la habitación, cachee la chaqueta de cuero que se quiere poner para estar más abrigada e incluso husmee entre los armaritos del tocador y saque las tijeras de manicura fuera cuando le dice que tiene que usar el aseo. Saben que ella no va a huir ni les va a atacar con las tijeras, pero imagina que es el protocolo, que toda precaución debe de ser poca en su trabajo.

Tras el café, suena la campana. Ángel sale a recibirlos y, ciertamente, dos hombres con traje de chaqueta y pinta de abogados traen la orden, así que entre los cuatro empiezan a remover los cajones de su habitación. Las otras estancias apenas las miran desde la puerta, no les interesan. Se llevan algunas fotos en la que están Fadil y ella, otra junto a Jacinto, entre el movimiento de las alas de una paloma.

—¿Dónde enterraban las cosas? —pregunta uno de los hombres trajeados.

—Al lado de la balsa, detrás de la palmera —responde Ángel—. Lula, ¿tienes alguna azada o algo para excavar?

—Sí, compré varias herramientas el otro día, están en el cuartito trastero que hay al final del pasillo, cuando sales a la terraza, a la izquierda.

—¿Alguna otra parte en la que haya que mirar?

Lula no responde.

—Podemos levantar todo el suelo si te parece, pero va a ser una pena destrozar el jardín, creo que no te va a gustar el panorama que vas a encontrar cuando vuelvas.

—Haced vuestro trabajo tal y como creáis oportuno. Yo lo único que quiero es que esto acabe pronto. No escondo nada.

—Tú no, pero tu novio sí y eso se llama encubrimiento de delito. —Ángel se gira y se dirige al biólogo—. Por lo visto, no va a colaborar, así que no quiero que seas blando con ella. Y si se pone chula, le colocas las esposas, a ver si le sigue pareciendo divertido.

Sacan una herramienta larga enterrada cerca de la balsa. Miran en el rincón de los cactus, pero parecen cansados y están quejosos porque se han ensuciado los zapatos de barro. Han excavado alrededor del algarrobo y tampoco han encontrado nada. Le han preguntado a Lula varias veces dónde esconden las cosas, con un tono elevado, enfadados y calados por el agua de lluvia. Finalmente, Ángel la acompaña hasta el coche. De camino, el biólogo parece haber dado con algo más junto a los cactus, unas bolsas de plástico precintadas con dinero y una caja forrada con terciopelo negro. La abren y descubren una colección de monedas de oro, perfectamente ordenadas, con un librito que parece certificar el valor de todas aquellas piezas antiguas. Monedas con la cara de Felipe V, Isabel II, Alfonso XII, algunas de la II República o del Gobierno Provisional. El estuche tiene varios departamentos, todos ellos forrados de terciopelo, cuando sacan el superior hay otra bandeja de monedas perfectamente conservadas. Comentan entre ellos el posible valor de aquel estuche, cuentan por encima la cantidad de dinero que hay dentro de las bolsas de plástico y lo requisan.

Siguen excavando en aquel recodo de agujas y encuentran una cajita de metal, está oxidada y sucia. La limpian con la mano para dejar al descubierto unos dibujos infantiles. Dentro, hay pesetas, algún collar con bolas de colores y pulseritas hechas con cristales. Envueltos en papel de seda hay un conjunto de pendientes, pulsera y un anillo de oro, junto a un reloj y otro anillo un poco más grande.

—Esa cajita es mía. —A Lula se le empaña la voz—. No os la llevéis, por favor.

—Vaya, ya empiezas a hablar —dice el policía moreno con cierta ironía.

—No tiene ningún valor.

—¿Qué coño significa esto? —pregunta enfadado uno de los hombres de traje.

—De pequeña guardaba ahí mis cosas, ya lo había olvidado. Lo del papel de seda es mi regalo de comunión, eso es todo.

—¿Eso es todo? ¿Y por qué aparece junto al dinero y a la colección de monedas de oro? ¿Por qué están en el mismo sitio?

Lula no contesta, vuelve a su pose de efigie, con la mandíbula apretada y el agua empapándole el largo cabello.

—Creo que vas a tener que contestar más preguntas y a tener más problemas de los que imaginas.

Estira la mano para que le den su cajita, sólo quiere recuperarla. Recuerda que Adrián le propuso ahorrar para comprarse juntos el chalé que empezaban a construir junto a las dunas de cal, las montañitas blancas a las que solían ir jugar, convencidos de que así era la nieve. Estaban construyendo dos casas y se acercaban siempre que podían a ver las obras, los ladrillos, las máquinas de cemento, los camiones. Un señor con casco y guantes les explicó la distribución de las habitaciones sobre un mapa y les señaló dónde iban a ir las piscinas, incluso les dijo que si la gente que las compraba tenía hijos de su edad, podrían ir a bañarse y entonces ellos podrían contarles cómo había sido construida. Al verano siguiente, cuando fueron a verlas, se habían paralizado las obras y los vecinos no sabían por qué. A Lula le daba pena ver todo aquello así, sin terminar, silencioso y con los agujeros de las piscinas llenos de escombros.

Fue entonces cuando su primo tuvo la idea de ir ahorrando por si las obras tardaban y ellos todavía tenían tiempo para crecer y comprar una de las casas para irse a vivir allí, de ese modo no tendrían que ir de prestado a bañarse en la piscina de otros. Entonces no les pareció una locura, se lo tomaron en serio y se privaban de comprarse juegos para meter el dinero en aquella cajita. Al final del verano lo contaron y quedaron satisfechos de la cantidad. Si en invierno seguían ahorrando, cada uno traería su parte y la juntarían para ir sumando. Los dos añadieron los regalos que Luciana les había hecho en la comunión y que tenían guardados en casa, pues sus padres tampoco les permitían salir con joyas por si las perdían. Algunas veces sus madres preguntaron por ellas, entonces contestaban encogiéndose de hombros e incluso les echaban la culpa por haberlas perdido o escondido tan bien que no eran capaces de encontrarlas.

—Anota que junto a lo requisado estaba esa caja y déjasela ahí, donde estaba. ¿Os la lleváis a comisaría?

—Sí.

Los hombres se despiden y Lula se sube en la parte trasera del coche plateado, junto al biólogo. Pasan por la puerta de El Palmar, no se ve a nadie trabajando. Se estremece, le gustaría que Toni estuviera cerca. El policía la mira de vez en cuando, percibe su tristeza, que su estado de ánimo ha cambiado, no porque la detengan, sino por el significado de haber encontrado la cajita. De vez en cuando, su mirada se pierde en algún punto del infinito, a través de la ventanilla, mientras se aleja de su casa y de su pueblo.

XXXV

Entran en la comisaría. La pintura de las paredes, el mobiliario y la luz hacen de ella un sitio algo siniestro para trabajar, sin embargo, se respira tranquilidad, lejos del ritmo que Lula había imaginado.

El policía moreno le pide el bolso y lo registra, se entretiene con un díptico donde Salva le ha marcado el horario en que está disponible y las horas de las clases teóricas.

—¿Te gusta volar?

Lula mira hacia otro lado.

—No entiendo por qué una chica como tú puede ir con alguien como Fadil. Vale, tiene un cuerpo espectacular, es dos veces yo, pero esa gente está bastante vacía, son muy incultos, ¿no? Tú no pareces una de esas que sólo dan importancia a lo físico.

—No me importa lo que yo parezco o dejo de parecer, no me interesa la gente y sus opiniones sobre mí.

—Lo digo porque eres una mujer con clase, algo rebelde, pero se nota que eres de buena familia.

—Y eso ¿qué tiene que ver ahora?

—Pues que él es un maldito ladrón —Ángel levanta la voz—, vienen a nuestro país con su formación paramilitar y saquean los polígonos industriales, a la gente que trabaja y que genera trabajo, a las fábricas de los azulejeros de la zona y no sé hasta dónde llegan porque su radio de acción es muy amplio. Están perfectamente organizados y son una lacra para nuestro sistema.

—¿Así que eso es lo que hacen? ¿Roban fábricas?

—No te hagas la estúpida conmigo, ni se te ocurra. —El poli la señala con el dedo, amenazante. Se levanta y da vueltas hasta que se vuelve a sentar frente a ella—. Joder, no sólo nos roban el dinero sino también a las mujeres guapas.

Después de esa última frase, Lula prefiere permanecer callada ante aquel proyecto barato de policía malo. Se relaja, de todas las opciones que había pensado (terrorista, traficante, asesino o ladrón), aquella era la menos grave.

—¿Se supone que tengo derecho a una llamada? Quiero hablar con mi abuela para decirle que no me espere esta noche.

—Por si acaso, dile que ni esta noche, ni mañana ni al otro.

—¿Cómo? No me podéis retener aquí.

—Claro que podemos, hasta setenta y dos horas, todo dependerá del grado en el que colabores. ¿Has dormido alguna vez en una celda? Pues ve haciéndote a la idea.

Un policía vestido de uniforme le pide que lo acompañe. Le toman las huellas dactilares y le hacen una foto de cara y otra de perfil. Después, la llevan a un despacho donde un inspector entrado en los cincuenta le pide que se siente para hacerle unas preguntas. Quiere saber desde cuándo conoce a Fadil, qué sabe de la actividad que desarrolla, si le ha regalado alguna vez algo de valor, por qué escondían las herramientas y el dinero en su jardín, si le ha facilitado la dirección de alguna fábrica. Lula pregunta si le van a asignar algún abogado de oficio y le contestan que en el mejor de los casos quizá mañana aparezca un abogado, pero que si quiere marcharse antes, puede decirles lo que sabe y colaborar con la policía.

—Esperaré a mi abogado.

—Bueno, pues esperarás abajo. —El hombre se quita las gafas y utiliza un tono sarcástico—. Enséñale el hotelito y que se acomode porque va a pasar ahí unos cuantos días. —Se ríe—. Seguro que le encanta el servicio de habitaciones. Y mañana me la subís, a ver si cambia de opinión y nos cuenta lo que sabe.

Cuando salen del despacho, se abre la puerta del ascensor y salen Fadil, Sami y Artan, que se quedan atónitos cuando la ven allí. Van esposados y los policías que los custodian llevan pesadas herramientas manchadas de barro. Fadil se gira y la mira a los ojos, son apenas unos segundos, pero para Lula los de mayor comunicación visual de toda su vida. Ha entendido el desconcierto en su mirada, el dolor por ser el responsable de que ella esté ahí, las ganas de transmitirle calma, amor.

Cuando bajan las escaleras, se abre ante ella un pasillo estrecho, a su derecha hay una fila de celdas y a su izquierda una pared con ventanales en lo alto, por donde se ven los zapatos y un trozo de las piernas de quienes pasean en libertad por fuera.

Baja una mujer rolliza y le dice que pase a un cuartito y que se quite toda la ropa, que la va a examinar. Entonces escucha al policía biólogo bajar por las escaleras y pedirle que no la meta en la celda de mujeres, que la meta en la de niños, que no es una delincuente. Lula deja incluso de respirar hasta que escucha: "«Está bien, porque está vacía, pero si viene algún menor la sacaré y la meteré con las demás».

—Quítate también las bragas y date la vuelta —dice mientras se pone unos guantes de látex.

—¿Es necesario?

—Haz lo que te digo, necesito saber si llevas estupefacientes.

Le explora la vagina y el ano y le ordena que se vista y que no se demore, que coja una colchoneta de las que hay apiladas a su izquierda y que la siga por el pasillo. En el primer habitáculo aparece una ducha, pero sin puerta, y un retrete. Después, la celda de mujeres, donde dos chicas la observan con detenimiento. Pasan de largo, a continuación hay una celda vacía y al fondo dos más. Le abre la reja y le dice que pase, que ahora le traerá una manta.

—Oye, ¿qué coño pasa con ésa? ¿Por qué la encierras en la celda de menores? ¿Qué pasa, tía? ¿Eres una jodida terrorista o qué? —grita una de las chicas de al lado.

La policía regresa con dos mantas y una almohada y Lula le da las gracias. La mujer la mira sorprendida, por lo visto no está acostumbrada a que nadie allí le agradezca nada.

—Oye, tú, no me has contestado, ¿por qué coño no te han metido en la celda de mujeres? ¿Me vas a contestar o no?

—Déjala en paz —le grita la otra chica—, ¿a ti qué mierda te importa?

—Yo no quiero estar aquí abajo con una terrorista, me escucháis, ¿eh?, ¿alguien me escucha?

—Tranquila, no soy ninguna terrorista. —Lula le contesta con voz seca.

—¿Entonces, por qué no te han metido con nosotras?

—No lo sé, es la primera vez que estoy aquí, no tengo ni idea.

—Venga, va, déjala ya —se escucha una voz masculina que proviene de las celdas contiguas—, que te rayas con todo, tía, que estás rayada porque tienes el puto mono.

Lula pone la colchoneta sobre el banco y se sienta con las piernas apretadas al cuerpo. Le da aprensión taparse con la manta, prefiere abrocharse la chaqueta de cuero hasta el cuello. Cuando baja la adrenalina de su cuerpo y se relaja por fin, se tapa. Allí no hay calefacción y la noche va a ser muy larga.

Se escuchan pisadas que bajan las escaleras y la orden de que se metan en el cuartito y se quiten toda la ropa. Tras el examen, se acercan hacia las celdas. Fadil, Artan y Sami pasan acompañados de dos policía. Se vuelven a mirar con intensidad, pero no hablan. Los han puesto en la celda contigua, sabe que está allí, al otro lado de la pared.

Cuando los policías se retiran, ve su mano asomarse por los barrotes. Lula se levanta y la coge, se la lleva a la cara y la besa.

—Por lo menos desde aquí puedo tocarte, aunque no nos podamos ver. Mejor porque no puedo soportar la vergüenza de que estés aquí por mi culpa. ¿Qué ha pasado? ¿Qué te han dicho para detenerte? No pueden hacerlo, tú no tienes nada que ver con esto.

—Quieren que testifique en vuestra contra, que cuente lo que sé. Me estaban esperando en la verja, registraron el rincón de la palmera enana y no sacaron más que una herramienta, una piqueta o algo así. Pero después se fueron a los cactus y allí desenterraron una bolsa con mucho precinto y dinero, no sé cuánto dijeron que había, hablaban entre ellos en voz baja, también han confiscado un estuche grande lleno de monedas antiguas.

—No te preocupes, eso no tiene importancia, no tienen nada contra nosotros, saldremos de aquí sin problemas. Lo único que me duele es haberte metido en esto, no me puedo consentir que te hagan daño, te lo prometí.

—Oye, ¿tu novia es una terrorista o qué? —grita la chica de antes.

—Cállate de una puta vez, tía, que estás rayada —contestan desde la otra esquina.

—Me han puesto en la celda de menores y quiere saber por qué. Ya le he dicho que no soy una terrorista, pero parece que no la he convencido.

—Lula, escúchame, a nosotros seguro que nos retienen setenta y dos horas, pero tú saldrás antes. Jacinto no puede estar tres días sin comer, está muy débil. Han registrado la casa y no se ha podido ni levantar el hombre. Me han dejado darle algo de pan y unos plátanos antes de venir a la comisaría, pero si no se los pelo yo y se los troceo, no se los come. Tienes que salir mañana mismo, tengo miedo de que se caiga por las escaleras, le suponen mucho esfuerzo, pero las sigue subiendo, ya sabes que subir al tejado es su vida.

—¿Me dejarían hacer otra llamada?

—No, sólo una. No puedes comunicarte con el exterior hasta que salgas.

—Mañana vendrá un abogado de oficio para que me tomen declaración. Quizá después me dejen marchar. Podría estar en tu casa a mediodía, prepararle la comida y a las siete en punto ayudarle a subir.

—Sí —Fadil le acaricia la mano—. Ven, saca más el brazo y mete la mano por los barrotes, yo también quiero besar tus dedos. No llegas, bueno, no importa, yo sí que llego a ti. Te quiero, Lula, como nunca he querido a nadie. —Al kosovar la voz se le entrecorta—. Tienes que creerme, el dolor más grande que tengo es el de verte aquí, el haberte arrastrado a esta celda.

—La soltarán mañana, no te preocupes, seguro que larga todo lo que sabe y la sueltan —interviene Artan.

Fadil discute con su amigo en su idioma, está alterado, levanta la voz.

—Vuelve aquí, no me sueltes de la mano —le pide Lula—. ¿Cómo sabían dónde guardabais las cosas?

—Nos siguen, nos pinchan los teléfonos, imagino que esta semana estos dos han hecho mucho ruido por tu casa. —Fadil se gira para hablar con Artan—: Teníais que haberlo sacado todo de una vez, pero habéis estado yendo y viniendo como dos idiotas.

—¿Y por qué no os lo llevasteis todo? ¿Por qué dejasteis el dinero y las monedas?

—Eso no es nuestro —explica Fadil—, por eso lo dejamos allí.

A Lula se le hace un nudo en la garganta, sabe que es mejor no seguir hablando, mañana tendrá que hacer frente a un montón de preguntas y prefiere permanecer sumida en la ignorancia, ser la isla que prometió ser.

—Es de Adrián, ¿verdad? —No puede evitar la pregunta.

Los kosovares no contestan y ella no vuelve a insistir. Quizá su primo haya seguido guardando allí el dinero para, algún día, poder comprar la casa de sus sueños. Siempre tuvo claro que pertenecía a esa tierra, que es allí donde quería estar. Lo que no llega a comprender es que una persona tan idealista, que quería cambiar el mundo, que se manifestó contra todo lo que era una burla al pueblo hubiera acabado formando parte de un grupo de ladrones del Este y enterrando su fortuna junto a la cajita de la comunión. Le parece tan patético.

Introducen la cena por los barrotes: unas bandejas de plástico cubiertas que todavía conservan cierto calor. No huele bien, así que Lula no se atreve a comer, simplemente la deja en el mismo sitio para que la retiren. Se tumba y se tapa. Tiene frío. Fadil da golpecitos en la pared y ella le responde. Cuando apagan las luces, tan sólo se filtra un trozo de mundo por las ventanitas que están situadas en lo alto de la pared de enfrente. Ve las suelas de los zapatos, las medias de las mujeres a las que los abrigos largos cubren las rodillas. Imagina las luces de la ciudad, la gente que se cruza en ese retazo de calle y que van camino a casa después de una cena con amigos, de un paseo o de una acumulación de trabajo en la oficina. El vaso de agua, el cuerpo caliente de Adrián pegado al de ella cuando le decía que no podía dormir, el refugio nocturno de *Alfonsina* en la terraza, el olor del té que estará preparando Simón, el abrigo de su estufa.

XXXVI

El desayuno contiene una bolsita cerrada con galletas. Lula se las engulle con hambre y Fadil le pide a Sami y a Artan que les den las suyas, recoge todos los paquetitos y se los pasa por los barrotes; saben que no probará otra cosa. Ellos conocen la comida del calabozo, es mala, pero tienen que comérsela. A pesar de todo, ayer Artan llamó al guardia para que le abriese la puerta y vomitó la cena, una especie de raviolis pequeños cubiertos por una salsa de un rojo intenso. Gritó diciendo que parecía que hubiese vomitado sangre y los de las demás celdas se rieron. Cuando volvió a pasar por delante de Lula, la miró desafiante. Su rabia contra ella no había cambiado, ni siquiera en aquella situación en la que deberían estar más unidos, ni siquiera allí abajo.

Hay trasiego de gente. Se llevan a declarar a la chica que le preguntaba si era terrorista. Antes de marcharse, el chico de la otra celda, que comparte con Sami, le grita repetidas veces:

—Cállate la boca, ¿me oyes? He dicho que te calles y no sueltes nada, tía.

—Cállate tú de una puta vez —le contesta ella a gritos—, diré lo que me dé la gana. Ahí te quedas, desgraciado, con esos terroristas, a ver si te vuelan la cabeza y te pierdo de vista para siempre.

—No se te ocurra hablar, ni se te ocurra. —Él golpea algo contra los barrotes.

Pasan las horas y no llaman a Lula. No ha tocado la bandeja de la comida, pero todavía tiene un paquetito de galletas del desayuno para engañar al hambre. Se ha vuelto a dormir y, cuando se despierta, no sabe qué hora es, les han quitado todos los objetos: relojes, pulseras, cinturón. Empieza a oscurecer de nuevo. Un policía joven se para frente a su celda y la llama.

—Eh, acércate. ¿Qué hace una chica como tú aquí? ¿Qué pasa, te han pillado con droga o qué?

—No, no es eso.

—¿Entonces?

—Estoy aquí por un error.

—Ya, eso decís todos. Te voy a pasar a la celda de las mujeres, por si esta noche viene algún menor; no podemos tener esta celda ocupada por un adulto.

—Pero el poli del pelo rubio, el que es compañero de Ángel, dijo que me quedase aquí. Oye, ¿sabes por qué no me llaman a declarar ya?

—Te llamarán cuando venga tu abogado. Va, coge tu colchoneta y tu manta, que te vienes a la celda de mujeres.

Cuando sale, aprovecha para mirar a Fadil, que está agarrado a los barrotes escuchando la conversación que ella mantiene con el policía. Él le pide que no la traslade, que no la pongan con las yonquis.

—Ya, ya me he dado cuenta de que no es como las otras, pero esta celda tiene que estar libre. Tú debes de ser la que devuelves las bandejas sin abrir, tienes que comer algo, estás muy delgada.

—Ellos me dan las galletas del desayuno y me las voy racionando a lo largo del día, con eso es suficiente, gracias.

La yonqui de la celda le sonríe, se presenta como María, es joven, está demacrada y le faltan algunos dientes, sin embargo, parece vulnerable, como una víctima de su propia fragilidad. Le cuenta que ella no está tan enganchada, que puede dejarlo cuando quiera, que ya ha empezado con la metadona y que pronto retomará su vida para salir de la calle. Lula la escucha atenta, tiene una voz bonita y sonríe a menudo, a pesar de que la vida no parece haberla tratado muy bien. Le cuenta que tiene dos niños que cuidan sus suegros, que a su marido hace años que no lo ve, que antes de meterse en las drogas soñaba con ser maestra, aprender cosas y enseñar a los demás, pero que ahora tiene mala memoria y no se acuerda de lo que aprendió en la escuela, que por eso tampoco puede ser buena madre.

Nunca había escuchado el testimonio de una persona como María, se da cuenta de qué lejos están algunos mundos dentro del mismo mundo.

Fadil se agarra a los barrotes y le pregunta si está bien. Ella le responde que sí, que está mejor allí, que ha conocido a una chica y que le gustar hablar con ella.

Por fin, bajan a por Lula. Todos albergan la esperanza de que, tras su declaración, la manden a casa y pueda ayudar a Jacinto a comer algo y a subir las escaleras.

Arriba, uno de los policías que trabaja en una de las mesas advierte a otros lo fresca que está y el buen aspecto que todavía conserva, como descontento porque no ha subido con miedo y con la cara demacrada. Ella le contesta que es porque tiene la conciencia tranquila y sigue caminando con la cabeza recta, como si no la acabaran de sacar del calabozo. Sabe que ellos creían que una chica con su educación se derrumbaría allá abajo.

El abogado de oficio se presenta como Ramiro y le estrecha la mano. Le pregunta si se conocen: la ha confundido con una colega y cuando le dicen que es la mujer a la que tiene que defender, se sorprende. Se queja de lo tarde que es y que espera que le tomen testimonio rápido porque está cansado y se quiere ir a su casa. El inspector no domina las nuevas tecnologías, no acierta a entenderse con el ordenador. Cuando empieza a escribir es peor, lo hace con los dedos índices y tiene que buscar las letras en el teclado. Ramiro suspira y con la mano se retira el flequillo, sabe que va para largo. Empiezan las preguntas, que quedan impresas en el papel virtual con un compás desesperante, tanto es así que la misma Lula se ofrece a escribirlas bajo su supervisión. El funcionario duda, pero sabe que no puede hacerlo. Tendrán que aguantar su ritmo.

Su discurso es claro y resulta evidente que en ningún caso facilitó direcciones de ninguna fábrica a los kosovares, que no sabía de la existencia del dinero y que sí que sacó herramientas de detrás de la palmera enana, que le sorprendió encontrarlas allí, pero que como hacía años que no pisaba la casa no le dio demasiada importancia.

—¿Qué relación tienes con tu primo Adrián?

La pregunta no le coge por sorpresa y contesta que hace años que no lo ve, que alguna vez ha ido a visitar a su abuela, pero que no han coincidido.

—Sabemos que él ya no les facilita información a los kosovares sobre las fábricas y los empresarios que guardan dinero negro en las cajas fuertes. ¿Has venido para ocuparte de eso?

—No, desde luego que no.

—Entonces, ¿por qué una mujer como tú iba a abandonar su carrera e iba a venir aquí?

—Esa decisión es absolutamente personal. A ellos los conocí porque trabajaron para mí unos días, ayudándome con el jardín, después me presentaron a Fadil, nada más. Además, ¿cómo voy a tener yo información de personas de esta comunidad si vengo de otra y aquí no tengo relación con nadie?

—Tu primo tiene un restaurante muy frecuentado por empresarios, donde se cierran importantes negocios con políticos y gente relevante, parece ser que él está al tanto de todos los movimientos de dinero de la zona, sabe quiénes gastan más en comidas lujosas, en putas y quiénes son los que queman más pasta. Ésos son los que guardan cantidades de dinero negro en las cajas fuertes que son desvalijadas por las mafias organizadas del Este. Como los empresarios no pueden declarar el dinero negro cuando hacen la denuncia policial, únicamente declaran los daños por los destrozos ocasionados por los butrones, la sustracción de ordenadores y material y cantidades de dinero que, según tengo entendido, no son ni la tercera parte de lo que ellos se llevan. Ahora que él parece que ya no quiere seguir colaborando con Fadil, tal vez te encargas tú del asunto.

—¿Yo? Pero si vine de Madrid en septiembre, es ridículo pensar eso.

—Lo que es ridículo es que hayas dejado tu trabajo para venir aquí. ¿A hacer qué? ¿A enriquecerte a costa de la gente que da trabajo a otros? Imagino que vaguear por el campo y la playa y dar información a estos delincuentes es una manera más fácil de ganar dinero que madrugar todos los días, ¿no? —El inspector levanta el volumen—: Que sepas que aunque Adrián se haya retirado, tiene un juicio pendiente, que esos kosovares han estado varias veces en la cárcel y que tienen un montón de antecedentes por robo con fuerza y que tú estás metida en todo esto.

—No, no es así.

—¿Qué coño no es así?

—Que yo no estoy metida en nada de lo que me está contando. Conocí a Fadil por casualidad, no porque me lo presentara Adrián, entre otras cosas, le repito, porque no he visto a mi primo desde hace años.

—¿No les has guardado pasaportes falsos en tu casa? ¿No les has visto enviar cantidades de dinero a su país?

—Ni les he guardado pasaportes falsos, ni les he visto enviar cantidades de dinero a su país, ni les he facilitado nada, ni soy una encubridora de ningún delito. —Lula niega todos los hechos de los que la acusan.

—¿No te has beneficiado de ningún robo? ¿Te ha regalado cosas?

—No.

Se queda rígida en la silla mientras Ramiro la mira interesado en su pose fría y satisfecho de cómo ha zanjado la declaración. Antes de hablar con el inspector, el abogado le advirtió de que si había hecho algo o si sabía algo, no lo dijera, que les mintiese, que se buscasen la vida para encontrar pruebas, pero que no les facilitase el trabajo ni delatase a nadie. Ella le intentó contar que desde que llegó vio cosas extrañas y él la frenó porque no quería saber nada, simplemente que dijera que es inocente y que testificase de un modo inteligente, que no consiguieran ponerle nerviosa y que no cometiese errores.

—Entonces, ¿no tienes nada más que decir? ¿Nunca te ha hecho ningún regalo? ¿Nunca te ha entregado dinero?

—Nunca. —Refuerza la negación con la cabeza.

Cuando acaba de tomarle declaración, le pide que firme y llama para que la vuelvan a bajar al calabozo. Lula les suplica que la dejen marchar, les dice que tiene que atender a un hombre enfermo de cáncer que está en estado terminal, que se morirá si ella no sale. Le pide a Ramiro que le ayude a hacerles entender la situación, que no es por ella, que hay una vida en juego. Sus ruegos no sirven de nada, es muy tarde y no pueden saltarse el procedimiento. Tendrá que esperar a ver si mañana le firman el papel que le dará la libertad.

Baja enfadada, rabiosa contra el mundo y su injusticia. En un intento desesperado le ha pedido que le den las llaves que confiscaron de la casa de Jacinto a Ramiro, que vaya él, que le dejen darle algo de agua y alimento. También se lo han denegado, a pesar de que el abogado estaba dispuesto a buscar la casa y asistir al viejo.

—Fadil, Fadil, ¿me oyes? —grita mientras la vuelven a encerrar—. Fadil, no me han dejado marchar, no me han dejado, no sé qué hacer, le he pedido al abogado que vaya, pero tampoco quieren darle las llaves. Fadil, ¿me oyes? Fadil.

—Te ha oído, pero está muy afectado. —Artan le contesta desde la celda que comparten.

—Fadil, por favor, dime que me escuchas.

—¡Deja de gritar de una vez! —replica Artan—. ¡Tenías que haber salido ya de aquí!

—Cállate —le grita Lula—, cállate, cállate, cállate. —Su voz va perdiendo intensidad en la oscuridad del calabozo.

XXXVII

Ha tenido que dormir dos noches más allí abajo. Al final los han retenido casi las setenta y dos horas que tenían de máximo. La segunda noche, de madrugada, encerraron a otra yonqui en su celda, una joven guapa y muy violenta que exhibía una pequeña navaja, pues a esas horas no había ninguna mujer policía para cachearla a fondo y la metieron sin asegurarse de que no llevaba ningún tipo de arma o estupefacientes. Armó mucho jaleo, insultó a los policías, se movía como una gata enjaulada y hasta le gritó varias veces a María, la otra yonqui, que intentó calmarla en vano. Lula no pudo dormir porque la nueva chica le inquietaba, parecía algo trastornada, poseída. Le llamaba la atención que una mujer tan bella estuviese llena de tanta cólera y vulgaridad. Por suerte, se la llevaron por la mañana, tras fingir que sufría un ataque de ansiedad. No regresó y la tranquilidad volvió para ella y para María, que se atemorizaba cuando la otra gritaba, acurrucada y con las manos en la cabeza como protegiéndose por si la golpeaba. Probablemente había sido una mujer maltratada y demasiado débil como para moverse en ese mundo de fieras.

Cuando llaman a Lula, el señor que le tiene que firmar el papel que le dará la libertad ordena que la esposen. El policía joven que la ha subido, el mismo que la metió en la celda de las mujeres y que había ayudado a Fadil a recoger los paquetitos de galletas para que comiera algo, advierte que no es necesario, que no es peligrosa.

—He dicho que le pongas las esposas —corta tajantemente el hombre.

Le cuesta firmar con las muñecas juntas y, por fin, se las quitan, recoge sus cosas y la acompañan a la puerta de salida.

En la calle, una voz pronuncia su nombre. Lula se paraliza, apenas tiene fuerzas, pero mucho menos para enfrentarse a aquello. Está sucia, con la misma ropa con la que ha dormido las tres noches, hambrienta, débil. Se le hace un nudo en la garganta y rompe en llanto. Adrián se acerca y la abraza. La aprieta tan fuerte que le crujen los huesos de su espalda dolorida, mientras el llanto se abre paso goteando en su pecho.

—Llevo aquí fuera tres días esperando que salieras, sentado en esas escaleras, en el coche, desesperado, sin saber qué hacer. Lula, ¿podrás perdonarme?

No puede contestar, tan sólo quiere estar ahí, acurrucada en su pecho, simplemente respirar abrazada a él, sentir su olor.

—Te he amado toda mi vida, lo sabes, pero el miedo fue más grande que el amor, no sé en qué momento pasó, pero siempre te he llevado conmigo, todos estos años he querido saber cómo estabas, si todavía sentías algo por mí. He deseado verte todos los días de mi vida, que sólo han tenido sentido porque pensaba en ti, porque tú existías, como ha sido siempre, desde que nací. —Adrián le coge la cara—. Lula, por favor, mírame.

Niega con la cabeza, quiere estar en esa postura, oculta a sus ojos grises, mientras la respiración se va recuperando del llanto.

—Pensé que habías vuelto por mí, que lo habías dejado todo y yo estaba dispuesto a recuperar lo que teníamos de niños, pero Toni me dijo que andabas por ahí con Fadil y entonces te odié, te odié con todas mis fuerzas, te odié por romper todas mis ilusiones, por amarle en los sitios en los que nosotros nos amamos y que nos pertenecían. No quería entender que no habías regresado por mí, sino por la casa. Te odié tanto que quise que te marcharas, tú, la casa, nuestros recuerdos, todo, que desaparecieras para siempre. Te odié y odiaba que estuvieras tan cerca y al mismo tiempo tan lejos, pero te seguía amando con locura, te miraba a veces, me asomaba a la verja, incluso miré tu colección de dibujos por si me habías pintado alguna vez. No sé, fuimos tan perfectos que deseaba un reencuentro perfecto, un amor perfecto y ya era tarde para todo eso. —Adrián le acaricia el pelo—. Ahora entiendo que lo único perfecto que existe es poder abrazarte, sólo eso, lo demás es absurdo. Ya no somos lo que fuimos, pero somos nosotros, Lula, tú y yo.

Se siente mareada, suspendida en sus brazos, ingrávida. Por fin Adrián logra mirar sus ojos azules. Entonces, se quedan en silencio, serios, con los cuerpos abrazados.

—¿No vas a decir nada?

Ella vuelve a negar con la cabeza.

Por detrás, Fadil baja las escaleras junto a Sami y Artan. Adrián lo mira desafiante, con rencor, y rompe el silencio con una amenaza, le advierte de que ya no tiene nada que hacer, que se marche del pueblo, que no consentirá que se quede.

Fadil pasa callado por su lado. Le gustaría pedir disculpas a su familia por el dolor ocasionado, pero tampoco se atreve a hablar. Artan llama a un taxi, lo agarra del brazo y lo empuja para que suba cuanto antes.

—Lula, vamos —Adrián la coge por la cintura—, te llevaré a casa de la abuela para que comas algo y descanses.

No sabe qué hacer. Los dos la esperan. Los dos la observan y se observan entre ellos. Su primo se gira para buscar las llaves del coche. Fadil sube al taxi sin dejar de mirar atrás. Adrián mete las llaves en la cerradura. Fadil pega su mano a la ventanilla.

De pronto, grita que la espere, que pare el taxi, que se va con él, que necesita saber cómo está Jacinto. Un beso y una fugaz disculpa la alejan nuevamente de Adrián.

Dentro del taxi, se gira para mirarlo de nuevo. Se ha quedado de pie, junto al coche. No lo pierde de vista hasta que los vehículos son engullidos por la avenida. Sumergida en algún punto de la ventanilla, imagina cuántas veces la habrá observado desde lo lejos y cuánto dolor puede esconder el amor más puro. Recuerda las palabras de Simón: «que las lágrimas del amor son las más densas porque no salen de los ojos, sino de la propia sangre que bate el corazón. Por eso, aunque cristalinas, tienen otro peso».

Fadil va cogido de su mano, habla en su idioma con Artan con un tono enfadado, ajeno a los sentimientos que aquel encuentro ha despertado en ella.

Adrián le ha gritado que se marche del pueblo, que ya no tiene nada que hacer. Lula se pregunta cuánto poder tiene sobre él.

—¿Cómo conociste a mi primo?

—Por otro kosovar, me dijo que él me daría la información que necesitaba.

—Y Antonio, ¿qué tiene que ver con todo esto?

—Nada, absolutamente nada. —Fadil se tensa—. Antes del verano, Adrián decidió dejar de pasarnos información, no sabemos por qué, no nos dio razones, sólo nos pidió que nos marchásemos del pueblo, más bien nos lo ordenó como si fuera nuestro jefe. Pero ahí se equivocó, nuestros informadores no son nuestros jefes, simplemente son parte de la estructura que necesitamos. Si no tenemos a nadie que nos diga dónde actuar, no pasa nada, sabemos encontrar las fábricas, pero con ellos es más fácil, nos ahorra mucho tiempo de búsqueda, podemos ser más rápidos y cambiar de zona antes de que la policía tenga demasiadas pruebas. Artan sabía que él tenía un amigo importante, incluso se había enterado de que por El Palmar se blanqueaba dinero y se hacían trapicheos con políticos y constructores que querían potenciar esa zona y empezar a edificar, que especulaban con esas tierras. Antonio era el único al que tu primo protegía, a todos los demás los dejaba con el culo al aire para que nosotros les abriésemos las cajas fuertes. Pero a él no, había que respetarlo, así que después de romper el trato con nosotros, Artan se presentó en su casa y se ofreció para trabajar en las cuadras. Cuando tu primo se enteró de que andaban por ahí, debió de avisar a su hijo para que regresara de Francia y protegiera a su padre. Seguramente no tenían ni idea de que Adrián estaba metido en esto, puede que ni siquiera ahora lo sepan, él es muy listo.

—Así que también habéis robado en El Palmar.

—No, yo no lo hubiese consentido, pero Artan a veces actúa por su cuenta, imagino que he estado demasiado ausente cuidando de Jacinto y se me ha ido de las manos. Tendríamos que habernos marchado ya, es arriesgado estar tanto tiempo en un mismo lugar porque alquilamos los coches y la gente se extraña de que los tengamos tantos meses, nos ven por el pueblo, hacen demasiadas preguntas, pero yo no quería marcharme y Artan necesita tensión, ya sabes cómo es.

—¿Y cómo conociste a Jacinto y te fuiste a vivir con él?

El camino hasta el pueblo es largo, el taxista también escucha, interrumpido de vez en cuando por el chisporroteo de la radio, que demanda taxis por la zona para que recojan a clientes a domicilio.

—Adrián cogía parte del dinero que repartíamos para la gente del pueblo que no tiene posibilidad de vivir con dignidad. Cuando la hija de Jacinto se marchó, nos preguntó si conocíamos a alguien que cuidase de personas mayores; hay algunas mujeres del Este que vienen a buscarse la vida y él les paga con ese dinero para que cuiden de los viejos, pero entonces todas estaban trabajando y nadie se podía hacer cargo. Me ofrecí yo a cuidarlo y él se rió, no se lo creía, pero es que en el fondo lo admiraba y lo envidiaba, quería ser como él, hacer algo bueno por los demás. Mira, nosotros mandamos casi todo el dinero a nuestras familias para que nos hagan una buena casa, monten algún negocio y cuando regresemos no tener que volver a salir a robar. Allí muchas cosas se pagan al contado y nos van pidiendo dinero para acabar el tejado, para las puertas, para todo, Kosovo es diferente, allí no hay tantos créditos bancarios como aquí, allí sólo vale el dinero contante y sonante. Lo que nos quedamos nosotros lo gastamos en comida, trajes y cosas que acumulamos y muchas veces las dejamos en las casas que alquilamos cuando cambiamos de ciudad. Cuando ganas el dinero fácilmente, también lo gastas del mismo modo, se va en un montón de caprichos, alcohol y fiestas estúpidas. Yo me había cansado de esa vida y creí que ayudar a una persona como Jacinto sería una oportunidad para no sentirme tan vacío ni tan solo, para saber que hago algo con mi parte del dinero que vale la pena, como lo hace Adrián.

Al principio iba un rato los días que me acordaba, pero sabía que no era suficiente y por mi forma de vivir era más sencillo llevarme mis palomas y mis maletas. Empecé a tener un horario de comidas, que hacía años no tenía, un poco de orden, no sé lo que me pasó, pero quería quedarme con él, cuidar de un hombre que no hablaba ni parecía verme por la casa en vez de estar de polígono en polígono con estos dos o perdiendo el tiempo en bares.

Lula se relaja en el sillón, piensa en Adrián, en su olor, en que la expresión de su rostro ya no es aniñada, está más atractivo, lo ha sentido cálido y sereno, hasta el tono de voz le ha cambiado, se le ha vuelto rasgado.

El taxista apaga la radio, probablemente no quiere interferencias para escuchar mejor la conversación.

—Dese prisa, por favor, hay un hombre que está muy grave —le grita Fadil.

—Está bien, está bien, hago lo que puedo.

—¿Puedo preguntar por qué a las siete en punto? —Lula intenta disimular que se le han vuelto a empañar los ojos.

—El día que me mudé, subí las escaleras con mis jaulas de palomas y él subió detrás, de repente me siguió. Eran las siete en punto. Fue la primera vez que sentí que podíamos compartir algo los dos. Se quedó de pie, quieto y cuando le acerqué a *Pristina*, la acarició. Al día siguiente, lo vi remover en su ropa para arreglarse antes de subir, pero sólo tenía trapos viejos y una chaqueta de punto para pasar el invierno. Toda la ropa y perfumes en los que yo antes gastaba tanto dinero no tenían sentido, pero sí que lo tenía salir a buscar ropa de su talla, corbatas, sombreros, llenar su armario porque él nunca había tenido nada y era feliz repasando las perchas, planchando las camisas, poniéndose perfume y sintiéndose un caballero. Ya no pasó un día en que a las siete estuviese perfectamente arreglado para su paseo por los tejados. Yo tenía una paloma más a la que cuidar y alimentar, la que había cambiado mi vida y le había dado sentido, y quería que no le faltase de nada.

XXXVIII

Al abrir la puerta, sienten un olor fuerte. Fadil sube los escalones de tres en tres, se resbala, se hace daño en una pierna, pero continúa su ascenso hasta alcanzar la puerta de su habitación.

Está tumbado, perfectamente vestido, con el traje negro que guardó para cuando la muerte se lo llevara, con el rostro céreo y las manos agarradas al bastón con empuñadura de hueso en la que Bartolo grabó una cabeza de halcón. Los zapatos los ha estrenado para la ocasión, brillantes, con las suelas vírgenes de pisadas. En el suelo, el último tarro de perfume, vacío, como si hubiese esparcido todo su contenido por la habitación o se le hubiese caído de las manos. El armario ha quedado semiabierto, varias corbatas y pañuelos desordenados, quizá agotó sus últimas fuerzas eligiendo la que lleva puesta. Es rosa palo, su color favorito.

Fadil le agarra las manos, están heladas. Se arrodilla frente a él y reza en su idioma. Reza, reza bajito y luego más fuerte, hasta que un grito rompe en su pecho.

Arriba, el golpeteo del aire contra la puerta de la terraza acaba por derrumbarlo. Lula intenta acariciar su cabeza, pero él se aparta y le hace un gesto para que no lo toque. No quiere levantarse, no quiere moverse, simplemente estar allí, junto a la soledad de la muerte, junto al cuerpo de Jacinto, como si todavía pudiera comunicarse con él, como siempre hizo, sin palabras, sin necesidad de hablar.

Lula busca en la cocina un vaso de agua para llevarle. Se aleja y se lava la cara en la pila e intenta sacar fuerzas para no derrumbarse también ella, sabe que tiene que estar para darle apoyo, que se echará la culpa de su muerte y que tendrá que vivir con esa pena el resto de su vida. De nada sirve decirle que tenía un cáncer terminal, murió solo, sin una mano a la que coger, sin él. En el umbral de la puerta, no se atreve a interrumpir de nuevo su rezo, deja el vaso en el suelo, sabe que no tiene que tocarlo, que no debe tocar a un musulmán que reza, así que decide esperarle en la cocina.

En aquel momento, le gustaría tener fe y pensar que se ha marchado a un lugar mejor, en un vuelo plácido. Fadil le abrió su mundo de alas blancas, se lo abría cada tarde allá arriba y él lo amó y lo hizo propio, pues también le pertenecía. Le enseñó a hablar sin necesidad de separar los labios, mientras él aprendía a escuchar las palabras escritas en la mirada. Entendió su hambre, sus gustos, sus manías. El kosovar que decía no saber nada porque no había ido a la escuela se comunicaba con él como nadie lo había hecho. Era una relación de aprendizaje y cariño, de códigos, de tiempos y de tiempo, de respeto.

Encuentra apenas algunos restos de comida en la nevera, no importa, aunque hubiese estado llena Jacinto no tenía fuerzas para llegar hasta allí. Limpia la mesa y los bancos y después intenta recoger los cajones abiertos, los objetos del suelo, todo el desorden que la policía originó durante el registro. Papeles, bolsas, barro, monedas, cristales rotos, ropa, intenta poner cada cosa en algún lugar. La tarde será larga, llama a su abuela, le cuenta lo ocurrido con Jacinto y le pide el teléfono de algún médico que pueda testificar su muerte. Luciana escucha su voz entrecortada e intenta calmarla, le dice que no se preocupe, que ya lo arregla ella, que va a intentar localizar a su hija, por si se quiere hacer cargo del entierro y se digna a aparecer por el pueblo.

—Si no aparece, yo hablaré con don Luis para que se oficie una misa.

—Abuela, no te preocupes por los gastos del entierro, que tenga todo lo necesario.

El campanario de la Ermitaña suena. Son las siete en punto. Lula cuelga y sube los escalones agarrada a la barandilla. La puerta de la terraza golpea en la pared, empujada por el viento, las plumas se arremolinan en círculos que bajan como si buscasen el calor del hogar. Fadil sigue sollozando, rezando junto a su cama, todavía se escucha su voz atenuada por el lamento.

Llega al último peldaño y se asoma. Allá arriba, a pesar del ruido del badajo contra el metal, a escasos metros de su cabeza, resuena el silencio en las jaulas abiertas, vacías. Resuena el viento a través de los barrotes que ya tan sólo albergan algunas plumas de todas aquellas palomas robadas. Se han marchado, ni siquiera *Pristina* ha esperado en el pináculo a que él llegara. Lula se pregunta si volverán cuando la noche caiga.

Hicieron un pacto callado y, a pesar de sus pocas fuerzas, Jacinto cumplió su palabra de liberarlas si Fadil no regresaba. Debió de subir con dificultad y, cansado de esperar, se atrevió a abrir las puertas de las jaulas. Quizá tuvo su último momento de idilio o delirio con su paloma, la más blanca, la que más amaron los dos, y después la dejó marchar, antes de ponerse el traje para esperar a que la muerte se lo llevara.

Sin Jacinto, sin *Pristina*, sin sus palomas, con la amenaza de Adrián, él se marchará. Lula baja por la escalera y lo observa, arrodillado junto a la cama, hundido, herido. Entonces entiende que quizá sea una de las últimas veces que estén juntos y que, después, ninguna carta llegará a su buzón, ninguna llamada, nada, simplemente se desvanecerá para vivir en ese rincón de la memoria en el que pocos entran.

Fadil se separa del cuerpo de Jacinto con un último rezo o despedida y sale de la habitación. No quiere subir las escaleras, no quiere preguntar.

—¿Por qué no te das un baño, te afeitas y te relajas un poco? Yo voy a ir a avisar al médico para que certifique su muerte, me tengo que ausentar, espero no tardar mucho.

—Está bien, no te preocupes.

—Volveré con el médico. —Lula le besa—. Te traeré algo de comer.

—No tengo apetito.

—Lo sé, yo tampoco, pero llevamos tres días sin…

—Vete, Lula. —La abraza.

—Me gustaría quedarme contigo, pero hay que organizar el entierro, la misa, intentar localizar a la hija de Jacinto.

—¿Qué misa? —Fadil frunce el ceño y la mira con desesperanza, con los ojos enrojecidos por el llanto y el cansancio—. Me tienes que prometer una cosa y me la tienes que prometer de verdad, con el corazón.

—Claro, ¿qué te preocupa?

—Que si hacéis una misa de despedida, no os comáis a su dios, que nadie se beba su sangre ni se coma su cuerpo, que eso a Jacinto no le va a gustar. Me lo tienes que prometer.

—Está bien, está bien, te lo prometo. No te preocupes, nadie comulgará, tienes mi palabra.

—Gracias.

Lula alcanza los últimos escalones. En la puerta, bajo la parra en que lo vio por primera vez, lo besa y recorre su cara con las manos y los ojos cerrados, como queriendo grabar su rostro en las yemas.

—¿Me esperarás? ¿Esperarás a que vuelva?

—Sí, te esperaré.

XXXIX

El funeral es discreto, únicamente se personan Luciana y Lula
y algunos vecinos que las han querido acompañar en su dolor.
Nadie comulga, tal y como él pidió, nadie se come a su dios.

En el cementerio, alberga la esperanza de volver a verlo,
que esté semioculto en algún rincón, que llegue por detrás y
pueda abrazarlo una vez más. Pero la despedida fue aquel beso
en la puerta, cuando regresó ya no estaba, había cogido lo imprescindible y se había marchado. Lula salió a la terraza mientras el médico certificaba la muerte de Jacinto, esperó por si
todavía el vuelo de una paloma blanca le devolvía la esperanza,
pero ya no hubo más palomas, ni caricias, ni campanadas, tan
sólo las jaulas vacías y ella.

Cuando todos se marchan, Luciana ve a su nieta tan afectada que le pide que pasen unos días juntas, que duerma en su casa,
preparen comidas abundantes para ver si puede recuperar algunos kilos y beban junto a Celia para olvidar las penas. Lula acepta la invitación y le agradece que intente arrancarle una sonrisa.

Le quiere hablar de Adrián, decirle que se han encontrado,
aunque no sabe cómo. Ocultarle algo así va a ser difícil, pero

no quiere que sepa dónde estuvo aquellas setenta y dos horas ni por qué.

Las calles se secan de conversaciones al atardecer, parece que solamente queda el monólogo del mar bajo el castillo de los templarios. Regresan de un paseo empedrado de luna y encuentran un sobre con dinero bajo la imagen de santa Bárbara.

—Imagino que no quiso marcharse sin pagar el entierro de Jacinto. —Lula busca una nota, una carta, alguna letra que Fadil le haya podido regalar. Nada. Únicamente dinero y el vacío de un sobre vacío.

Él nunca llenará su buzón, no vendrá hecho de tinta, pero pertenecerá a ese lugar donde un día fue feliz, marcado por el sonido metálico del badajo del campanario de la Ermitana.

Retoma el camino de polvo para llegar a la casa. Con el recrudecimiento del invierno ninguna libélula volará sobre la balsa. Mira el rincón de la palmera enana y acaricia las hojas, tendrá que volver a ordenar aquella tierra que la policía volvió a arrancar. La balsa ha recogido agua de lluvia y algunos insectos flotan, intenta rescatar los que todavía no se han vencido al agua.

Hace frío, el algarrobo parece haber curado su herida, sumándola a una de sus muchas cicatrices. Se acerca al agujero de las golosinas, la telaraña está rota. Mira a sus pies y descubre un montón de caramelos y golosinas. Se ríe, la señora Rosa estaría encantada de poder llevarle su bolsa de dulces, quizá el señor Joaquín, con su azada en la mano y el nudo de la camisa en el brazo que perdió en la guerra, le reñiría. Se agacha para recogerlos y se mete varios dulces en la boca, al mismo tiempo, como cuando era una niña, azucarando las copas de los cipreses. Sabe que Adrián la ha perdonado.

La campanilla de la entrada suena. El corazón le late tan fuerte que tira de ella, corre por el pasillo, no ha encendido los farolillos ambarinos, pero la oscuridad dibuja una figura mucho más baja de lo que esperaba.

—¿Quién eres? —pregunta a cierta distancia.

—Soy Encarna, nos contaron lo que había sucedido y Antonio me ha dicho que le traiga al perro.

Lula abre la verja y la invita a pasar.

—No, gracias, sólo vengo a traérselo. Escuchamos su coche por el camino y me mandaron. —La mexicana no la mira a los ojos—. Tome, es para usted.

—¿Qué nombre le has puesto?

—Yo le puse *Chiapas*, pero ahora es suyo, claro.

El cachorro ladra y mueve la cola. Lula lleva meses pensando si quedárselo porque no quería ataduras, pero ahora lo acepta porque sí que las quiere. Se siente atada a esa tierra, a ese pueblo, al amor que es capaz de sentir allí.

—¿De verdad no vas a pasar?

—No, yo no puedo, tengo que regresar que está muy oscuro.

—Te acerco con el coche, mujer, no me cuesta nada.

—No, no se moleste, es sólo un paseo. ¿Se lo va a quedar?

—¿Vendrás a verlo algún día?

Encarna sonríe y se encoge de hombros. Apenas tiene habilidades sociales.

—Me lo tomaré como un sí.

—Ay, cómo es usted, es tremenda.

—Yo no, la vida, la vida lo es, sólo hay que saber entenderla. —Lula se agacha para acariciar al cachorro.

—Lo debió de pasar muy mal allá adentro, encerrada.

—Bueno, a nadie le gusta vivir en una jaula.

Antes de que se marche, Lula le pide que espere un momento, quiere que le lleve un puñado de caramelos a Toni, que le diga que los ha encontrado en el agujero de las golosinas.

—Pero él no ha regresado de Francia, volverá la próxima semana.

—Pues guárdaselos, por favor, y dile que venga a verme, que lo echo de menos.

—Se lo diré. —La mirada de la joven se entristece.

Lula adivina que todavía guarda amor por el padre de su hijo, al que también ella echa de menos, seguramente todavía más cuando él regresa y están bajo el mismo techo, tan cerca y tan lejos.

De noche, con el baile de polillas en las luces, se hace un té y piensa en Janika, en cómo defendía a los dos hombres a los que amaba, con largos silencios, sin dar la bienvenida a nadie, porque nadie era bienvenido en su mundo. Recuerda las palabras de Simón: «Tu miedo a volar ha hecho que cojas otros medios de transporte, barcos, trenes, cualquier cosa, pero no un avión. Tu miedo al amor puro, al amor verdadero, te ha hecho buscar a otros hombres con los que vivir una aventura, pero no el amor. Puedes seguir escondiéndote debajo de ese caparazón que has construido, con un diseño arquitectónico perfecto, al que llamas fobia, pero si alguna vez te decides a volar entenderás que el vuelo no tiene por qué ser perfecto, idílico, simplemente tiene que llevarte a donde quieres ir. Igual pasa con el amor».

Alfonsina vuelve a la barandilla junto a su acompañante. El cachorro la ve, levanta las orejas y ladra, pero Lula lo acaricia y le pide que se calle. *Chiapas* quiere levantarse y se lo impide, tiene que conseguir que se acepten y puedan compartir el mismo espacio, cree que si le enseña desde el principio, podrán convivir sin que ninguno salga herido. El perrito agacha la cabeza y las orejas, pero sigue atento a los movimientos de la tórtola, que se atreve a llegar hasta la mesa y picar un trozo de pan. Entonces entiende que Fadil no se habrá marchado sin *Pristina*, que habrá continuado su camino con ella, como siempre lo hizo, desde que de niño la robó en Montenegro.

Le gustaría que acabase el invierno porque sabe que empezará su ciclo. Su vida siempre tuvo forma de crisálida los meses fríos y soltaba sus alas a partir de las fiestas de Semana Santa, cuando volvía de nuevo a aquella casa y se encontraba con su primo. Entonces quedaban pocos meses para que llegara el verano y estuviesen juntos desde junio hasta septiembre, cuando tenía que regresar a Madrid, aliviada por alguna escapada de fin de semana hasta que noviembre le rompía la vida de nuevo.

Los anuncios de Navidad, la paleta de la castañera, los abrigos, la convertían en larva, en pupa, en ninfa, volviéndola pequeña, callada. Si voló fue por él, si un día desplegó las alas fue por él, si fue de azul eléctrico fue por él, si duró lo que dura el verano y la primavera fue por él. Desde que no tiene esa esperanza de encontrarlo al final del camino de polvo no ha podido resquebrajar la crisálida, se le han enquistado las alas y ha tenido miedo a volar.

Se viste y coge la tarjeta del restaurante que le dio su abuela, detrás hay un mapa que indica cómo llegar. Sube al coche con el cachorro, que permanece atento a las luces que pasan por su lado hasta que el sueño lo vence y se duerme en el asiento.

No es difícil de localizar, está a unos kilómetros al sur y cuando se adentra por un caminito hay carteles que indican cómo llegar. Los camareros recogen las últimas mesas, es un caserón lujoso, con buena bodega y pequeñas estancias, reservados en los que políticos y empresarios deben de cerrar sus negocios.

—Disculpe, estamos cerrando.

—Lo sé, busco a Adrián.

—Ya se ha marchado, pero si quiere mañana le digo que ha venido preguntando por él.

—Sí, si es tan amable, cuando lo vea dele esto. —Lula le da la locomotora de juguete—. Simplemente dígale que estaré esperando en el agujero de las golosinas, por si quiere regresar ahí sentado.

XL

Antes de que suene la campana el perro ladra por el pinar. Lula se viste deprisa, con un suéter largo, unas mallas negras y unas botas que usaba para ir a la nieve. Se mira en el espejo de la terraza, intenta arreglar el cabello despeinado y se fija en que todavía tiene las pupilas dilatadas y los labios hinchados.

La campana vuelve a sonar.

—Ya voy, un momento —grita mientras camina rápido entre los cipreses.

No ve a nadie tras la verja, hace frío en el pinar y, exceptuando el ruido que hace *Chiapas* al saltar sobre ella, está todo en silencio.

Abre la verja, se asoma y encuentra a Toni, que ha regresado de Francia y lo primero que ha hecho es ir a visitarla, sin deshacer las maletas siquiera, ha salido corriendo por el camino de polvo y todavía tiene la respiración alterada.

Se abrazan en la entrada. El cachorro parece reconocer al hijo de su antiguo amo, intenta trepar por su pierna y mueve la cola.

—¿Has visto? He colgado dos cuerdas en los pinos, ya vuelve a haber tres columpios.

Toni intenta hacer preguntas que no llegan a salir, con su característico titubeo al hablar. Quiere que le cuente qué pasó y cómo pasó, pero las palabras se le agolpan sin llegar a formar frases.

—¿Estás bien, Lula?

—Sí, muy bien —sonríe—, tranquilo, todo va bien.

—Pero me contó mi padre que pasaste tres noches en la jefatura de policía, que te tuvieron allí para hacerte un montón de preguntas y que...

—Eso ya pasó, no te preocupes.

Cuando llegan a la terraza, ella estira de su mano para que entre en la casa. Él la sigue, confundido por su alegría y por cómo resta importancia a lo ocurrido. Entonces, Adrián sale de la habitación envuelto en un albornoz que le viene pequeño, con su sonrisa abierta, su voz rasgada y su pelo revuelto, que ya empieza a ser tan grisáceo como sus ojos. Toni suelta una carcajada y niega con la cabeza, no se lo puede creer, se emociona y se atasca de nuevo en un intento de decir decenas de cosas al mismo tiempo.

Se sientan en la barandilla, como lo hicieron tantas veces de niños, para poner orden en su mundo, para hablar a través de fragmentos sin conexión, para discutir y pelearse. Lula se pregunta si Toni acabará contándoles lo de su hijo, qué pudo pasar por su cabeza cuando le cedió a su padre su propio bebé y a la mujer que le dio a luz. Pero ya habrá tiempo de airear las inquietudes de sus almas y, quizá, calmar las cicatrices que cada uno tiene por el simple hecho de haber vivido.

—Me voy a quedar un par de semanas... Me quedaré, no tengo que regresar a Francia por el momento, así que, así que me vais a tener por aquí todos los días.

—Yo encantada de que estéis los dos, ésta también es vuestra casa, siempre lo ha sido. Aunque hay una cosa que no os voy a permitir: que enterréis nada en la tierra.

—Entonces, ¿ya se han marchado los kosovares del pueblo?

—Sí —responde Adrián—, pero no sé si regresarán algún día, conozco a Artan y tiene algo pendiente.

—¿A qué te refieres? —pregunta Lula asustada.

—No, esta casa ya no les interesa, la querían para enterrar sus cosas, para nada más, tú sólo fuiste un problema pasajero, lo que pasa es que ese tío está loco y pensaba que si te daba un buen susto, te largarías. Pero Antonio, sí —Adrián mira a su amigo—, tu padre va a ganar mucha pasta con las constructoras y lo saben, probablemente generen mucho dinero negro.

—Entonces, ¿volverán?

—¿Te refieres a Fadil? —Adrián observa los ojos de Lula intentando averiguar el sentimiento que encierran—. No, él no, pero Artan seguro que sí, intentará limpiar las cajas fuertes en cuanto sepa que es el momento adecuado.

—Ni siquiera yo sé dónde está la caja fuerte de mi padre.

—Ya me imagino. Tratándose de dinero, y con lo rata que es, ése no se fía ni de su propio hijo. Pero estos tíos son profesionales, díselo a Antonio, que tenga cuidado, que sean discretos y que, si es posible, respeten a la gente. Es lo que tiene el poder, que nunca saben decir basta, que nunca tienen suficiente.

—Mira quién habla —Toni se levanta—, tú les pasaba la información.

—Sí, les pasaba la información de todos esos corruptos, es cierto, y no es algo de lo que me sienta orgulloso. Pero ahora ya no tengo un céntimo de aquel dinero.

—¿Para qué lo querías, Adrián? —pregunta Lula—. Esa bolsa precintada con dinero que encontraron bajo los cactus no era para ayudar a los viejos del pueblo, ¿verdad?

—No. —Él baja la mirada y permanece unos segundos en silencio—. Era por si vendíais la casa, pensé que tu madre se desharía de ella en cuanto le hicieran una oferta y no imaginé que tú volverías. Yo no estaba dispuesto a perderla; esta casa significa demasiado para nosotros.

—¿Y Lucía? ¿Sabe algo de todo esto? ¿Sabe que he vuelto?

—Mi madre se enteró hace unas semanas, por lo visto se están poniendo en contacto con la gente que conoció al señor Joaquín para saber quién heredó su casa y hacerle una oferta. Ella les preguntó cuánto valía ésta y le dijeron que una de las nietas de Luciana había regresado y que no vendía.

Lula camina nerviosa de un lado al otro de la terraza, bajo la atenta mirada de Toni, que sabe cuáles son sus miedos.

—¿Te contó la abuela por qué mi madre nunca quiso que yo regresara?

—No.

—Entonces, ¿no sabes nada? ¿No sabes que era ella la que provocaba el fuego cuando yo era una niña, que intentó matarme varias veces, que la encontraron con un bidón de gasolina junto a mi cama y que cuando la excluyeron del testamento fue ella quien incendió el pinar?

—Lo último me lo contó Toni, lo demás no lo sabía, pero no era difícil de intuir. —Adrián se acerca a ella—. No volverá, Lula, está demasiado enferma para eso, demasiado podrida por dentro, no tendrá fuerzas para llegar hasta aquí. Eh, venga, no quiero ver esa cara, no quiero que vuelva a estar entre nosotros, ni un solo día, nunca, se acabó, ahora estamos tú y yo y nadie volverá a maltratarnos por ello.

—Está bien, nos lo hemos ganado, ¿no?

—Claro que sí, nos lo hemos ganado.

—Tienes razón. —Lula sonríe por fin—. No discutamos más ni nos cuestionemos por lo que hayamos sido o hayamos hecho, eso ya da igual. Empecemos de nuevo, estamos aquí los tres y eso es más grande que todo lo demás.

Toni mira atentamente los dibujos de Lula, que los ha ordenado sobre la mesa del salón para seleccionar los mejores. Le pregunta si puede enseñárselos a alguien que estaría muy interesado y que no tiene ninguna relación con su padre. Ella le responde que necesita más tiempo, pero no le dice que no.

Entra en la cocina para preparar algo, están hambrientos.

—Podríais, no sé…, podríais volver a montar. Hemos traído dos caballos preciosos.

—Por el momento vamos a hacer otra cosa —añade Adrián—. Vamos a tomar clases de vuelo en el helipuerto. ¿Te apuntas? Las imparte Salva, el del ultramarinos.

—¿Clases para volar? ¿Y eso? Os habéis vuelto locos.

—No, va en serio, ¿te vienes con nosotros? —Adrian cruza los brazos y espera un sí por respuesta.

—¿Va en serio? Bueno, pues…, pues, no sé. ¿Y cuándo vais a empezar?

Adrián mira a Lula esperando que sea ella la que dé una contestación. Sus ojos están llenos si la tienen delante, cargados de ternura y talento para amarla.

—¿Qué os parece esta tarde? —Ella se tapa la cara como queriéndose esconder tras sus uñas pintadas de negro y se encoge de hombros.

Su primo la abraza por detrás, con el apego de los abrazos más deseados; no puede tenerla lejos, necesita el contacto de su piel, respirar metido en su cabello. Se ha dado cuenta de que le han brotado algunas manchas rojas en el cuello, que está nerviosa, pero se siente orgulloso porque ha sido muy valiente al querer afrontarlo cuanto antes y no demorarlo más en el tiempo. Vuelve a ser la niña que lo seguía en todos sus juegos, por muy peligrosos que fuesen, por mucho miedo que le hiciesen sentir. Sabía que, después, saldría con la sonrisa triunfante, arreglándose el cabello o la falda para que no se notase que habían aprendido o que habían vuelto a vencer juntos los obstáculos de la vida.

Toni los observa, con los brazos enredados el uno en el otro, cosidos a la cintura de Lula. Las cabezas juntas, las sonrisas todavía temerosas por la incertidumbre del futuro, pero llenos del amor que ni el tiempo ni Lucía pudieron convertir en cenizas.

Esta tarde el vuelo de Lula cogerá todas las direcciones, tendrá todos los registros, incluso el del miedo, la angustia y la muerte, estarán todos allí, dentro de sus ojos de luna helada. Pero también estarán los otros matices, los de la libertad, la superación y la belleza de despegar por encima de las copas de cipreses, pinos y algarrobos. Brotarán no sólo las manchas rojas en su cuello, sino la esperanza misma, hecha de pequeños tallos que crecerán salvajes alrededor de su garganta, como crecen las cosas a las que no se les dice que no.

Y en ese vuelo también recordará a Simón y las ondas que las aspas dibujen en el aire viajarán en una carta para decirle cómo se ha sentido y que ha sido cierto.

Entrará en la cabina del helicóptero, a la que se abrazará antes de subir temblando. Se sentará en el estómago de su artrópodo alado y sentirá el vértigo en las palmas de sus manos.

Adrián esperará en un helipuerto convertido en una gran balsa que da a luz vidas nuevas y Lula, como si acabara de beber de ella y de los labios del amor más puro, lanzará un grito para elevarse por fin del suelo y convertirse en la múltiple trayectoria de un puntito azul.